Miika Nousiainen

DIE WURZEL ALLES GUTEN

Roman

Aus dem Finnischen
übersetzt von Kritzokat

GOLDMANN

Die Originalausgabe erschien unter dem Titel »Juurihoito«
im Otava Verlag, Helsinki

Sollte diese Publikation Links auf Webseiten Dritter enthalten,
so übernehmen wir für deren Inhalte keine Haftung, da wir uns
diese nicht zu eigen machen, sondern lediglich auf deren Stand
zum Zeitpunkt der Erstveröffentlichung verweisen.

Verlagsgruppe Random House FSC® N001967

2. Auflage
Taschenbuchausgabe März 2019
Wilhelm Goldmann Verlag, München,
in der Verlagsgruppe Random House GmbH,
Neumarkter Str. 28, 81673 München
Copyright © 2016 by Miika Nousiainen
Für die deutsche Ausgabe © 2017 Nagel & Kimche
im Carl Hanser Verlag München
Umschlaggestaltung: UNO Werbeagentur, München
Unter der Verwendung der Umschlaggestaltung von
Hauptmann & Companie, Zürich
© planpicture / Cavan Images
© Andy & Michell Kerry / Trevillion Images
mb · Herstellung: kw
Druck und Bindung: GGP Media GmbH, Pößneck
Printed in Germany
ISBN: 978-3-442-48821-6
www.goldmann-verlag.de

Besuchen Sie den Goldmann Verlag im Netz

«What is love?»
Haddaway

«Der Mensch kann seine Gefühle nun
mal nicht kontrollieren.»
Hannu Jortikka, finnischer Eishockeytrainer

UNTERSUCHUNG

Kontrolle der Zähne, des Zahnfleischs und des Mund- und Rachenraums. Im Bedarfsfall Analyse der Ausgangssituation durch Röntgen. Aufstellung des Behandlungsplans.

PEKKA

Eine Axt haben und schneller sein, das ist bei einer Schlägerei die halbe Miete. Das ist, soweit ich mich erinnere, das Einzige, was mein Vater mir mit auf den Lebensweg gegeben hat. Und vermutlich hat er recht: Mit einer solchen Ausgangslage dürfte man jeden noch so harten Kampf für sich entscheiden.

Mein Vater war sicherlich nicht dumm. Aber als ich meine Mutter nach ihm gefragt habe, hieß es: Dein Vater war ein elender Feigling, über den es nichts weiter zu sagen gibt.

Natürlich ist das *ihre* Sicht der Dinge, und Frauen, die sich ohne Geld, dafür mit einem kleinen Kind allein durchschlagen müssen, haben meistens eine ziemlich düstere Sicht.

Ich weiß noch, wie mein Vater einmal überraschend zu Weihnachten anrief. Auch wenn ich erst sieben war, wusste ich sofort, dass es sich nur um ihn handeln konnte. Meine Mutter stieß einen Schwall von Flüchen aus und knallte den Hörer auf die Gabel. Aber er rief noch mal an und schaffte es, meine Mutter dazu zu bewegen, mich ans Telefon zu holen. Aus dem Rauschen und Knistern schloss ich, dass es sich um ein Ferngespräch handelte, was damals teuer war. Mein Vater investierte also in mich. Vielleicht rief er sogar aus dem Ausland an! Möglich war's, wir hatten keine Ahnung, wo er sich befand.

Und er gab nicht nur Geld für mich aus, er gab mir auch eine Botschaft mit: «Pekka, du bist ein guter Junge.» Dann kam das mit der Axt und dem Schnellersein. «Wenn du das beherzigst, wirst du es weit bringen», prophezeite mein Vater. Vergessen habe ich seinen Spruch nicht, allerdings bin ich nie in eine Situation geraten, die sich nur noch per Axthieb hätte klären lassen. Ich arbeite zwar in der Werbung, und der allgemeine Druck hat auch vor dieser Branche nicht haltgemacht, aber selbst dort ist es nicht so schrecklich, dass man rohe Kräfte walten lassen müsste. Ob ich es dennoch weit gebracht habe? Schwer zu sagen. Ich denke, im Job bin ich Durchschnitt, und als Mensch insgesamt liege ich wohl eher etwas darunter, im Moment zumindest.

Dass über meinen Vater nicht gesprochen wird, hat meine Mutter knallhart durchgesetzt. Und so habe ich viele Jahre kaum an ihn gedacht. Kein Wunder, ich war schließlich gerade mal drei, als er uns verlassen hat. Angeblich wollte er nur kurz Milch, Brot und Limonade kaufen, Letztere für nach der Sauna. Die Sauna fiel an jenem Abend aus, und am nächsten Morgen gab es mit Wasser gekochten Haferbrei. Meine Mutter und ich fielen in ein tiefes Loch. Daran änderte auch die Tatsache nichts, dass Väter früher häufiger nicht mit Anwesenheit glänzten und meine Vaterbindung vermutlich von Anfang an eher instabil war.

Ich sitze im Wartezimmer einer Zahnarztpraxis, die nur Privatpatienten nimmt. Draußen auf den Straßen, in meinem Heimatstadtteil Helsinki-Kallio, laufen die Leute mit hochgezogenen Schultern durch die Häuserschluchten, es nieselt, der Sommer ist Schnee von gestern. Das Quietschen der Straßenbahnen hört man bis hierher.

Der Zahnarzt trägt denselben Nachnamen wie ich, er heißt Esko Kirnuvaara. Auch wenn es in meiner Verwandtschaft kaum Ärzte gibt – wer Kirnuvaara heißt, gehört meistens zur Familie. Der Name ist die finnische Version des russischen Kirilov; meine Vorfahren stammen aus Russland und haben sich nach dem Krieg bei Lieksa in Nordkarelien niedergelassen. Vielleicht ist der Zahnarzt ein Schwippcousin? Oder sogar ein Cousin? Selbst den Grad eines Halbbruders kann ich nicht ausschließen – wer weiß, wie oft mein Vater die Nummer mit der Saunalimonade noch gebracht hat? Sauna ist in Finnland jeden Samstag! Und ernsthaft: Wieso sollte ich der Einzige sein, den Onni Kirnuvaara verlässt?

Jetzt kommt der Patient, der vor mir dran war, aus dem Behandlungszimmer und drückt einen Eisbeutel an seine Wange. Das lindert meine Angst nicht gerade. Ich hasse es, passiv auf dem Behandlungsstuhl zu liegen. Leider muss ich jährlich mehrere Stunden dort zubringen, denn meine Zähne haben ein mieses Karma. Seit einem frühen Fahrradsturz besitze ich künstliche Schneidezähne, und meine Weisheitszähne verursachen dafür, dass sie ein entbehrliches Körperteil sind, irritierend oft Probleme. Meine Mutter hat mich leider nie zum Zähneputzen angehalten, und bei meinem Zuckerkonsum war die Katastrophe vorprogrammiert. Dieses Mal ist es ein Backenzahn. Der pochende Schmerz lässt keine Zweifel zu: Es muss sich um eine eitrige Wurzel handeln.

Die Arzthelferin winkt mich ins Behandlungszimmer. Der Zahnarzt quittiert meine ausgestreckte Hand mit den Worten: «Die Erkältungszeit beginnt, aufs Händeschütteln verzichten wir lieber. Esko Kirnuvaara, guten Tag.»

«Pekka Kirnuvaara. Sagen Sie, könnte es vielleicht sein, dass wir miteinander verwandt sind?»

«Möglich ist alles, die Welt ist klein, aber jetzt schaue ich mir mal Ihre Zähne an.»

Die Helferin clipst mir das Lätzchen um, schon liege ich

im verhassten Stuhl. Eine grelle Lampe leuchtet mir in den Mund, der Arzt klopft mit einem Metallding gegen meine Zähne.

«Tut das weh?»

«Nein.»

«Und das?»

«Nein.»

Beim nächsten Klopfen falle ich fast aus dem Stuhl.

«Aha, klarer Fall. Wir machen ein Röntgenbild.»

Die Helferin drückt mir ein kleines Gerät an den Kiefer, dann verlassen beide den Raum. Was sie wohl hinter der Tür machen? Sonderlich nett sind sie nicht miteinander, vermutlich wollen sie sich lediglich vor Strahlung schützen. Vor allem der Arzt wirkt ziemlich distanziert.

Eine halbe Minute später erscheint die Röntgenaufnahme auf dem Computerbildschirm an der Wand. «Jawohl. Wurzelbehandlung», kommentiert der Arzt. «Dann lassen Sie uns mal schauen, was noch zu retten ist. Mit oder ohne Betäubung?»

«Mit.»

Die Helferin reicht dem Zahnarzt eine Spritze, die er mir ohne Vorankündigung ins Zahnfleisch jagt. Es tut einigermaßen weh.

Der Zahnarzt zupft an seinem Mundschutz und betrachtet noch einmal die Röntgenaufnahme. Täusche ich mich, oder hat er tatsächlich Ähnlichkeit mit meinem Erzeuger? Zwei Fotos mit meinem Vater drauf sind dem Vernichtungswahn meiner Mutter entgangen, und vor allem in der Form der Nase entdecke ich Parallelen.

«Wir müssen einen Moment warten, bis das Mittel wirkt. Sagen Sie, wieso haben Sie bloß Ihre Zähne so schlecht gepflegt?»

Ich kontere mit einem Themenwechsel. «Ist Onni Kirnuvaara zufällig Ihr Vater?»

«Wie lange haben Sie schon Schmerzen?»

Ich gebe nach. «Ungefähr zwei Monate.»

«Und wieso kommen Sie erst jetzt?»

«Bei den kommunalen Zahnärzten waren die Warteschlangen zu lang, da hätte ich erst nächstes Jahr einen Termin gekriegt. Anscheinend ist man da auch mit Schmerzen kein Notfall. Irgendwann hab ich's nicht mehr ausgehalten, und jetzt sitze ich zum ersten Mal bei einem Privatarzt.»

«Wie auch immer. Und nicht nur Ihre Zähne, auch Ihr Zahnfleisch ist in keinem guten Zustand. Putzen Sie tatsächlich regelmäßig morgens und abends?»

Ich nicke, obwohl das nicht stimmt. Regelmäßig abends und morgens habe ich noch nie hingekriegt.

«Sie müssen gründlicher putzen. Zahnseide benutzen Sie vermutlich nur selten?»

«Richtig.» Zahnseide benutze ich *nie*.

«Sie sollten sie öfter benutzen.»

Ich versuche es ein weiteres Mal. «Ähm, noch mal zu Ihrem Namen. Ihr Vater, ist der –»

«Merken Sie das noch?» Er bringt mich mit einem metallischen Klopfen gegen den Backenzahn zum Schweigen.

«Nein.»

«Gut, dann fangen wir an.»

Weitere Gesprächsanläufe erstickt die Helferin, die mir den Absaugschlauch in die Wangentasche steckt.

«Den Diamantschleifer, bitte.»

Sie reicht dem Zahnarzt den gewünschten Bohrer. Das fiese Geräusch ertönt.

«Den mittleren Rosenbohrer.»

Ein weiteres entsetzliches Teil kommt zum Einsatz.

Ich spüre rein gar nichts, trotzdem leide ich Höllenqualen. Irgendwann hört das Brummen auf, und der Zahnarzt begutachtet die Problemstelle mit dem Mundspiegel.

«Die Extirpationsnadel Nummer fünfundzwanzig, bitte.»

Das Ding mit dem seltsamen Namen fräst sich in mein Zahnfleisch. Der Schmerz muss eingebildet sein, schließlich wurde ich betäubt, doch allein beim Gedanken an diese Nadel wird mir flau. Ich umklammere die Lehnen, meine Fingerknöchel leuchten weiß. Die Arzthelferin bemerkt meine Panik. Anscheinend hat Esko Kirnuvaara das Mitgefühl für seine Patienten an die Assistentin delegiert.

«Versuchen Sie, Ihre Muskeln zu entspannen», sagt sie sanft.

Ich blinzle zweimal für ein «Ja» und gebe mir Mühe, ihren Rat zu befolgen.

«Die vierziger Hedströmfeile für den Distalkanal.»

Aha! In diesem Kanal liegt anscheinend das Problem. Jedenfalls schmecke ich eine herb-süßliche Flüssigkeit; die Wurzel muss völlig vereitert sein.

«Wir lassen das jetzt einen Moment offen, dann kann alles abfließen. Danach das dreiprozentige Wasserstoffperoxid, bitte.»

Der Zahnarzt flieht vor weiteren Verwandtschaftsfragen auf den Flur. Die Assistentin versucht mit einem Kommentar über den Song im Radio die Stimmung aufzulockern. Als ich schweige, probiert sie es mit dem Wetter. Als auch das nicht verfängt, wagt sie einen echten Vorstoß: «Sie sehen sich wirklich verblüffend ähnlich. Vielleicht ist es nicht nur das Gesicht, sondern sogar irgendwas in Ihrem Wesen.»

«Wenn sogar Sie das sagen! Wissen Sie irgendetwas über seine Familie?»

«Nein. Unser Kontakt beschränkt sich einzig und allein auf die Zähne unserer Patienten.»

Als Esko Kirnuvaara zurück ins Zimmer kommt, schlüpft sie blitzschnell zurück in ihre Rolle. «Das Hypochlorid steht bereit.»

«Dann kann es ja weitergehen.»

Das Zeug schmeckt noch schlimmer als der Eiter. Als Nächstes wird das Loch mit irgendeinem Material gefüllt.

«Fühlt es sich zu hoch an?»

Ich befühle den Zahn mit der Zunge. Kein Huckel. «Nee, passt.»

«Prima. Darunter ist jetzt eine medizinische Einlage. Die provisorische Füllung selbst besteht aus zwei Komponenten. Die wird gut halten, keine Sorge. In vier Wochen müssen Sie wiederkommen, dann geht es weiter. Hier, die Rechnung für heute.»

Benommen stemme ich mich aus dem Behandlungsstuhl und bleibe vor dem Zahnarzt stehen. Was wollen Sie noch?, scheint sein kühler Blick zu fragen.

Das gibt's doch nicht. «Hallo?! Wir könnten Brüder sein, und Sie klatschen mir nur die Rechnung in die Hand!»

«Ich kümmere mich um Ihre Zähne, sonst nichts.»

Die Helferin murmelt was von Auf-Toilette-Gehen und verschwindet.

«Was wissen Sie über Ihren Vater?» Meine Stimme klingt rauh.

«Hören Sie. Ich gehe stramm auf die sechzig zu und brauche in meinem Leben keine künstliche Aufregung. Von Ihrer dubiosen Verwandtschaftskonstruktion halte ich überhaupt nichts. Ach so, und bitte vereinbaren Sie bei meiner Sprechstundenhilfe gleich einen zweiten Termin. Der Zahnstein muss dringend runter. Und benutzen Sie die hier!»

Er drückt mir eine Packung Zahnseide in die Hand und ruft den nächsten Patienten rein.

Ich stopfe die Zahnseide und die Rechnung in die Hosentasche und verlasse wutschnaubend die Praxis.

ESKO

Was für ein Mist! –

«Entschuldigung, ich bin minimal abgerutscht. Hat es irgendwo weh getan?»

«Nein, kein bisschen», antwortet die Patientin.

Ein Glück. Verdammt, dieser dumme Pekka Kirnuvaara macht mich doch tatsächlich fahrig. Was muss der auch mitten in der schönsten Routine hier aufkreuzen und mich durcheinanderbringen! Es war doch alles bestens. Na ja, *bestens* vielleicht nicht – für die Außenwelt bin ich vermutlich ein humorloser Einzelgänger –, aber ich selbst finde mein Leben unterm Strich ganz passabel. Außerdem bin ich der festen Überzeugung, dass das Glück sich genau dann einstellt, wenn man sich von seinen Hoffnungen und Erwartungen verabschiedet. Selbstverständlich habe auch ich mir lange Zeit eine heile Familie gewünscht und mich gefragt, wo mein Vater wohl geblieben ist. Aber vom Grübeln kommt er auch nicht wieder, und ob er eine vernünftige Erklärung dafür hätte, wieso er damals verschwunden ist, steht noch mal auf einem anderen Blatt. Und wenn er doch eine hat, ist sie vielleicht so plausibel, dass sie mich auch nicht froh macht. Kurz: Ich bin mit meinem Leben einverstanden.

Natürlich hatte ich Träume – als Student habe ich mir vorgestellt, in den USA die Zähne von Filmschauspielern zu behandeln. Aber Träume platzen, und mein Alltag ist garantiert nicht schlechter als der eines Kollegen mit Frau und Kindern (die sicher immer wieder für Stress sorgen), selbst wenn der Kollege in den USA arbeitet. Und der finnische Normalverdiener ist kein schlechterer Patient als ein Schauspieler mit Oscarnominierung. Sobald der Bohrer brummt, parieren sie alle. Und egal, wer unter mir liegt: Ich muss retten, was zu retten ist. Wer aus meiner Praxis rausgeht, soll gesündere Zähne haben als beim Reinkommen. Das ist das Allerwichtigste. Denn mehr noch als die Haut sind die *Zähne* der Spiegel unserer Seele. Was den armen Pekka Kirnuvaara angeht: Dessen Seele ist ziemlich zerrüttet.

So, der letzte Patient wäre geschafft. Meine Assistentin wird jeden Moment gehen, ich kann mich also in Ruhe dem Papierkram widmen. Ich betrachte noch einmal das Röntgenbild von Pekka Kirnuvaara.

Eigentlich ist die Frage nach meinen familiären Wurzeln längst verstummt. Doch als ich im Kalender den Namen Pekka Kirnuvaara gelesen habe, ist sie erneut hochgekommen. Und beim Anblick seiner Zähne brauchte ich keine weiteren Informationen mehr – ihm fehlen die Fünfer. Genau wie mir. Das ist selten. Und es wird vererbt.

Ansonsten sieht es in seinem Mund ganz anders aus als in meinem. Der Idiot, was hat er sich nur angetan? Wieder einer von denen, die behaupten, sie würden regelmäßig putzen. Dabei erkenne ich sofort, wenn jemand jahrelang faul ist und vor dem Praxisbesuch zehn Minuten lang hektisch mit der alten Zahnbürste herumschrubbt.

Aber mehr noch als seine Zähne irritiert mich meine Reaktion: Als Pekka ins Behandlungszimmer kam, musste ich gegen Tränen ankämpfen. Ich hätte ihn sogar am liebsten umarmt! So wie die jungen Leute das immer machen. Ja, es ist wirklich wahr. Am liebsten hätte ich meinen Bruder umarmt.

Nur: Wohin würde das führen? Zu tausend neuen Fragen. Also habe ich die Tränen und den Drang, ihn zu umarmen, unterdrückt und mich auf seine Zähne konzentriert. Als das nicht half, habe ich mir gestattet, zur Ablenkung an etwas Erotisches zu denken. Ja, das mache ich manchmal. Selten, aber es kommt vor. (Im echten Leben hatte ich leider nie die Gelegenheit, mit einer hübschen Frau intim beisammen zu sein.) Aber auch das hat nicht geholfen. Schließlich habe ich mir vorgestellt, dass die hübsche Frau bei mir im Behandlungszimmer sitzt und Pekkas Zähne *ihre* Zähne sind. Das hat funktioniert. Auch in der Phantasie sollte man einen Rest von Realitätssinn walten lassen.

Ich werde mein Leben nicht über den Haufen werfen. Ich werde weiterhin genau das tun, was ich am besten kann: mich für die Zahngesundheit einsetzen, mich gesund ernähren und regelmäßig Sport treiben. Dann kann ich arbeiten, bis ich fünfundsiebzig bin. Die letzten zehn Jahre muss ich es dann ohne Arbeit aushalten. Aber das werde ich schon schaffen. Auch ohne Bruder. Und ohne Vater.

Meiner Ansicht nach stellt das Leben uns vor drei große Fragen: Wer bin ich? Wohin gehe ich? Brauche ich eine Betäubung? Bisher habe ich erst auf die dritte Frage eine Antwort – ja, bitte betäuben. Das gilt nicht zuletzt für verworrene Gefühle.

PEKKA

Zu gern hätte ich meinen bekloppten Bruder angerufen. Ich glaube ja schon, dass dieser introvertierte Spinner mein Bruder ist. Aber wer sich so abweisend verhält, den lässt man besser in Ruhe. Der nächste Behandlungstermin kommt ja sowieso.

Dieses Wochenende habe ich meine Kinder zu Besuch. Sie dürfen jedes zweite Wochenende kommen, so lautet der Gerichtsbeschluss vom Ende unserer Trennung. Meine Exfrau will, dass die Kinder *ein* Zuhause haben, in dem sie den Großteil ihrer Zeit verbringen, und dieses Zuhause könne nur sie als Mutter bieten. Bescheuert – während der Ehe haben wir die Verantwortung für unsere Kinder genau fifty-fifty geteilt.

Ich hole meine Tochter und meinen Sohn Freitag um halb sechs vor dem Haus meiner Ex ab. Zwei Wochen sind eine lange Zeit, und obwohl die Kinder mich sofort umarmen, spüre ich eine kleine Distanz. Als müssten sie sich erst wieder daran erinnern, wer ich bin und wie unser Miteinander funktioniert. Sie haben einen Zettel von meiner Ex dabei: welche Klamotten sie eingepackt hat, welche Krankheiten im Anmarsch sein könnten und zu welcher Zeit der Kleine momentan seinen Mittagsschlaf hält. Wir kommunizieren vorwiegend schriftlich. Auch das ist auf ihrem Mist gewachsen.

Wir gehen zur Straßenbahnhaltestelle am Rand des Bärenparks, der so gut wie leer ist. Ein paar eingemummelte Kaffeetrinker halten den Kioskbetrieb gerade noch am Leben. Auf meine Fragen antworten die Kinder immer mit «Guuuut», ohne jedoch sonderlich fröhlich zu klingen.

Meistens sind sie nach ein, zwei Stunden lockerer; spätestens, wenn ich sie mit Keksen oder Eis bewirte. Es geht immer irgendwann vorbei – und trotzdem tut das Fremdeln jedes Mal weh. Kinder, die mit ihrem Vater alle zwei Wochen wieder warm werden müssen …! Dabei kann ich die Tage mit ihnen kaum erwarten. Dass sie mir früher regelmäßig auf die Nerven gingen, ist mir heute nahezu unbegreiflich. Aber so *war* es; sie gingen mir dermaßen auf die Nerven, dass ich manchmal fast so was wie Hass entwickelte. Wofür meine Kinder natürlich absolut nichts konnten.

Meine Exfrau, sie heißt übrigens Tiina, habe ich während des Studiums kennengelernt. Alle hielten uns für *das* Traumpaar. Vielleicht waren wir es auch, für eine gewisse Zeit jedenfalls. Wirken nicht alle Paare nach außen so, während der ersten Jahre? Und die Trennung kommt dann total überraschend?

Klar, Tiina und ich hatten starke Phasen. Und wir hielten uns an den klassischen Ablauf: kennenlernen, zusammenziehen, Eigenheim kaufen, Kinder kriegen. Unsere Reihenhauswohnung mit Garten lag in einer phantastischen Umgebung mit supernetter Nachbarschaft. Frischer Blechkuchen und Werkzeug kursierten entspannt von Haus zu Haus. Die reinste Idylle. Schon bei der Wohnungsbesichtigung schoss es mir durch den Kopf: Was, wenn die Menschen, die hier leben, dieser perfekten Umgebung gar nicht standhalten können? Haben die Architekten und Landschaftsgärtner die Messlatte möglicherweise zu hoch gelegt?

Als unsere Kinder eins und drei waren, blieb ich ein Jahr zu Hause. Die Männer meiner Generation haben das Wort Gleichberechtigung so oft gehört, dass sie gar nicht anders können, als ein gutes Beispiel abzugeben. Ich wollte alles richtig machen und Verantwortung übernehmen. Ich wollte meiner Frau zeigen, dass sie auf mich bauen kann. Gläschenmahlzeiten kamen da natürlich nicht in Frage; Bio und frisch gekocht, das musste schon sein. Aus dem zweimal wöchentlich gelieferten Gemüsekorb, der direkt von den Feldern neben unserer Siedlung stammte. Und morgens gab es Brei, natürlich in Hafermilch gekocht. Und danach ab in den Park oder auf den Spielplatz, bei Wind und Wetter, ohne frische Luft gibt es schließlich keine gute Kindheit. Dort stand ich dann blöd herum, zusammen mit anderen gleichgesinnten Erwachsenen. Ja doch, Kinder größer werden zu sehen ist wunderbar! Nur werden sie eben nicht *jeden Tag* größer. Und dass es mit Kindern nie langweilig wird, wie es überall heißt, ist Unsinn. Nichts ist so langweilig wie auf Spielplätzen herumzustehen. Das Schlimmste daran: Man muss so tun, als wäre es total spannend! Denn die Kinder früh in fremde Hände zu geben ziemt sich natürlich nicht. Dabei hätte unsere Große gern mehr mit anderen Kindern zu tun gehabt. Im Nachhinein betrachtet, haben wir den falschen Weg eingeschlagen.

Natürlich gab es in der Nachbarschaft unter den jungen Eltern große Solidarität. Alle waren müde, und alle halfen einander. Man hörte sich gegenseitig zu, packte mit an. Aber unterschwellig befanden wir uns in einem pädagogischen Konkurrenzkampf. Paradoxerweise um einander nahezu ausschließende Dinge: maximal geerdet und maximal kreativ zu sein. Maximal gelassen und maximal sensibel. Also möglichst perfekt und möglichst menschlich zugleich. Das konnte nur schiefgehen. Ich jedenfalls zerbrach daran. An manchen Tagen sah ich in den Kindern meine übelsten Feinde. Besonders anstrengend war für mich die Tatsache, dass Kinder absolut unlogisch sind: Wenn es morgens nach draußen geht, heulen sie und wollen drin bleiben. Wenn es nach mehreren Stunden wieder reingehen soll, heulen sie und wollen draußen bleiben. Und wenn man ein Extra organisiert, etwa einen Besuch im Vergnügungspark, wird gebrüllt wie am Spieß, wenn der Spaß zu Ende geht. Ist das nicht ein Beweis dafür, dass Spaß überbewertet wird?

Wenn ich ehrlich bin, war auch mein Leben ohne Kinder nicht besonders glücklich. Als Vater haben mich dann eben andere Dinge gestört als vorher. Und irgendwann konnte ich einfach nicht mehr. Leider.

Wenn ich meinen Kindern heute beim Spielen zusehe – jetzt etwa lümmeln sie einträchtig mit ihren Kuscheltieren auf dem Wohnzimmerteppich –, dann weiß ich: Ich liebe nichts so sehr wie diese beiden Menschen. Und ich lache über die Zeit, in der ich dieses Gefühl der Liebe nicht in mir auffinden konnte. Wäre ich entspannter gewesen, ich hätte schon früher eine großartige Zeit mit ihnen verbracht. Aber dazu war ich nicht in der Lage. Ich machte mir einen solchen Druck, ihnen nah sein zu müssen, dass ich mich immer mehr von ihnen entfernte. Inzwischen verstehe ich, woher das kam: Ich wollte den Fehler wiedergutmachen, den mein Vater begangen hatte. Leider sagte mir niemand, dass es zwischen dem Modell der Flucht und dem der totalen Aufopferung noch Zwischenstufen gibt.

Anscheinend bin ich nicht der Einzige, der keine gesunde Rolle für sich finden konnte. Der unterschwellige Konkurrenzkampf machte es nicht besser. Irgendwann ging es mit den Trennungen los, wie ein Virus zog das durch die ganze Nachbarschaft. Wer einen anspruchsvollen Job, eine schöne Wohnung mit achtsam renovierten alten Möbeln haben will und jeden Tag gesundes Bioessen auf dem Tisch, der ist irgendwann mürbe. Der bringt seine Kinder eines schwarzen Tages zu McDonald's und implodiert.

Unsere Wohnung verkauften wir an die nächste junge Familie in der Warteschlange. Die Eltern klebten neue Tapeten über die alten und hofften das Beste. Was soll ich dazu sagen? Tapetentrends ändern sich, Menschen nicht. Na ja, wer weiß – vielleicht gibt es ja doch irgendwo eine Familie, der gelingt, was uns misslang.

Ein Großteil der Eltern startete nach der Trennung das Perfektsein 2.0: «Für unsere Kinder nur das Beste. Keine negativen Kommentare über den Expartner in ihrer Anwesenheit. Wir garantieren unseren Kinder weiterhin eine sichere Zukunft.»

Uns gelang das nicht. Meine Frau fand schon länger den Nachbarn spannender und machte sich mit ihm aus dem Staub, gab aber mir die Schuld an der Misere: Ich ließe ihr zu wenig Raum. Ich sei mit mir nicht im Reinen. Ich sei kein guter Vater und sowieso instabil. Dabei habe ich ein ganzes Jahr lang die Kinder geschaukelt und den Laden geschmissen, während sie an ihrer Karriere weitergebastelt hat. Und jetzt heißt es, ich müsse eine Therapie machen und mich meinem Trauma stellen. Das Fieseste war der Satz: «Du bist immer noch nicht drüber weg, dass dein Vater abgehauen ist.»

Aus meiner Sicht sind ihre Anschuldigungen vorgeschoben. Der wahre Grund für das Scheitern unserer Ehe waren Tiinas verquere Erwartungen. Das wurde mir schlagartig klar, als ich im Supermarkt zufällig einen rosafarbenen Werkzeugkasten entdeckte. Die Farbe sollte wahrscheinlich alleinstehende Frauen zum Kauf eigener Werkzeuge animieren. Mir machte die Farbe deutlich, was meine Frau von mir verlangt hatte: praktisch veranlagt und hart im Nehmen zu sein, aber dennoch Tag für Tag sensibel und einfühlsam aufzutreten. Daran konnte ich nur scheitern. Ich bin einfach kein rosa Hammer.

Wenn der Stresspegel in unserer Familie besonders hoch stieg, verstand ich meinen Vater sogar. Die Geburt eines Kindes ist ein zweischneidiges Schwert. Größte Liebe stößt auf größte Verantwortung, und nichts ist mehr, wie es war. Das kann durchaus einen Fluchtreflex auslösen. Ich meine, es ist doch nur eine Frage der Zeit, dass dem Kind irgendwann etwas zustößt, Gefahren lauern überall: im Straßenverkehr, in dunklen Gassen, sogar im Klassenzimmer. Dann kommen noch die Drogendealer dazu. Und überhaupt das ganze Leben. Je schöner es mit dem eigenen Kind ist, umso schlimmer wird die Angst. Ein kleiner blonder Wuschelkopf, der nach dem Vorlesen traut in seinem Bettchen liegt und noch von dem langen Zug oder dem lieben Hund erzählt, den es heute gesehen hat, ist das Süßeste überhaupt. Aus den Kinderaugen leuchtet pures Vertrauen in die Eltern und in die ganze Welt. Erst macht dich das glücklich, doch dann kommt die Trauer: Wann und wodurch wird dieses reine Wesen lernen müssen, dass die Welt ein höchst unsicherer Ort ist? Wird dein Kind sich später genauso durchs Leben schleppen wie du selbst?

Die Rolle als Vater kannst du gut, weniger gut oder schlecht ausfüllen. Und wie überall sonst, gibt es auch hier für das Schlechtsein die unterschiedlichsten Varianten. Mein eigener Vater glänzte durch Abwesenheit, ich selbst übertrieb es mit der Anwesenheit. Inzwischen bin auch ich leider viel zu oft abwesend.

Der Freitagabend verläuft entspannt: Ich mache einen Auflauf aus Vollkorn-Fusilli und Sojabolognese, der bei den Kindern gut ankommt. Der Eis-Nachtisch ist natürlich der

Höhepunkt. Meine Große darf noch einen Film anschauen, den Junior bringe ich nach dem Zähneputzen ins Bett und lese aus dem *Kleinen Maulwurf* vor. Der Maulwurf möchte unbedingt ein Auto haben, weil der Hund eins hat. Da haben wir's mal wieder: Sich zu vergleichen macht unglücklich. Irgendwer hat immer mehr als du selbst.

Als mein Sohn immer länger blinzelt, knipse ich die Nachttischlampe aus. Durch die Vorhänge dringt das Licht der Straßenlaterne. Der Kleine sieht mich vertrauensvoll an. Vielleicht bilde ich mir das nur ein, aber in seinem Blick liegt Liebe. Ich schlucke. In Anbetracht der Tatsache, dass ich lange kein besonders guter Vater war und Tiinas neuer Mann viel mehr Zeit mit ihm verbringt, scheine ich dieses tiefe Vertrauen nicht zu verdienen.

Sein Blick ist fest. Er gähnt zweimal, lässt mich dabei nicht aus den Augen. Nach dem dritten Gähnen schläft er meistens ein, so auch heute.

«Mein wundervoller Junge. Ich liebe dich», flüstere ich.

Ob er mich versteht? Ich verstehe es ja selber kaum. Für dieses Gefühl reicht Sprache nicht aus. Egal, in welchem Land der Erde. Meine Vaterliebe quillt fast über. Die Atemzüge meines Sohnes klingen ein bisschen verschnupft. Habe ich meinem Vater auch mal so vertraut?

Ich bin froh, dass meine Exfrau und ich diese zwei Kinder bekommen haben, ehe es mit uns den Bach runterging. Ich selbst bin nicht nur ohne Vater, sondern auch ohne Geschwister aufgewachsen, und manchmal habe ich mich sehr nach einem Bruder oder einer Schwester gesehnt. Ich stopfe die Bettdecke etwas fester um den Kleinen, der sich immer rasch freistrampelt.

Meine Tochter ist in Disneys Prinzessinnenwelt vertieft. Ich setze mich neben sie und streichle ihr übers Haar.

«Hättest du Lust, deinen Onkel kennenzulernen? Meinen Bruder?», frage ich spontan.

«Gibt es ein neues Baby?», fragt sie.

«Nein. Es gibt einen sechzig Jahre alten Zahnarzt.»

«Ahaa …» Sie schaut wieder zum Bildschirm.

So viel dazu.

«In zwei Minuten ist Schluss, ja? Dann gehst du Zähneputzen und danach ab ins Bett!»

Meine Kinder haben keine Großväter mehr. Der Vater meiner Exfrau starb letztes Jahr, und meinen Vater haben sie nie kennengelernt. Da wäre ein Onkel doch ein schöner Ersatz! Immerhin hat meine Tochter sich auf der Beerdigung ihres Großvaters lautstark darüber beschwert, dass es nun keine Geldgeschenke mehr gäbe und wieso ich denn keinen Vater hätte. Ihre Klagen waren an jenem Tag vielleicht die aufrichtigsten, und die versammelten Gäste mussten herzlich lachen. Mein Schwiegervater war eigentlich eine eher freudlose Natur und hat in seinem Umfeld selten Spaß verbreitet. Im Grunde war er ein verknöcherter Sack. Aber er ist immerhin *da* gewesen. Wahrscheinlich ist ein anwesender schlechter Vater besser als ein abwesender guter. Allerdings, kann ein abwesender Vater überhaupt ein guter sein? Nein, das passt irgendwie nicht zusammen.

Ich lese meiner Tochter eine Gutenachtgeschichte vor. Ganz leise, damit wir ihren Bruder nicht aufwecken. Schon auf der zweiten Seite ist sie eingeschlafen; die zurückliegende Schulwoche fordert ihren Schlaftribut. Auch ich bin groggy. Vorsichtig stehe ich auf und gehe mir die Zähne putzen. Der Schaum, den ich ausspucke, ist hellrot. Mist, wieso habe ich schon wieder Zahnfleischbluten? Füße oder Hände entzünden sich doch auch nicht, wenn man sie mal einen Tag lang nicht wäscht! Nichts ist so hinterhältig wie Zahnfleisch und Paarbeziehungen – beide entzünden sich in aller Heimlichkeit und machen erst dann auf sich aufmerksam, wenn es zu spät ist.

In der Schublade neben dem Waschbecken liegt sie. Die Zahnseide, die ich ab sofort benutzen soll. Nur wenige Minuten jeden Abend, und das Zahnfleisch wird blitzschnell gesund – haa-haaa! Einmal hab ich's ja versucht, und ich habe geblutet wie ein Schwein, von den Schmerzen ganz zu schweigen. Erst will die Zahnseide nicht rein in die Zwischenräume, und wenn's dann klappt, schneidet sie dir tief ins Zahnfleisch. Da muss es doch eine Alternative geben! Der Mensch war auf dem Mond, auf dem Mount Everest und hat den Kiosk-Spätverkauf erfunden, und für die Zahnfleischpflege weiß er nichts Besseres? Ich spüle mehrmals den Mund aus, trotzdem gehe ich mit dem Geschmack von Blut ins Bett. Vor dem Einschlafen denke ich erst an den verfluchten Zahnarzt, dann an meine Exfrau.

Das Wochenende mit den Kindern läuft zum Glück richtig gut. Am Ende sagen sie sogar, sie würden gern öfter kommen, und ich glaube nicht, dass das allein an meinem leckeren Essen liegt. Der Montag dagegen fängt wirklich mies an: Seit langem telefoniere ich mal wieder mit Tiina, und wir drehen uns nur im Kreis. Meinem Wunsch nach mehr Zeit mit den Kindern möchte sie nicht entsprechen. Ihre neue Patchworkfamilie soll zusammenwachsen, weshalb unsere Kinder möglichst viel Zeit mit den Kindern ihres neuen Mannes verbringen müssen. Irgendwie nachvollziehbar, aber mich ärgert, dass sie sich überhaupt nicht in meine Position hineinversetzt. Absurderweise dankt Tiina mir dann noch dafür, dass sie durch die Trennung ihr Leben neu überdenken konnte; sie wolle sich demnächst eine Auszeit von ihrem Job nehmen und eine Spezialausbildung zur

Therapeutin machen, irgendwas Kurzzeit-Lösungsorientiertes.

Das sitzt. Ich habe nichts dagegen, dass Menschen sich weiterentwickeln, aber die Therapienummer ist ein bisschen viel. Schon meine Freundin aus der Schulzeit ist Therapeutin geworden, meine Freundin aus dem ersten Semester hat nach unserer Trennung von Politikwissenschaft zu Psychologie gewechselt, und jetzt schlägt auch noch Tiina diese Richtung ein. Andere Menschen werden durch eine Beziehung reifer und klüger, meine Expartnerinnen werden Therapeutinnen.

Widerwillig gehe ich die Vierte Linie hinunter. Am Ende der Straße wartet die Folterkammer Zahnarztpraxis. Genau der richtige Programmpunkt nach einem erfolglosen Gespräch über die zeitliche Aufteilung der Kinder.

Ich fand Zahnärzte schon immer schrecklich. Meine Mutter erzählt mir bis heute, wie ich als Dreijähriger erst meinen Mund nicht aufmachen wollte und dann dem Zahnarzt ins Gesicht gespuckt habe. In der jetzigen Situation kommt zur allgemeinen Abneigung noch dazu, dass der behandelnde Zahnarzt höchstwahrscheinlich mein Bruder ist, darüber aber nicht sprechen will. Jeder andere Mensch würde das superaufregend finden, aber er schiebt das beiseite! Er ist eben durch und durch Zahnarzt. An diesem Berufsstand ist einfach nichts Gutes. Das einzige Positive war, dass mir Anfang der Siebziger beim Zahnarzt der erste Mülleimer mit Tretfunktion begegnet ist. Das hat mich als Kind sehr beeindruckt. Doch im Ernst: Wer sucht sich schon einen Beruf, bei dem der Mülleimer in der Praxisecke das Tollste ist?

Im Wartezimmer lenke ich mich mit der Abendzeitung ab. Angeblich hat ein beliebter Moderator eine Affäre mit einem Bikini-Model. Ich frage mich da immer: Woher wollen die Leute das wissen? Vielleicht gehen die beiden einfach nur gern zusammen ins Kino! Wieso glauben die Menschen immer, sie würden alles sehen? Ich selbst zum Beispiel: Rein äußerlich entspreche ich genau dem Bild des erfolgreichen Grafikdesigners mit Festanstellung in einem schicken Büro. Innendrin führe ich einen permanenten Sorgerechtsstreit und leide wie ein Hund unter der Abwesenheit meines Vaters. Und als Dreingabe faulen mir die Zähne weg.

«Kirnuvaara!»

Ich bin dran. Ich pfeffere das Klatschblatt auf den Tisch und verspüre tatsächlich so was wie positive Überraschung. Esko Kirnuvaara behandelt mich persönlich. Er hätte mich auch zu einem Kollegen schicken können. Anscheinend fühlt er sich für meine Zähne verantwortlich. Ob außer Professionalität auch brüderliche Fürsorge mitschwingt?

Er verpasst mir eine Betäubungsspritze, die ziemlich weh tut. Das macht der doch mit Absicht! Wahrscheinlich prahlen Zahnärzte untereinander, wie sie mit solchen Maßnahmen ihre Patienten in den Griff kriegen! Na ja, wenn ich selbst Zahnarzt wäre, würde ich meine Machtposition vielleicht auch ganz angenehm finden.

«Es dauert jetzt einen Moment, bis die Betäubung wirkt. Wir nutzen die Zeit für eine Kontrolle», sagt er.

Ich nicke.

Er begutachtet jeden Zahn einzeln, die Arzthelferin schreibt die Nummern der Zähne und die entsprechenden Angaben auf. Meine Fünfer fehlen, was auch immer das bedeutet.

«Wieso ist das immer noch so entzündet?», fragt er mich.

«Was?», frage ich zurück.

«Ihr Zahnfleisch.»

«Keine Ahnung.»

«Haben Sie Zahnseide benutzt?»

«Nein. Nur einmal kurz.»

«Wieso das? Sie müssen sie jeden Abend benutzen, am besten auch morgens. Das ist eine Frage der Prioritätensetzung.»

«Zahnseide steht auf meiner Prioritätenliste nun mal weiter unten. Ehrlich gesagt, das eine Mal hat es furchtbar geblutet.»

«Das ist der Witz daran. Erst blutet es, dann tritt Verbesserung ein. Außerdem kann man Kariesbildung verhindern, Putzen allein reicht dafür nicht. Hier zum Beispiel, gleich mehrere kleine Löcher nebeneinander. Wieso –»

«Könnten wir vielleicht aufhören zu reden, und Sie machen einfach Ihren Job? Das wäre sehr freundlich. Alle Leute haben ihre Schwachstellen, und bei mir sind es nun mal die Zähne.»

«Ich möchte nur darauf hinweisen, dass eine Entzündung des Zahnfleischs ernsthafte andere körperliche Erkrankungen nach sich ziehen kann.»

«Ihre Bemerkungen ziehen auch gleich was anderes nach sich. Und dass Sie nicht über Ihren Vater reden wollen, auch.»

«Wollen Sie mir drohen? Ich tue nur meine Arbeit, und Zahnseide –»

«Meinetwegen benutze ich sogar dreimal täglich Zahnseide, wenn Sie endlich über Ihre Familie reden!»

«Tut mir leid, ich bin Zahnarzt, kein Familienforscher.»

«Na toll. Wissen Sie, was ich über Zahnärzte denke? Zahnärzte haben alle ein Riesenproblem, das sie wegdrücken, indem sie die Leute, die hilflos vor ihnen liegen, quälen und foltern! Wir könnten längst andere Methoden haben als Zahnseide und Spritzen, aber das wollen die Zahnärzte gar nicht, so pervers sind sie!»

«Sonst noch etwas? Oder können wir jetzt mit der Wurzelbehandlung anfangen?»

«Und jetzt drücken Sie sich vor einer Antwort.» Die Betäubung wirkt, aber reden kann ich noch.

«Oh, ich sehe das ganz genau wie Sie. Die meisten Leute widmen sich lieber anderen Dingen, als ihre Probleme anzugehen.»

«Reden Sie jetzt von Zahn- oder von Familienproblemen?»

«Ich rede immer von Zahnproblemen. In diesem Fall von *Ihren* Zahnproblemen. Und da Sie sich nicht um sie kümmern, muss ich das tun. Ich öffne jetzt das Provisorium vom letzten Mal, gucke mir die Wurzel an, und dann machen wir Ihnen eine schöne Krone.»

«Was kostet das überhaupt?»

«Das können wir später besprechen. Machen Sie sich darüber keine Sorgen. So, und jetzt den Mund weit öffnen, damit ich eine Aufnahme des Zahns machen kann, für die Form der Krone.»

Der Zahnarzt führt eine winzige Kamera in meinen Mundraum. Auf dem Bildschirm an der Wand werden meine Zähne sichtbar.

«Die Schneidezähne sollten lieber auch nicht so bleiben», sagt er.

«Wieso nicht?»

«Das Material ist in sehr schlechtem Zustand. Wie konnte das passieren?»

«Jetzt reicht's aber mit Ihren Belehrungen!» Ich springe aus dem Stuhl, die Instrumente fallen klirrend zu Boden. Ich reiße dem Idioten, der vermutlich mein Bruder ist, die Kamera aus der Hand und donnere sie neben die Instrumente; das Kameragehäuse kriegt einen Sprung.

«Die ist nicht mehr zu gebrauchen», stellt er fest.

«Dann bezahl ich sie halt.»

«Ganz bestimmt nicht», widerspricht er. «Das Modell kostet zwanzigtausend Euro.»

«Na und? Dann bezahl ich sie halt mit meiner Arbeit! Ihre Praxis sieht total verstaubt aus, die könnte mal einen Erneuerungsschub vertragen. Die Einrichtung und Farbgestaltung sind garantiert mindestens zehn Jahre alt! Lassen Sie mich raten – aus dem Jahr 2007?»

«Exakt. Und alles funktioniert bestens. Ich bin zufrieden, und meine Patienten auch. Selbst Sie sind hergekommen.»

Ich hätte was Billigeres runterwerfen sollen. Aber wenn man wütend wird, fällt das Abwägen schwer.

Mein Bruder – ich bin fest davon überzeugt, dass er mein Bruder ist – hebt die Kamera auf und versucht, sie wieder zum Leben zu erwecken. Die Arzthelferin sammelt die Instrumente ein.

«Verlieren Sie häufiger die Nerven?»

Gute Frage. Eigentlich nicht. Prompt fallen mir meine Exfrau und meine Kinder ein. «Manchmal schon.»

«Und kostet das dann auch zwanzigtausend Euro?»

«Mehr. Viel mehr.»

ESKO

Meine Frage war eigentlich freundlich gemeint, aber der Kerl fängt an zu heulen. Meine Assistentin glänzt mal wieder mit Abwesenheit. Die wüsste jetzt, was zu tun ist. Ich nicht. Ich versuche, meinen Patienten so gut ich kann zu trösten. Obwohl ich ahne, dass er nicht allein wegen der teuren Kamera weint.

«Das lässt sich bestimmt über die Versicherung regeln», schlage ich vor.

«Wohl kaum. Ich hab Ihre Kamera ja nicht gerade aus Versehen kaputtgemacht.»

«Man könnte doch schreiben, dass die Kamera im Gefühlsüberschwang eines unerwarteten verwandtschaftlichen Wiedersehens runtergefallen ist.»

Das habe ich gar nicht als Witz gemeint. Aber er lacht zum Glück und hört mit dem Schniefen auf. «Ich werde die Kosten schon irgendwie abbezahlen.»

«Nein. Ich schau mir erst mal an, wie groß der Schaden überhaupt ist. Vielleicht funktioniert sie ja noch. Und mit meinen Fragen zur Zahngesundheit … ich will meinen Patienten bestimmt nicht zu nahe treten. Aber ich erwarte, dass sie ihre Zahnpflege besser aufstellen. Sonst bringen die Termine bei mir auf Dauer herzlich wenig. Deshalb interessiere ich mich so für ihre Putz- und Essensgewohnheiten.»

«Na ja. Ich esse schon ziemlich viele Süßigkeiten.»

«Soso. Und warum?»

«Vielleicht, weil sie lecker sind?»

«Mohrrüben sind auch lecker», halte ich dagegen.

«Irrtum. Nach einem harten Arbeitstag oder einer unschönen Trennung greift garantiert niemand zu Mohrrüben.»

«Das ist bedauerlich. Gerade in einem solchen Fall wie dem hier, mit einem derart entzündeten Zahnfleisch –»

Mit einem Ruck stemmt mein Patient sich aus dem Behandlungsstuhl und verlässt türenknallend den Raum.

«Das muss ich mir nicht länger anhören! Mein Tag ist auch so schon scheiße genug!», brüllt er im Weggehen.

PEKKA

Wutschnaubend marschiere ich zur Arbeit. Dass die Leute mich komisch angucken, ignoriere ich. Im Büro stelle ich fest, dass ich noch das Lätzchen aus der Praxis umhabe.

An meinem Platz greife ich als Erstes in die unterste Schreibtischschublade und plündere meinen Süßigkeitenvorrat. Weingummis sind jetzt genau das Richtige. Eins bleibt sofort an dem Stumpf über der problematischen Zahnwurzel hängen. Jawoll, denke ich mit Genugtuung, eine bessere Rache an diesem Arschloch gibt es nicht.

Doch länger als zwei Tage halte ich nicht durch. Schlimmer noch als ein sadistischer Bruder, der seine Perversionen als Zahnarzt auslebt, ist eine unabgeschlossene Wurzelbehandlung.

Die Frau im Empfangsraum lächelt verstohlen.

«Könnten Sie mich vielleicht zwischenschieben? Ich habe starke Schmerzen», sage ich.

«Ein Patient ist noch drin, aber Sie kommen gleich als Nächster dran», versichert sie.

Mit hängendem Kopf betrete ich das Behandlungszimmer und entschuldige mich, auch bei der Arzthelferin, der ich die kleine Kette für die Behandlungslätzchen in die Hand drücke. «Tut mir wirklich leid. Ich habe gerade einen Streit mit meiner Exfrau am Laufen, wegen der Kinder. Kurz vor dem Termin hatte ich mit ihr telefoniert.»

«Umso besser, dass es jetzt weitergehen kann. Schauen wir uns das doch mal an. Ah, da hängt was vom letzten Essen. Ja, wir müssen die Krone schleunigst draufsetzen, dann kann so was nicht mehr passieren. Darf ich noch mal ein paar Aufnahmen machen?»

«Geht die Kamera etwa wieder?», frage ich erstaunt.

«Ich musste nur ein kleines Teil austauschen. War kein Problem.»

«Puh, Schwein gehabt.»

Auf dem Bildschirm erscheint riesengroß mein Backenzahnstumpf.

Der Zahnarzt bewegt die Maus an den Umrisslinien entlang. «So kriegen wir exakt die richtige Form. Dauert auch gar nicht lange.»

Aha, auch hier hat sich die Technik ein wenig weiterentwickelt. Und nach einer guten Viertelstunde im Wartezimmer werde ich auch schon wieder reingerufen.

Der Zahnarzt setzt die Krone vorsichtig auf und drückt sie fest.

«Bitte mal zubeißen. Steht sie zu hoch?»

«Ein bisschen vielleicht.»

Er hält mir ein blaues Papier vor den Mund. «Bitte mal draufbeißen und ein bisschen mit den Zähnen klappern.»

Er löst die Krone ab, schleift ein wenig daran herum und setzt sie dann wieder ein. «Und jetzt?»

«Passt.»

«Prima. Dann können wir das jetzt fertigmachen.»

Er löst die Krone wieder und reicht sie der Arzthelferin. «Bitte einmal brennen.»

«Die wird jetzt bei achthundert Grad gehärtet», erklärt er mir. «Dabei kriegt sie auch den richtigen Farbton. Das dauert aber einen Moment. Ich würde so lange den nächsten Patienten reinholen, wenn das in Ordnung ist, danach machen wir beide wieder weiter.»

Mein Wutausbruch von vorgestern hat ihm offensichtlich zu denken gegeben. Er behandelt mich endlich wie einen Menschen. Ehrlich gesagt, habe ich in meinem ganzen Leben noch keinen so erträglichen Zahnarztbesuch erlebt. Bei den kommunalen Ärzten geht es viel hektischer zu, und die Technik ist vermutlich nicht immer auf dem neuesten Stand.

Die fertige Krone wird mit einer Art Superkleber eingesetzt. Der Zahnarzt behandelt das Resultat noch rundherum mit Zahnseide. Unten am Zahnfleisch tut es mal wieder weh, aber ich kooperiere und lasse mir nichts anmerken.

«Das hätten wir. In einer Woche kommen Sie bitte zur Kontrolle, ja?»

«Können wir uns vielleicht auch außerhalb des Behandlungszimmers treffen? In der Freizeit?», frage ich.

«Ich habe nicht besonders viel Freizeit.»

«Für ein Bier wird es wohl gerade noch reichen?»

«Ich trinke kein Bier.»

«Hm. Was machen Sie dann?»

«Ich gehe joggen.»

«Dann gehen wir eben zusammen joggen!»

«Gut. Unter einer Bedingung.»

«Und die wäre?»

«Ich bringe auch Ihre Schneidezähne in Ordnung.»

«Das kann ich mir jetzt so im Anschluss gar nicht leisten.»

«Keine Sorge. Ich werde mir schon irgendeinen Familienrabatt ausdenken.»

Familienrabatt! Das klingt beängstigend und großartig zugleich.

«Onni Kirnuvaara ist also Ihr ... ist dein Vater!»

«Ja. Ehrlich gesagt wusste ich sofort, dass wir Halbbrüder sind.»

«Und wieso?»

«Dir fehlen die Fünfer.»

«Was für Fünfer?»

«Das sind die Zähne hier an dieser Stelle. Wo ich auch keine habe. Das wird vererbt, da kann man nichts machen. Aber die Schneidezähne, die kriegen wir schöner hin.»

Er klopft sie mit einem Metallstab ab. «Merkst du was?»

«Überhaupt nichts.»

«Was ist mit denen passiert?»

«Sind mir bei einem Fahrradsturz rausgeflogen.»

«Was musstest du auch so wild Fahrrad fahren.»

«Na klar, wenn ich mein ganzes bisheriges Leben in einem sterilen Zimmer verbracht hätte, ich hätte bis heute keinen einzigen Kratzer. Aber im Ernst, das kann's doch nicht sein! Vielleicht könntest du deinen oberlehrerhaften Ton etwas runterfahren. Gerade schon dachte ich, dass du ja doch ganz nett bist.»

Insgeheim freue ich mich halbtot. Er will mich weiterbehandeln! Natürlich aus primär beruflichem Interesse; Esko hat ganz offensichtlich ein zahnmedizinisches Helfersyndrom, ganz besonders dann, wenn er die Menschen auf seinem Behandlungsstuhl kennt. Ich glaube aber, dass es in meinem Fall darüber hinausgeht: Höchstwahrscheinlich möchte Esko doch mehr über unseren Vater erfahren.

ESKO

Nach der Arbeit gehe ich noch in den Supermarkt. Und kaufe die gleichen Produkte wie immer. Die gleiche Milch, das gleiche Brot, den gleichen Käse, die gleiche Fertiglasagne. Bei den Kassen wechsele ich dann bewusst; die Kassiererinnen müssen ja nicht mitbekommen, dass ich nie was anderes kaufe. Aber ich mag Veränderungen nun mal nicht. Dass ich jetzt meinen Bruder, oder genauer gesagt, meinen Halbbruder kennenlerne, ist da schon äußerst ungewöhnlich.

Meinen Nachnamen habe ich vor einem halben Jahr gewechselt. Vorher hieß ich Stenius, nach meiner Pflegefamilie. Aber es war eben nicht meine richtige Familie. Außerdem gibt es unter den Stenius' ziemlich viele Ärzte, und ich konnte das ewige «Ach, dann sind Sie auch einer von denen!» nicht mehr hören. Ja, in gewisser Weise bin ich einer von denen – und doch wieder nicht. Kirnuvaara war der einzige Name, den ich ohne großen Papierkrieg annehmen konnte. Der Nachname meiner biologischen Mutter ist leider nicht bekannt.

Habe ich insgeheim sogar gehofft, dass irgendein Verwandter mich findet? Und wenn ja, war das ein Fehler? Sollte ich Pekka außerhalb der Praxis treffen oder lieber nicht? Mein Verstand sagt nein, aber mein Gefühl sagt ja. Seit wann höre ich auf mein Gefühl, verdammt? Das ist schon eine geradezu abnorme Veränderung!

Auf alle Fälle wird Pekka bald bessere Zähne haben, und das ist begrüßenswert. Irgendwer muss sich schließlich darum kümmern; ein kommunaler Kollege würde die neuen Schneidezähne als weniger dringlich einstufen. Sie sind auch nicht unbedingt dringlich, aber die jetzigen sind eben nicht gut.

Nicht gut genug für meinen Bruder.

PEKKA

Ich treffe Esko am nächsten Abend am Tokoinranta; die Wellen am Ufer der kleinen Bucht schlagen hoch, auf dem Spielplatz stehen fröstelnde Eltern mit ihren Kindern.

Wir wollen zusammen joggen. Und vielleicht ist es mehr als nur joggen, vielleicht ist es der Anfang von etwas Größerem. Biologisch sind wir miteinander verwandt, mental haben wir noch etliche Schritte vor uns, bis wir uns wirklich als Brüder fühlen können.

Ich trage die übliche Funktionskleidung, Esko kommt in einer alten Seventies-Trainingshose und einem uralten Kapuzenpulli. Damit ist er ziemlich hip, aber garantiert nur aus Versehen; ich glaube nicht, dass Mode eine Rolle für ihn spielt. Als er meine enganliegende Funktionshose sieht, fragt er: «Quetscht die Strumpfhose dich nicht ein?»

Ich blicke ihn forschend an. Aha, das war vollkommen ernst gemeint. Meinem Bruder fehlt jeglicher Durchblick, und vor allem jeglicher Humor. Der große Witzereißer bin ich sicher auch nicht, aber so spaßfrei wie Esko gehe ich dann doch nicht durchs Leben.

«Super, dass wir uns aufgerafft haben, die dunkle Jahreszeit macht mich ziemlich müde», sage ich.

«Also, ich merke davon überhaupt nichts.»

«Guck dich doch mal um, um fünf ist dunkel, und es sind kaum noch Blätter an den Bäumen.»

«Stimmt, jetzt, wo du's sagst ... Ich glaube, ich bin vom Typ her ganz gut geeignet für die dunkle Jahreszeit.»

«Aha, und inwiefern?»

«Na, wenn man im Sommer nicht fröhlich durch die Gegend springt, kann einem der Herbst nichts anhaben.»

Auch jetzt kein Schmunzeln, kein Augenzwinkern. Das meint der absolut ernst! Puh. Ich lächle vielleicht nicht permanent nach außen, aber doch regelmäßig nach innen. Nicht so mein Bruder. Der hat eine dunkle Seele.

Dass ich in der Öffentlichkeit ungern lächle, hat übrigens einen konkreten Grund. Irgendwann in der Schulzeit mussten alle Jungs und Mädchen bunte Aufschläge an ihren Levi's-501-Hosenbeinen haben, und als ich meine Levi's zur Mutter eines Freundes bringen wollte, die gut nähen konnte, ist mir die Tüte mit der Jeans bei voller Fahrt in die Fahrradspeichen gekommen. Der Aufprall auf der Straße war das Ende meiner Schneidezähne, oben wie unten. Mein damaliger Zahnarzt setzte mir diese vier komischen Plastikdinger ein. Aber so richtig gut war die Lösung nicht, jedenfalls haben sich die Zahnwurzeln danach jeden Sommer entzündet. Jedes Mal musste Eiter entfernt werden. Bis die Wurzeln verödet wurden. An den leicht gräulichen Plastikdingern in meiner Zahnreihe habe ich mich trotzdem nie erfreut. In meiner Klasse hatten die meisten relativ wohlhabende Eltern und entsprechend gepflegte Zähne – ich passte da optisch nicht besonders gut rein. Ist nicht schön, wenn deine Zähne nicht zu deinem sozialen Umfeld passen. Ich schämte mich also für mein hässliches Lächeln, und irgendwann zeigte ich es nicht mehr. Das wirkte durchaus auf mein Wesen zurück. Ist doch logisch, wenn man die Art zu reden und den Humor seiner Zahnsituation anpasst. Statt witzig war ich irgendwann lakonisch, manchmal ironisch. In der Werbebranche kam mir das später zugute, da ist das angesagt. Ernsthaftigkeit und Freudlosigkeit überzeugen die Kunden. Wer witzelt, ist vielleicht nicht kompetent.

Als Esko und ich loslaufen, liegt das Stimmungsbarometer noch weit unter dem, was man gemeinhin als lakonisch bezeichnet. Wir laufen am Café Piritta vorbei, scheuchen ein paar Gänse auf, die sich für die Reise in den Süden versammeln, und steuern Richtung Töölö. Kurz vor der kleinen Brücke kommen wir an dem Hundeauslauf vorbei, es sind zwei abgezäunte Areale, eins für große, eins für kleine Hunde. Wo da wohl die Größengrenze verläuft? Und wie wäre es, wenn man Menschen so einteilen würde? Oder in gute und schlechte? Wohin würde ich gehören? Und wohin unser Vater? Und auch hier: Wo verläuft die Grenze zwischen Gut und Schlecht?

Hinter der Brücke kann man rechts oder links herum um den Töölö-Busen laufen. Esko biegt nach links. Ich gehe hier normalerweise rechts. Angeblich gehen echte Helsinkier immer rechts, wir outen uns also gerade als Dorfdeppen. Nach einer Weile zieht es bedenklich in meinen Wadenmuskeln.

«Können wir eine kurze Pause machen? Ich muss meine Beine ein bisschen dehnen», sage ich.

Esko nickt. Wir sind an der Brücke, die parallel zu den Bahngleisen verläuft, und ich nutze ihr Geländer als Dehnhilfe. Meistens ist es unangenehm, mit Leuten zu schweigen, jetzt macht es mir so gut wie nichts aus. Meine Güte, der Typ ist mein Bruder – wieso sollte ich da die ganze Zeit Smalltalk machen.

«Guck mal da drüben, die renovieren die Oper. Dabei ist

das Gebäude noch gar nicht so alt», sagt Esko nach einer Weile und zeigt zum gegenüberliegenden Ufer.

«Vielleicht sind es nur Schönheitsreparaturen?», spekuliere ich.

«Na und? Bei so einem großen Haus kommt auch da eine Menge zusammen, und immer auf Kosten der Steuerzahler! Wie viele Zahnärzte man mit dem Geld wohl bezahlen könnte?»

«Du kannst doch die Kosten für die Instandhaltung öffentlicher kultureller Gebäude nicht mit denen für Zahnarztbesuche gleichsetzen!»

«Wieso denn nicht?»

«Außerdem, für Verteidigung und Waffen wird viel, viel mehr ausgegeben.»

«Stimmt. Habe ich beim Wehrdienst auch schon gedacht: Eine Bazooka nach der anderen abfeuern, aber keine zahnmedizinische Grundversorgung gewährleisten.»

«Sag mal, willst du etwa so was wie einen Medizinstaat? Das klingt ja fast so schlimm wie ein Polizeistaat!»

Statt mir zu antworten, starrt mein Bruder auf die kleinen bunten Vorhängeschlösser am Brückengeländer. «Was hat es eigentlich mit denen auf sich?»

«Das ist doch dieses Pärchenritual.»

«Aha ... und was steckt dahinter?»

«Na, die versprechen sich ewige Liebe, machen das Schloss zu und werfen den Schlüssel ins Wasser.»

«So was gibt's doch gar nicht.»

«Was?»

«Ewige Liebe. Überhaupt, Liebe.»

«Nur weil *wir* sie gerade nicht erleben, kann sie doch trotzdem existieren.»

«Garantiert nicht.»

Wir werfen einen Blick auf die Schlösser. Die meisten haben eine Gravur: «17.6.2012, Emma und Markus, für immer», lese ich vor. «Ist doch romantisch», versuche ich meinen Bruder zu überzeugen.

«Romantik führt aber zu nichts. Emma und Markus sind heute bestimmt kein Paar mehr. Ihre Gefühle sind längst an den Klippen der Realität zerschellt.»

«Was meinst du damit?»

«Na, zwei Menschen halten es einfach nicht besonders lange miteinander aus. Tagein, tagaus dieselbe Visage, wer schafft das schon! Markus ist bestimmt schon mit einer anderen zusammen. Vielleicht hat er mit ihr an einer anderen Brücke ein dickeres Schloss angebracht. Aber nützen wird es ihm nichts.»

«Das Schloss?»

«Die Liebe überhaupt.»

«Du bist aber zynisch. Und die hier? Jasmiina und Timo.»

«Das hat keine drei Monate gehalten.»

«Wieso das?»

«Allein schon der Name, Jasmiina. Solche Frauen tingeln durch Fernsehsendungen wie *Big Brother*! Das verheißt nichts Gutes.»

Wow, er hat recht. Und: Mein Bruder guckt Reality-TV! Das hätte ich nicht gedacht.

Wir joggen weiter. Schon am Finlandia-Haus fühlen meine Wadenmuskeln sich angenehm geschmeidig an. Zweimal laufen wir um den Töölö-Busen, auf der Brücke mit den Schlössern verabschieden wir uns.

«Na dann. Morgen um sieben kommt schon mein erster Patient», sagt Esko.

«Ha. Da liegen die Opernleute noch im Tiefschlaf und tragen nichts zum Bruttosozialprodukt bei.»

Ich hätte gedacht, dass der Spruch ihm gefällt, aber er verzieht keine Miene und reicht mir zum Abschied die Hand. Meinem Gefühl nach wäre eine Umarmung passender gewesen, aber anscheinend gehört er da noch einer anderen Generation an. In meinem Alter sind Abschiedsumarmungen ganz normal. Vielleicht ist es bei Esko auch eine Persönlichkeitssache, und selbst wenn er zwanzig wäre, würde er mir nur die Hand schütteln.

Er joggt weiter Richtung Töölö, zu sich nach Hause. Ich bleibe noch einen Moment auf der Brücke stehen. Irgendwie bin ich leicht aufgewühlt. Nach so vielen Jahren plötzlich einen Bruder zu haben ist dann doch ziemlich bewegend. Ihn kennenlernen zu können, nach genetisch bedingten Ähnlichkeiten zu suchen, auch wenn man sich in manchem vielleicht gar nicht ähneln will.

Sonderlich viel weiß ich von ihm nicht. Er schaut Fernsehen, glaubt nicht an die Liebe und würde gern mit Steuergeldern einen Zahnarztstaat errichten. Andererseits, so wenig ist das gar nicht. Vor allem ist es charakteristisch. So spannende Eigenschaften und Meinungen habe ich vielleicht nicht zu bieten.

Der Wind wird ruhiger, und auf einmal kommt mir der Herbstabend beinahe warm vor. Auf dem Wasser weichen die Enten den Stand-up-Paddlern aus. Eigentlich ganz nett, diese neue Trendsportart, auf dem glitzernden Wasser mit dem Sonnenuntergang dahinter. Auch wenn in ein paar Jahren wieder was anderes in ist – die Stand-up-Paddler genießen ihr Leben. Sie tun das, was mein neuer Bruder rigoros ablehnt.

ESKO

Eigentlich gar kein schlechtes Gefühl. Das Joggen mit meinem urplötzlich aufgetauchten Halbbruder war längst nicht so belastend, wie ich es mir vorgestellt hatte. Meistens sind Treffen mit neuen Menschen ja eher anstrengend, und sie wollen einem unbedingt alles Mögliche erzählen.

Zum Glück werden neunundneunzig Prozent der Leute, die ich sehe, kurz nach der Begrüßung still. Spätestens dann, wenn ich mit dem Bohrer komme, meistens aber schon bei der Multifunktionsspritze und dem Speichelsauger.

Ob es mir besserginge, wenn ich noch andere Interessen hätte als meinen Beruf? Ich kann mich über mein Leben eigentlich nicht beklagen, auch wenn es kein Freudentanz ist – so wie es in diesen Frauenzeitschriften immer aussieht: eine tolle Arbeit, Familie, Freunde, spannende Hobbys, gutes und gesundes Essen. Ich habe immerhin eine tolle Arbeit und neuerdings sogar eine Familie, in Form eines Halbbruders. Und wer weiß, eventuell gibt es sogar noch einen Vater – wenn er gesund gelebt und es bis achtzig geschafft hat.

Der Pekka ist gar nicht so verkehrt. Aber um seine Schneidezähne muss ich mich schleunigst kümmern. Der arme Kerl traut sich ja gar nicht zu lächeln, das erkenne ich sofort. Nicht dass man ständig lächeln müsste. Dazu ist der Mensch nicht auf der Welt, auch wenn viele das denken; die Zeitschriften und Ratgeber sind ja voll von Tipps für ein fröhliches Leben. Bloß: Wieso sollte es einem immer gutgehen und ein Lachanfall auf den nächsten folgen? Wie kommen die Leute darauf, dass wir zu unserem Vergnügen hier sind?

Die Wurzel allen Übels sind falsche Erwartungen. Ich habe bestimmt nicht besonders viel zu lachen, aber ich beschwere mich auch nicht. Tagsüber kümmere ich mich um meine Patienten, und abends warte ich gelassen auf den nächsten Tag. So kriege ich die paar Stunden vor dem Schlafengehen gut rum. Außerdem entfallen ja fast dreißig Minuten auf die Zahnpflege; gründliches Putzen und Spülen und dann noch die Zahnseide. Wenn man Flausen im Kopf hat, kriegt man das nicht ordentlich hin.

Ernst zu sein war bestimmt nicht mein größter Wunsch. Aber wenn der Mensch nun einmal achtzig Prozent seiner Lebenszeit ernst ist – und dabei meist auch deprimiert –, sollte man seinen Frieden damit machen und die Klappe halten.

PEKKA

Seinem perversen Job zum Trotz erweist Esko sich als durchaus passabler Bruder, und ich muss meine Vorurteile hinterfragen.

Man sollte die Menschen als Individuen sehen und nicht als Repräsentanten bestimmter Gruppen: Nicht alle Musiker sind Säufer. Nicht alle Taxifahrer Arschlöcher. Nicht alle Landbewohner lahmarschig, nicht alle Städter gestresst. Es gibt humorvolle Feministinnen, und selbst der schlimmste Macho kann sich bessern. Manche Schwule gehen auf Jagd, und manche Zahnärzte sind tatsächlich nette Menschen. Und obendrein noch mit mir verwandt!

Jetzt macht sich dieser Verwandte allerdings an meinen Schneidezähnen zu schaffen. Und zwar nicht gerade feinfühlig, aber vermutlich lässt sich das anders nicht bewerkstelligen. Knack, knack, knack und noch mal knack – schon sind die vier Plastikrechtecke, die mir Jahrzehnte als Zähne gedient haben, weg. Esko kann es nicht lassen, mir wieder mein Versagen bei der Zahnpflege vorzuführen.

«Hier, schau mal in den Spiegel. So sieht das aus, wenn man sein Leben lang Cola trinkt. Typischer Fall.»

«Ich seh nichts. Ist doch gar nicht so schlimm, oder?»

«Wie bitte? Überall beginnende Löcher! Wieso musst du auch so viel Zuckerzeug konsumieren?»

«Weil's schmeckt! Und was schmeckt, das will man immer wieder essen! Da helfen alle guten Vorsätze nichts.»

«Papperlapapp. Was soll so schwer daran sein, auf Süßes zu verzichten?»

«Na, die Umwelt! Zum Beispiel jetzt im Herbst. Es wird immer dunkler, und alle sind mies drauf. Also braucht man Süßes. Dann kommt die Adventszeit, da gibt es sowieso überall Kekse. Und Weihnachten, wer achtet da schon auf gesunde Ernährung? Da stehen überall Pfefferkuchen, Geleekonfekt und Pralinen rum, da muss man einfach mitessen.»

«*Muss?*»

«Natürlich nicht, aber ich wäre doch blöd, wenn ich da immer ‹Nein, danke› sage! Nach Weihnachten geht der Winter endlos weiter, im Februar kommt die Fastenzeit dazu, und wenn ich schon keinen Alkohol trinke, dann brauche ich wenigstens Süßes. Irgendwann gibt es Runeberg-Torten und cremegefüllte Hefeteilchen, und dann sind auch schon die Schoko-Osterhasen dran. Am Ersten Mai kommen die Krapfen und die Maibrause, und dann ist endlich Sommer, das muss man genießen, auch beim Essen. Ende August, Anfang September gibt es vielleicht eine kurze Phase, in der man stressfrei auf Süßes verzichten könnte.»

«Aber man muss doch da nicht mitmachen!», sagt Esko entsetzt.

«Hm. Schon mal das Wort ‹Leben› gehört?»

«Ah so! Das Leben! Das Leben ist also schuld an deinen Löchern.»

Eskos Leben scheint nur aus Arbeit zu bestehen. Aber wenigstens macht er die gut. Obwohl das Geräusch seines Arbeitsinstruments verdammt nach Kreissäge klingt, merke ich überhaupt nichts. Schon sind meine Zahnstümpfe glatt wie Kinderhaut. Die Zahnarzthelferin saugt schnell die Zahnsplitter aus meinem Mund. Als Nächstes kommt wieder die Kamera zum Einsatz, danach werden am Computer vier neue Schneidezähne erschaffen, passgenau.

«Den Zahn hier muss ich noch ein bisschen dicker machen, dieser Farbton auf dem Bildschirm zeigt an, dass der noch nicht stabil genug war. So, das hätten wir. Jetzt zur Farbe. Was soll's denn sein?»

«Wie, Farbe?»

«Wie weiß sollen deine Schneidezähne werden? Hollywoodweiß wohl eher nicht.»

Wir einigen uns auf ein gemäßigtes Weiß. Nicht allzu strahlend, aber immer noch eindeutig weiß. Der Code lautet A2. Der Unterschied zu den graugelben Plastikrechtecken wird groß sein.

«Das dauert jetzt wieder etwas. Du kannst draußen warten und gern noch mal den Mund ausspülen.»

Als Erstes gehe ich auf Klo und überprüfe meine Zähne im Spiegel. Vier kleine Stummel. Mit den langen Zähnen direkt daneben sehe ich aus wie Dracula, da passt auch das blutende Zahnfleisch perfekt. Cool bleiben, Pekka, du stehst die Behandlung bis zum Ende durch.

Ich schnappe mir einen Plastikbecher und spüle den

Mund aus. In der Ecke der Toilette steht ein Tretmülleimer – ich pfeffere den leeren Becher genüsslich rein und lege per Pedaltritt noch einen kleinen Trommelwirbel hin. Diese Treteimer zählen wirklich zu den Highlights meiner Kindheitserinnerungen. Jetzt stoße ich hier wieder auf so einen Eimer. Vielleicht wartet noch mehr Gutes auf mich? Ich sollte es jedenfalls nicht ausschließen. Immerhin fertigt mein Zahnarzt gerade sehr brüderlich vier neue Zähne für mich an.

Irgendwann werde ich wieder ins Behandlungszimmer gerufen. Esko setzt die neuen Zähne ein, nimmt sie wieder raus.

«Ich muss den Gaumen ein bisschen lasern.»

«Wenn's nicht anders geht», murmle ich.

In meiner Kindheit haben wir mit einem Laser Feinde vernichtet und Gebäude zerstört. Aber dieser Laser ist ganz sanft, ich merke überhaupt nichts. Nur riechen kann ich was: angesengtes Fleisch.

Esko setzt die Zähne erneut ein. Nach ein paarmal Zähneklappern und Feilen sitzen sie richtig und sind nicht mehr zu lang. Jetzt müssen sie noch gebrannt werden, und dann werden sie endgültig festgeklebt. (Sofern auf diesem Planeten überhaupt irgendetwas endgültig sein kann.)

Nach zwei Stunden ist alles geschafft. Esko betrachtet zufrieden sein Werk.

«Gar nicht übel geworden! Ich fühl mich fast wie Michelangelo.»

Ha, der kann also auch überschwenglich sein! Er gibt mir einen Spiegel und lässt mich an seiner Freude teilhaben.

«Das Zahnfleisch ist vom Lasern etwas dunkel geworden, das kriegt wieder seine normale Farbe», erklärt er.

Meine Zähne sehen richtig gut aus. Mindestens so gut wie die von meinen Mitschülern. «Danke!», sage ich.

«Nicht doch, war mir eine Freude. Ich berechne dir fünfhundert Euro pro Zahn, das ist eine anständige Ermäßigung.»

«Wow! Na ja, vielleicht muss ich meinen Kindern trotzdem erst mal günstigeres Essen kaufen …»

«Oft sind die günstigsten Sachen die gesündesten.»

Schon wieder kapiert er meinen Witz nicht und bleibt todernst. Daran werde ich mich wohl gewöhnen müssen.

Ich bin der letzte Patient in der Praxis, die Assistentin hat es sichtlich eilig, nach Hause zu kommen. Esko wirkt heute für seine Verhältnisse relativ entspannt, so dass ich einen Vorstoß riskiere: «Gehen wir was essen? Ich lade dich ein, Revanche muss sein.»

«Tja, also … warum nicht.»

Da Esko nie auswärts isst, überlässt er mir die Wahl des Restaurants. Ich gehe mit ihm in mein Lieblingslokal in der Dritten Linie. Nordafrikanische Küche. Die Bedienung begrüßt uns auf Englisch und führt uns an einen Fenstertisch.

«Als ich vor ein paar Jahren mal in einem Restaurant war, wurde noch Finnisch geredet.»

«Hier kann nicht jeder Finnisch, die Welt verändert sich eben. Klappt ja trotzdem.»

«Hm. Na ja, wenn ich ehrlich bin, hat die Bedienung damals zwar Finnisch gesprochen, war aber längst nicht so nett wie die heute.»

Richtig. Die Restaurantkette Rosso, die mein Bruder vor Urzeiten mal besuchte, war nie für guten Service bekannt.

Wir studieren die Speisekarte. Esko wundert sich über die vielen fremd klingenden Namen, also helfe ich ihm mit ein paar Empfehlungen.

«Das Lammgericht ist köstlich! Aber auch dieses hier mit Seitan und Falafel schmeckt lecker. Ach so, und die Blätterteigrollen mit Ziegenkäse sind nie verkehrt.»

Esko entscheidet sich für das, was er am ehesten kennt: das Lamm. Als wir bestellt haben, bedanke ich mich bei ihm.

«Ich finde es gut, dass du mitgekommen bist. Das bedeutet mir wirklich viel.»

«Ach, so ein kleiner Restaurantbesuch, der wird mir schon nicht schaden.»

Wir kommen auf unseren Vater zu sprechen. Besser gesagt, ich; Esko hätte das nie von sich aus getan. Ich erzähle ihm alles, was ich weiß; viel ist es nicht.

«Meine Mutter meinte mal, dass er sich geschämt hat, einen Kinderwagen für mich zu kaufen. Erst zehn Minuten vor Ladenschluss ist er losgerannt und dann auf Schleichwegen im Dunkeln mit dem Kinderwagen nach Hause gekommen.»

«Mit einem Kinderwagen durch die Gegend zu gehen entsprach damals nicht dem allgemeinen Bild von Männlichkeit», gibt Esko zu bedenken.

«Tja, und heute machen die Väter mit ihrem Nachwuchs Babyjoga.»

«Entschuldige, wenn ich das so direkt sage, aber ich finde, das ist dann wieder zu viel des Guten. Hast du so was etwa auch gemacht?»

«Es war kein Platz mehr in der Gruppe frei. Aber ich bin in einen Papa-Kind-Malkurs gegangen, mit farbtherapeutischem Ansatz. Wer weiß, vielleicht hätte dieser Ansatz ja *unserem* Vater helfen können, mit dem Alltag klarzukommen und nicht sofort abzuhauen.»

«Schwer zu sagen. Glaube ich eher nicht. Aber weißt du, was mich an den Eltern von heute wirklich stört?», fragt Esko.

«Schieß los.»

«Damit meine ich jetzt nicht dich persönlich, ich kenne dich ja gar nicht im Umgang mit deinen Kindern. Aber ich höre das überall auf den Straßen und in der U-Bahn. Diese ... diese Hätte-könnte-würde-Eltern!»

«Das musst du mir genauer erklären.»

«Na, diese Höflichkeitsform. Grammatikalisch ist das doch der Konjunktiv, oder? Könntest du mal dies, würdest du mal das. Würdest du bittebitte deine Sojabolognese aufessen? So hat man doch früher nicht geredet! Abgesehen davon hat man auch von *Soja*bolognese nicht geredet.»

«Ehrlich gesagt, muss ich zugeben, dass ich auch ein Konjunktiv-Papa bin. Hat vielleicht damit zu tun, dass wir die Kinder heute stärker respektieren. Wir lieben sie halt.»

«Und wir wurden damals nicht geliebt?»

Hm. Ich denke schon, dass wir geliebt wurden. Auch wenn meine Siebziger-Jahre-Kindheit nicht unbedingt danach aussah, als würde den Erwachsenen viel an unserer Entwicklung liegen – ich sage nur Zigarettenqualm im Auto, aber dafür kein Anschnallgurt. Die Liebe zeigt sich wohl zu jeder Zeit anders.

Die Bedienung bringt unsere Getränke. Weißwein für mich, Wasser für Esko. Ich glaube nicht, dass Esko ein Alkoholgegner im eigentlichen Sinn ist. Der will nur seine Zähne schonen, vor Säureattacken.

Dafür, dass unser Treffen mit dem Absäbeln meiner Schneidezähne begann, ist die Stimmung erstaunlich nett, fast schon familiär. Ich fühle mich meinem Bruder näher, als ich zu hoffen gewagt hätte. Unser Gespräch läuft entspannt, jetzt stellt Esko sogar eine vertiefende Frage.

«Ich glaube, das mit deiner Arbeit habe ich noch nicht ganz verstanden. Womit genau verdienst du noch mal dein Geld?»

«Ich bin Copywriter in einer Werbeagentur. Ich entwerfe Werbekampagnen.»

«Und wie sieht das in der Praxis aus?»

«Ich mache den Slogan, also den Werbespruch, und das Konzept. Und meine Teamkollegin Suvi kümmert sich um die visuelle Umsetzung. Das Ganze natürlich den Wünschen des Kunden entsprechend. Aktuell beteiligen wir uns zum Beispiel am Wettbewerb für das neue Werbekonzept einer großen Tankstellenkette. Da brauchen wir ein positives Versprechen, einen Spruch, der an jeder Tanke und auf jeder Benzinquittung draufsteht. Wenn der Auftraggeber ein Zahnarzt wäre, könnte der Spruch lauten: ‹Das beste Werkzeug für Ihr Kauwerkzeug›, oder so.»

«Kauwerkzeug?»

«Damit sind natürlich die Zähne gemeint. Na ja, jedenfalls müssen wir für die Tankstelle etwas finden, das irgendwie schick ist und trotzdem geerdet und kundennah rüberkommt.»

Keine Ahnung, wie viel mein Bruder davon kapiert. Zumindest kommt er gleich mit einem Vorschlag: dass die Tankstellenwerbung ein neues Konzept verfolgen sollte, nämlich Tankstellen ohne Süßigkeiten und Limo. Ich verspreche, zumindest darüber nachzudenken (wobei wir natürlich nicht in den Kompetenzbereich unserer Kunden reinreden dürfen).

Bisher wusste Esko gar nicht, dass es meinen Job gibt. Und eigentlich ist das gar nicht so schlecht; man soll schließlich nicht merken, wie viel Arbeit hinter einer guten Kampagne steckt. Eine Sache fällt meinem Bruder dann doch zu meinem Job ein.

«Du und deine Kollegen, seid ihr nicht alle diese ... wie heißt das noch mal, diese Hipster?»

Ich lache laut los. «Also, erstens bin ich zu alt, um ein Hipster zu sein. Und zweitens sind diejenigen, die wie Hipster aussehen, eigentlich schon keine echten Hipster mehr.»

«Das verstehe ich nicht.»

«Der wahre Hipster ist längst einen Schritt weiter als die Masse, die ihn nachahmt. Denkt er zumindest.»

Esko deutet ein Lächeln an und gibt zu, dass er von all dem herzlich wenig versteht. «Für die jungen Leute bin ich vermutlich langweilig und verstaubt, aber das macht nichts, denn weißt du was? Selbst der größte Hipster und der tollste Hopster wird so klein mit Hut, wenn er auf meinem Behandlungsstuhl sitzt.»

«Logisch. Zahnschmerzen kann man nun mal nicht mit Coolsein stoppen.» Hey, das läuft ja richtig gut mit meinem Bruder. Der eigentlich nur ein Halbbruder ist, aber egal. Ich wage eine private Frage. «Hast du Familie?»

«Nein.»

«Wolltest du das so, oder ist dir die passende Frau nicht über den Weg gelaufen? Wenn ich das überhaupt fragen darf.»

«Ja.»

«Wie, ‹ja›? Sie ist dir nicht über den Weg gelaufen?»

«Nein, mit ‹ja› meinte ich, dass du das fragen darfst. Ehrlich gesagt, habe ich darüber nie richtig nachgedacht. Es ist einfach so gekommen. Das ist aber eine reine Feststellung, ich habe keinerlei Grund, mich zu beschweren. Ich komme bestens zurecht.»

«Und deine ... Pflegefamilie? Wie war es bei denen?»

«Wie soll das gewesen sein? Großgezogen haben die mich. Da ging es eher um vernünftige Kleidung und regelmäßige Mahlzeiten. Liebe oder so was war da weniger im Spiel, falls du das meinst.»

«Das meinte ich, ja.»

«Ach so, und den Beruf haben sie mir quasi mitgegeben. Mein Pflegevater war auch schon Zahnarzt. Aber sonst gibt es da keine weitere Beziehung, keine enge jedenfalls. Ich habe nie Mutter und Vater zu denen gesagt. Mit ihren Vornamen hab ich sie angeredet.»

«Hast du überhaupt zu irgendjemandem eine engere Beziehung?»

«Nein. Oder doch, einmal, aber das ist lange her.»

Er verstummt. Es muss ungewohnt für ihn sein, sich so persönlich auszutauschen.

«Magst du davon erzählen?», frage ich.

«Also gut. Meine Pflegefamilie hatte einen Hund. Einen Golden Retriever. Der war mein bester Kindheitsfreund. In der neunten Klasse waren wir eine Woche auf Klassenfahrt, ich habe den Hund furchtbar vermisst. Als ich zurückkam, wartete er schon vor der Haustür auf mich und hat mit dem Schwanz gewedelt. Meine Pflegemutter parkte auf der gegenüberliegenden Straßenseite. Du kannst dir schon denken, was passiert ist. Der Hund ist losgerannt, kaum dass er mich gesehen hat, und wurde von einem Auto überfahren. Er war sofort tot. Da habe ich mir gedacht: Besser, man lässt niemanden an sich ran. Auch Tiere nicht.» Esko erzählt das ganz nüchtern, ohne Dramatik, ohne Ironie.

«Weißt du, weshalb deine biologischen Eltern dich zu der Pflegefamilie gegeben haben?», frage ich.

«Nein.»

«Die Pflegeeltern haben dir nichts davon erzählt?»

«Nicht viel. Es hieß immer nur, dass mein Vater verschwunden sei und meine Mutter zu jung war, um mich großzuziehen. Aber wer weiß, vielleicht gab es ganz andere Gründe.»

«Was meinst du damit? Was denn zum Beispiel für welche?»

«Vielleicht war ich ein schwieriges Kind?»

«Mit drei Jahren?!»

«Kann doch sein! Woher willst du das wissen!»

«Moment mal, ich habe immerhin selber Kinder.»

«Na, siehst du. Meine Sprechstundenhilfe auch. Und was sie mir erzählt – nicht dass ich danach fragen würde –, klingt nach einer Dauerschlacht. ‹Nein, Mama, ich will nicht essen, ich will mich nicht anziehen, ich will nicht die Zähne putzen!› In einer Tour, ein einziger Kampf.»

«Genau so ist das, das kann ich bestätigen, aber das hat nichts mit dem Charakter des Kindes zu tun, sondern mit seinem Alter!»

«Da magst du recht haben. Aber ich weiß nun mal nicht, wie ich in dem Alter war. Und es gehören immer zwei dazu, sagt man das nicht so? Wieso soll ich meinen Eltern ganz allein die Schuld geben?»

«Hallo?! Du warst drei Jahre alt! Da bist du kein gleichberechtigtes Gegenüber, sondern ein kleines Kind! ‹Es gehören immer zwei dazu›, so ein Schwachsinn!»

Unser Essen wird gebracht. Esko bestaunt die vielen Soßen, anscheinend sind ihm Humus und Co. völlig fremd. Er probiert, nickt anerkennend.

«Sonst esse ich vor allem Roggenbrot. Und Lasagne. Oh, diese roten Dinger schmecken richtig gut!»

«Das sind Granatapfelkerne.»

«Bei Rosso hatten die so was nicht.»

Er lobt noch den ganzen Rest auf seinem Teller. Das läuft ja prima. Ich bestelle uns den gesüßten Minztee.

«Mmh, auch der schmeckt gut», sagt Esko. «Aber muss er so süß sein?»

«Das gehört nun mal so. Du kannst ja nach dem Essen ein Kaugummi kauen.»

«Dieses Kaugummikauen, nein, damit fange ich gar nicht erst an. Das ist für die meisten nur ein schlechter Ersatz fürs Zähneputzen. Keine einzige Studie kann beweisen, dass Kaugummikauen die Säuren im Mund besser neutralisiert als ein Stück Käse!»

«Aber diese xylithaltigen Kaugummis sollen doch so gut sein.»

«Schaden tun die nicht, doch sie lösen nicht das eigentliche Problem. Die Leute essen zu viel Zucker, dagegen kommt auch Xylit nicht an. Grundsätzlich muss man davon ausgehen, dass die allermeisten Leckereien ungesund sind. Und je lieber man etwas essen will, umso schädlicher ist es in der Regel.»

«Das ist furchtbar negativ gedacht.»

«Du hast ja keine Ahnung von dem, was ich als Zahnarzt mitbekomme. Was die Patienten essen und trinken und wie sie sich rausreden. Die stecken alle den Kopf in den Sand!»

«Das musst du gerade sagen.»

«Wie bitte?»

«Guck dir dein Leben doch mal an! Du arbeitest wie ein Irrer und machst dicht, sobald du auf deine familiären Wurzeln angesprochen wirst. Hast du dir nie überlegt, wer unser Vater ist? Willst du das wirklich nicht rausfinden?»

«Nein.»

«Also, ich liebe meine beiden Kleinen so sehr, dass ich nicht kapiere, wie unser Vater uns verlassen konnte. Dafür muss es einen Grund geben.»

Ich sehe das so: Die Liebe zu den Kindern steckt in unseren Genen. Und das jeweilige gesellschaftliche Umfeld bestimmt die Art und Weise, wie diese Liebe sich ausdrückt.

Ob ein Vater nun autoritär und distanziert ist oder ob er einem drei Jahre lang geduldig die Windeln wechselt und den Brei kocht – die Tatsache der Liebe bleibt. Deshalb muss unser Vater einen guten Grund für sein Verschwinden gehabt haben. Und den würde ich gerne kennen.

ESKO

Pekka verschwindet kurz auf die Toilette. Ärgerlicherweise kommt gerade jetzt die Bedienung und fragt mich etwas, das ich nicht verstehe. Ich schüttle den Kopf; es wird sowieso nichts Gesundes gewesen sein.

Pekka will also unseren Vater suchen. Er glaubt, ihm würde das was nützen. Ich vermute, das liegt an seiner Scheidung – er stellt sich Fragen zu seiner Zukunft und erhofft sich Antworten aus der Vergangenheit. Er gehört zu der Generation, die alles psychologisiert, die annimmt, es gäbe immer eine Erklärung. Ich dagegen denke, dass in unserem Leben auch Dinge geschehen, die unverständlich bleiben.

Was würde ich damit anfangen, wenn ich mehr über meinen Vater wüsste? Ich habe mich an mein Leben gewöhnt und brauche keine Erklärung, keine Veränderung. Wenn es gut läuft, sollte man nicht an den Schräubchen drehen. Das Risiko, dass es danach schlechter läuft, ist zu groß. Wir sollten unseren Vater daher besser nicht suchen. Hoffentlich leuchtet Pekka das ein.

Plötzlich klingelt sein Telefon, es liegt gleich neben seinem Weinglas. Eigentlich geht es mich nichts an, aber es klingelt lange und steht leuchtend auf dem Gerät: Die Anruferin ist *Doofe Schlampe*. Pekka kommt zwei Sekunden zu spät an den Tisch.

Ich räuspere mich. «Eine gewisse *Doofe Schlampe* hat angerufen.»

«Ach ja? Toll. Rate mal, wer das ist.»

«Eine, die nie ihre Zähne putzt?»

«Haa-haa! Nett, dass du vom Thema ablenkst. Es ist meine Ex.»

Ich sage ihm, was ich denke. «Ich bin Zahnarzt und kein Psychiater, aber wahrscheinlich hättest du bei ihren Anrufen bessere Laune, wenn du ihren Namen unter einer freundlicheren Bezeichnung abspeichern würdest. Stell dir vor, dein Tag läuft gut und du könntest sogar halbwegs gelassen mit deiner Exfrau telefonieren. Wenn dann *Doofe Schlampe* aufleuchtet, ist die Stimmung gleich auf dem Nullpunkt.»

«Wie soll ich sie denn sonst nennen? Vorher stand da *Liebste*. Aber eine Liebste verzeiht und vertraut ihrem Mann. Die dumme Kuh dagegen hat meine Schwächen brutal ausgenutzt und es mir so richtig heimgezahlt.»

«Von was für Schwächen redest du?», frage ich ihn.

«Schwächen, Fehler … was halt jeder hat.»

Mehr will er im Moment nicht preisgeben. Und ich werde ihm seine Schwächen garantiert nicht aus der Nase ziehen.

«Jedenfalls, *Liebste* oder was anderes Nettes, das ist leider Vergangenheit», sagt er.

«Du hast doch gerade erst von euren Kindern gesprochen. Wie wäre es, wenn du deine Exfrau um der Kinder willen anders nennst? Sie ist immerhin ihre Mutter.»

«Wie soll ich sie deiner Meinung nach nennen?»

«Wie heißt sie denn?»

«Tiina.»

«Dann speicher sie unter Tiina ab. Das ist ein ganz normaler Frauenname, nicht zu schön, aber auch kein Schimpfwort.» Ich staune ein bisschen über mich selbst. Offenbar meine ich es wirklich gut mit Pekka.

«Für mich kommt der Name Tiina einem Schimpfwort schon ziemlich nahe. Diese dämliche Frau. Die sucht einen rosa Hammer! Einen Supermann, der handwerklich alles hinkriegt und zugleich so toll reden kann wie die beste Freundin. Ich habe jeden Tag Bioessen für die ganze Familie gekocht, verdammt, und es war ihr immer noch nicht genug!»

Schweigend trinken wir aus; er seinen Wein, ich mein Wasser.

PEKKA

Ich bestehe darauf, die Rechnung zu übernehmen, obwohl mein Zahnarztbruder mich davon abhalten will. Doch das geht nicht, der hat mir meine Schneidezähne schon so günstig gemacht.

Wir spazieren zur Haltestelle auf dem Marktplatz Hakaniemi, ich warte mit ihm auf seine Straßenbahn. Vor einem der Häuser steht ein großer Haufen Sperrmüll, den ich sofort inspiziere.

Esko blickt sich verlegen um. «Was wühlst du da herum?», fragt er.

«Manchmal findet man richtig gute Sachen!»

«Du meinst wohl Müll.»

«Nein, ich meine Liebhaberstücke! Neulich habe ich einen Original-Dreibeinhocker von Alvar Aalto gefunden. Der kostet im Laden an die dreihundert Euro.»

«Meinetwegen, aber hör jetzt bitte auf und komm wieder rüber.»

«Schämst du dich für mich?»

«Ja.»

«Das heißt ja schon mal, dass ich dir nicht egal bin.»

Meinem Bruder zuliebe höre ich mit dem Stöbern auf und leiste ihm weiter beim Warten Gesellschaft. Wir haben es beide nicht eilig, ein gutes Zeichen. Der Nachthimmel ist klar, über den Häusern erhebt sich der massive Turm der Kirche von Kallio. Früher war dies ein Arbeiterviertel, heute ist sein rauher Charme bei Studenten und Künstlern beliebt, ständig eröffnen neue Cafés und Kneipen. Die Straßenbahn kommt. Mist, das Entscheidende habe ich Esko gar nicht gefragt. Jetzt raus damit.

«Sag mal ... sollten wir nicht nach unserem Vater suchen?»

«Das habe ich auch schon überlegt.»

Das hätte ich gar nicht gedacht. «Und?»

«Du, Pekka, ich muss einsteigen, die Bahn fährt sonst ohne mich los. Na dann!»

Er steigt ein, die Türen gehen zu. Ich winke ihm nach, schon ist er weg.

Ich stapfe los und fühle mich leicht und gut. Und noch nie hatte ich so glatte Schneidezähne. An einem hellen Schaufenster lächle ich mir probeweise zu – gar nicht übel. Vielleicht sollte ich wieder öfter lächeln. Einen Grund dafür hätte ich: Esko. Der Weg in sein Herz führt zwar über die

Zähne, aber ich habe mich überwunden und brav den Mund aufgesperrt.

Zu Hause lege ich mich bald ins Bett. Mein Versuch, einen Roman weiterzulesen, scheitert; ich kann mich nicht konzentrieren. Zum letzten Mal schaue ich um zwei auf die Uhr. Das wird eine kurze Nacht. Ach so, eins hab ich doch noch hingekriegt: *Doofe Schlampe* heißt in meinem Telefon jetzt *Tiina*. Irgendwo muss man mit dem inneren und äußeren Frieden ja anfangen. Mein zurückhaltender Bruder scheint ziemlich klug zu sein. Ich hätte mich auch über einen weniger klugen Bruder gefreut, aber so ist es natürlich noch schöner.

ESKO

Die Bahn fährt durch hell erleuchtete Straßen. Normalerweise bin ich so spät nicht mehr unterwegs. Erstaunlich, wie viele junge Menschen um mich herumsitzen, viele offensichtlich in Feierlaune. Müssen die morgen nicht früh aufstehen? Ihr Vergnügen scheint ihnen wichtiger zu sein als ihr Schlaf. Vergnügen ist wohl auch für meinen Bruder von großer Bedeutung, jedenfalls betont er ständig, wie toll alles ist: Die Bedienung ist ein Schatz, die Vorspeisen sind phantastisch, das Brot ist genial, der Minztee ist der Wahnsinn. Was macht er bloß, wenn etwas wirklich Wesentliches passiert? Wir leben, wenn wir Glück haben, rund achtzig Jahre. Schafft man das nicht ohne ständiges Freudengeheul? Und weil er noch glücklicher werden will, als er derzeit ist, muss jetzt unser Vater her. Ich glaube nicht, dass das irgendetwas lösen wird, von Wiedergutmachung ganz zu schweigen. Das werde ich meinem Bruder sagen müssen.

Gleich am nächsten Morgen ruft er an. Ich bin auf dem Weg zur Arbeit und sitze in der Straßenbahn.

«Guten Morgen!», trötet er. «Ich wollte noch mal an gestern anknüpfen.»

Ich stelle mich blöd. «Woran denn?»

«Na, daran, ob wir unseren Vater suchen wollen.»

«Ach ja, die Geschichte. Ehrlich gesagt, bin ich inzwischen der Meinung, wir sollten das lieber bleiben lassen. Ich muss jetzt Schluss machen, hier kommt gleich der erste Patient.»

«Moment mal, du sitzt doch in der Straßenbahn, das höre ich ganz genau!»

PEKKA

Er legt auf. Er legt einfach auf. So eine feige Sau. Der hat Angst vor jedem, der nicht unter ihm liegt und den Mund aufmacht! Ohne seinen Scheißbohrer ist der so klein mit Hut. Gut, soll er eben weiter sein einsames Leben leben. Aber mit seiner negativen Weltsicht soll der mich bloß nicht anstecken.

Ich muss mich jetzt sowieso auf meinen Job konzentrieren. In der Agentur könnte es besser laufen, und auch wenn mein Chef bei der Tankstellengeschichte bewusst keinen Druck macht, merkt man ihm doch an, wie wichtig es ist, dass wir den Auftrag an Land ziehen. Nach dem Meeting in der großen Runde setze ich mich mit meiner Kollegin Suvi für ein erstes Brainstorming zusammen. Wenn man das Gehirn erst mal ins Laufen gebracht hat, kommen einem auch später noch Ideen, ganz von allein. Trotzdem sehe ich zu, dass ich pünktlich Schluss mache, ich muss die Kinder abholen. Tiina ist bei einem Seminar für ihre Therapeutenausbildung, also bin ich dieses Wochenende schon wieder mit den Kleinen dran. Aber was heißt «schon wieder» – zum Glück! Und ich habe auch bereits was Schönes für uns geplant. Wir werden zu meiner Mutter fahren. Meine Mutter sieht die Kinder fast öfter als ich. Das liegt daran, dass Tiina ihr im Zweifelsfall mehr vertraut als mir und sich lieber an sie wendet, wenn's irgendwo brennt. Meine Position finde ich in dieser Angelegenheit zwar stark unterbewertet, aber bei ihrer Oma sind die Kinder natürlich gut aufgehoben, und obendrein fühlen sie sich bei ihr pudelwohl.

Mit dem Besuch bei meiner Mutter schlage ich zwei Fliegen mit einer Klappe: Erstens, ich muss nicht kochen – das zählt eher nicht zu meinen Lieblingsbeschäftigungen, was mir schlagartig klar wurde, als unsere Kinder auf der Welt waren und wir nicht mehr jeden Tag Ethnofood vom Thai oder Inder bestellen konnten, das mögen kleine Mägen nämlich nicht. (Weshalb ich erst mal richtig kochen lernen musste, natürlich nur aus regionalen Biozutaten, wie es alle in unserem Umfeld taten, aber das Thema hatten wir ja schon.) Und die zweite Fliege: Ich kann meiner Mutter auf den Zahn fühlen und sie auf meinen Vater ansprechen. Bisher habe ich ihr nichts von Esko gesagt, ich wollte sie nicht unnötig aufregen. Denn genau das wird passieren, wenn sie erfährt, dass ihr Ex die Nummer mit dem Abhauen mehrmals gebracht hat. Aber jetzt kann ich nicht mehr zurück.

Am Tanner-Platz an der Hämeentie steigen wir in den Bus. Die Kinder finden einen freien Zweierplatz, ich stelle mich neben sie in den Gang. Irgendwann wird schon ein Platz vor oder hinter ihnen frei werden, die Fahrt dauert eine halbe Stunde.

Ich besuche meine Mutter etwa einmal im Monat. Mein Verhältnis zu ihr ist unspektakulär und unkompliziert, ich komme mit ihr klar, schäme mich aber manchmal auch ein bisschen für sie, wie wohl alle das gelegentlich tun (also, für ihre eigenen Eltern). Aber ich liebe sie auch. Kapiert habe ich das erst, als sie vor fünf Jahren Brustkrebs hatte. Schlagartig wurde mir klar, dass eine Mutter, die immer für mich da war, die mich immer unterstützt hat, nicht selbstverständlich ist. Ich glaube, man sollte seinen Eltern ruhig mal danken. Im Alltagstrubel vergisst man das leicht.

Außerdem kenne ich die Elternrolle inzwischen selber. Und die erfordert Unmengen von Geduld und Selbstvertrauen! Immer wieder neu. Manchmal bevorzugt das Kind eben den anderen Elternteil und macht das lautstark deutlich. Und manchmal ist man einfach «der letzte Idiot». Ich mag mir erst gar nicht ausmalen, was in der Pubertät meiner Tochter noch alles auf mich zukommt. Dummer Sack, Arschloch, kapierst überhaupt nichts und so weiter und so fort. Man braucht viel Kraft, um irgendwo hinter diesen Worten noch die Liebe zu erkennen.

Meine Mutter hat mich durch all diese komplizierten Phasen begleitet. Ich denke, meine Kindheit war – vom Fehlen meines Vaters abgesehen – einigermaßen okay. Luxuriös hatten wir es sicher nicht, und gelacht wurde auch nicht jeden Tag, aber es gibt garantiert haufenweise Leute, bei denen es schlechter aussah. Meine Mutter arbeitete als Sekretärin und verdiente genug, um mich nicht in abgetragene Klamotten stecken zu müssen. Auch auf die Klassenausflüge konnte ich mit. Zwar nicht auf die Skifahrt nach Österreich, aber für Helsinkis Vergnügungspark Linnanmäki und auch bis nach Stockholm hat es prima gereicht. Trotzdem spürte ich bei meiner Mutter immer auch diese leichte Verbitterung. War der Grund dafür allein mein Vater? Irgendwann habe ich angefangen, sie zum Ausgehen zu ermuntern, sich nach einem netten Kerl umzusehen, aber sie meinte, damit hätte sie abgeschlossen.

Inzwischen ist sie Rentnerin. Sie wohnt nach wie vor in unserer Wohnung in dem kleinen Vorort. Die Gegend mag keinen tollen Ruf haben, aber ich hatte dort eine gute Kindheit, und man kann dort bis heute unbehelligt leben.

Wir steigen aus und gehen noch ein kurzes Stück. Meine Mutter erwartet uns an der Wohnungstür. Umarmen tun wir uns nicht – das habe ich erst als Erwachsener gelernt, und es ist leider schwierig, neue Gewohnheiten ins alte Leben zu transportieren. Meine Kinder umarmen ihre Oma ganz selbstverständlich, und da macht sie natürlich mit.

Es gibt Hähnchen und Reis. Der Kleine behauptet, das würde er nicht mögen, woraufhin meine Mutter einen üblen Fehler begeht, indem sie ihm Bratwürstchen anbietet. Mit so was darf man gar nicht erst anfangen, aber als Oma verwöhnt sie ihre Enkel natürlich. Nach dem Essen gehen die Kinder ins Wohnzimmer und gucken einen Zeichentrickfilm. Eigentlich überschreitet das ihr Fernsehmaximum – die beiden haben beim Frühstück schon eine Sendung geschaut. Aber heute drücke ich ein Auge zu, denn es passt perfekt in meinen Plan. Meine Mutter kocht Kaffee, schenkt uns ein und setzt sich wieder an den Küchentisch.

Ich komme prompt zur Sache. «Mama. Ich habe einen gewissen Esko Kirnuvaara kennengelernt.»

Keine Reaktion. Trotzdem sehe ich, dass der Name sie nicht kaltlässt.

«Hast du gehört, was ich gesagt habe?», frage ich.

«Ja.»

«Und?», hake ich nach.

«Was soll ich dazu sagen?»

«Zum Beispiel: ‹Interessant, ist der vielleicht mit uns verwandt?›»

Meine Mutter steht ruckartig auf und macht sich an den Abwasch.

Ich lasse nicht locker. «Wusstest du von Esko?»

Sie schweigt. Also hat sie was zu verbergen.

«Du wusstest von ihm, oder?»

«Herrgott noch mal, ja! Und jetzt lass uns bitte das Thema wechseln.»

Unglaublich. Sie will wirklich das Thema wechseln. Nicht mit mir.

«Und du erzählst mir nichts von ihm?»

«Was hätte ich denn erzählen sollen?»

«Dass ich einen Bruder habe, verdammt noch mal! Wie lange weißt du das überhaupt schon?»

Sie geht rüber ins Wohnzimmer und schaut nach, ob die Kinder noch vor dem Fernseher sitzen. Klar tun sie das, solange wir sie da nicht wegholen.

«Du warst drei, als dein Vater auf einmal damit rausrückte, dass er noch einen älteren Sohn hat», sagt sie schließlich. «Und er wollte ihn auch gleich zu uns holen.»

«Und wie ging es weiter?»

«Was glaubst du wohl?»

«Keine Ahnung, das musst *du* mir sagen.»

«Ich fand das so unverschämt, dass ich ihn zum Teufel gejagt habe.»

«Moment. Er ist also gar nicht von selber abgehauen?»

«Nein.»

Ich fasse es nicht. Um mich zu beruhigen, versuche ich, bis zehn zu zählen, komme aber nur bis vier.

«Und du hast mir von all dem nichts erzählt?», brülle ich sie an. «So eine Riesenscheiße!»

Die Kinder kommen erschrocken in die Küche.

Ich entschuldige mich für meine Wortwahl und schicke sie zurück vor den Fernseher. Das Gespräch in der Küche setze ich im aggressiven Flüsterton fort. «Auf die Idee, dass das für mich wichtig gewesen wäre, bist du wohl nicht gekommen? Mama, ich habe mehrere hundert Stunden Therapie hinter mir! Und der Hauptgrund ist, dass mein Vater mich verlassen hat! Jedenfalls habe ich das bis eben geglaubt!»

«Der hätte uns sowieso verlassen, früher oder später, er war kein guter Familienvater. Ist es da nicht besser, dass ich ihn weggeschickt habe? Es ging uns doch auch zu zweit ganz gut, oder nicht?»

Darauf gebe ich keine Antwort. Ich stürme ins Wohnzimmer, schnappe mir die Kinder und schleife sie zur Garderobe. An meiner Körpersprache erkennen sie, dass es ernst ist. Stumm ziehen sie sich an, umarmen ihre Oma und verlassen mit mir das Haus. Betreten gehen wir zur Bushaltestelle.

Nichts ist mehr, wie es war: Mein Vater hat uns nicht verlassen – er wurde weggejagt, als er eine Patchworkfamilie mit meinem Bruder gründen wollte, der in einer Pflegefamilie lebte.

Meine Mutter ruft an. Ich ignoriere das Klingeln. Während der Busfahrt fängt es an zu regnen. In Hakaniemi bringe ich die Kinder in das Spielparadies. Dort können sie sich austoben, und ich kann ungestört in meinen Kakaobecher starren.

Erst abends gehe ich wieder ans Telefon. Meine Mutter weint und bittet mich um Entschuldigung. Ich sage dazu nichts. Soll sie doch in der Hölle schmoren. Ist es wirklich so schwer, seine Mitmenschen korrekt zu behandeln? Dazu braucht es doch theoretisch nur ein Minimum an gesundem Menschenverstand: Sei nett zu deiner Familie und deinen Freunden, respektiere Andersdenkende und Minderheiten, produziere keine dummen Weihnachtshits (falls du Musiker bist) und verschweige deinen Kindern verflucht noch mal nicht, was in ihrer Familie passiert ist!

ESKO

Der nächste Patient ist einer der schwierigsten, die ich je gehabt habe. Ein Mann in meinem Alter, dem man alles erklären muss wie einem Fünfjährigen und der trotzdem nicht dazulernt.

Ein Angstpatient ist er nicht, die kann ich noch halbwegs verstehen. Nein, er gehört zu diesen Ignoranten, die den Beruf sehr unerfreulich machen können. Meine Assistentin fährt den Stuhl runter, ich bitte den Mann, den Mund zu öffnen. Exakt dasselbe wie beim letzten Mal und all die Male davor: ungeputzte Zähne mit Plaque von mehreren Tagen. Ich weise ihn darauf hin, dass ich die Zähne vor lauter Belag fast nicht untersuchen kann. «Sie müssen wirklich anfangen, Ihre Zähne zu putzen, regelmäßig, sonst nimmt es ein schlimmes Ende.»

«Ich kann meine Zähne aber nicht putzen, das tut weh! Ich bin eben ein sensibler Zahntyp.»

«So einen Zahntyp gibt es nicht. Die Schmerzen kommen von Ihrer Parodontose. Und die haben Sie gekriegt, weil Sie Ihre Zähne nicht putzen.»

«Das glaube ich nicht. Und ich kenne meine Zähne ja wohl besser als Sie, sind schließlich meine Zähne.»

«Nicht mehr lange. Wenn Sie so weitermachen, fallen Sie Ihnen aus.»

«Und wozu sitze ich dann hier? Sie sind der Zahnarzt, Sie werden das schon verhindern.»

Solche Leute gibt es. Schon seit Jahrzehnten ertrage ich sie. Ich lege die Instrumente beiseite und fahre den Behandlungsstuhl hoch.

«Bitte suchen Sie sich einen anderen Zahnarzt.»

«Aber ich habe Schmerzen!»

«Ich kann Ihnen nicht helfen. Dieses war Ihr letzter Besuch bei mir, ganz ohne Rechnung, geht aufs Haus. Dann noch ein gutes Restjahr!»

Meine Assistentin lächelt mir zu, offenbar ist sie mit meiner Maßnahme einverstanden. Mir wird plötzlich ganz warm. Endlich sage ich das, was ich schon seit zwanzig Jahren sagen wollte. Und bin nicht einmal laut geworden.

Ist doch nicht meine Schuld, wenn es bei den Patienten nur Rückschritte gibt, weil sie ihre Zähne nicht putzen! Diese verwöhnten Waschlappen. Denken, dass der Arzt es schon richten wird! Ich rufe einen Kollegen an und frage, ob er mich für den Rest des Tages vertreten würde. Er kann einspringen, ich habe Glück.

Draußen ist ein klarer Tag. Ich knöpfe meinen Mantel zu und atme die frische Luft ein. Gelbe Blätter leuchten in den Bäumen. Ich glaube, ich lächle ein bisschen, zumindest nach innen.

PEKKA

Eine SMS von meiner Mutter. Sie schreibt, dass sie jemanden kennt, der mir mehr über meinen Vater erzählen kann. Das macht es nicht besser; sie hat also auch diese Mittlerperson Jahrzehnte vor mir verborgen. Eigentlich habe ich nicht die geringste Lust, mit meiner Mutter zu sprechen, aber die Sache selbst ist mir wichtiger als mein Ärger.

«Es ist die Cousine deines Vaters. Ich hatte nach der Trennung noch eine Zeitlang Kontakt zu ihr. Sie und dein Vater standen sich ziemlich nahe, wir haben sie jeden Sommer besucht, als du klein warst. Bis dein Vater dann nicht mehr da war.»

«Wie heißt die Cousine?»

«Raili Peltonen, sie wohnt in Lieksa.»

Mit ein paar Klicks habe ich sie gefunden. Ich zähle die Stunden bis zum Feierabend und fahre dann direkt zu Esko. Dort ist gerade der letzte Patient am Gehen.

«Wie läuft's?», frage ich meinen Bruder.

«Gut, jetzt wo der Tag geschafft ist.»

«Ich dachte, du liebst deinen Job?»

«Sagen wir so, in manchen Phasen ist es doch eher eine Hassliebe. Ich glaube, ich bräuchte mal ein bisschen Urlaub.»

«Das klingt doch großartig! Und ich hätte da auch schon einen Plan. Wie wär's mit einem Kurztrip nach Lieksa? Zu unserer Schwipptante Raili?»

ÖFFNUNG

*Aufbohren des Zahns. Der Zahnarzt muss
an die entzündete Wurzel gelangen.*

PEKKA

Die Regionalbahn nach Nurmes über Lieksa fährt von Gleis drei. Der Umsteigebahnhof Joensuu ist überschaubar, um nicht zu sagen, klein. Esko schleift seinen Rollkoffer hinter sich her.

Im Zug finden wir sofort zwei benachbarte freie Plätze.

Uns gegenüber sitzt eine alte Frau und liest eine Gesundheitszeitschrift. Kaum haben wir die Jacken ausgezogen, beginnt sie einen Plausch.

«Wohin geht die Reise?», will sie wissen.

«Nach Lieksa.»

«Ah, da muss ich auch hin. Und, was verschlägt die zwei Herren dorthin?»

«Ähm, Familienangelegenheiten.»

«Soso. Sind ja immer schwierige Angelegenheiten. Ich komme gerade aus Imatra, habe mich mit Verwandten getroffen, um Erbstreitigkeiten auszuräumen. Sie sind bestimmt Brüder, so ähnlich, wie Sie sich sehen, oder?»

«Ja.»

«Ich habe nur noch eine Schwester. Mein Bruder lebt leider nicht mehr, den hat's dahingerafft. Ist hart, das Leben.»

Hossa, die geht thematisch ganz schön aufs Gas. Nix da mit Smalltalk und Rantasten. Ich versuche, sie in seichtere Gefilde zu locken.

«Sie wohnen in Lieksa?»

«Ja, schon immer. Und ich freu mich jedes Mal, zurückzukommen. Bei meiner Schwester in Imatra stehen die

Häuser dicht an dicht. Aber manche mögen das anscheinend.»

«Wir kommen aus Helsinki, da wohnen die Menschen auch nah beieinander.»

«Ah, Helsinki! Dort lebt meine Tochter mit ihrem Mann. Wir haben leider nur ein Kind, mein Mann wollte nicht mehr. Dafür haben wir zwei Enkelkinder! Meine Tochter hat zwar spät angefangen, mit siebenunddreißig, aber es hat trotzdem noch geklappt. So ein Glück!»

«Ach, siebenunddreißig, das ist ja heute ein ganz normales Alter», sage ich.

«Ja, merkwürdig, die jungen Leute von heute. Na ja, unsere kleine Eveliina ist jetzt sieben, und Julius ist ... Moment, wann war noch mal meine Hüftoperation? Vor fünf Jahren, also müsste der jetzt fünf sein. Meine Tochter und ich, wir waren am gleichen Tag im Krankenhaus.»

Esko stellt sich schlafend, und ich fange an, mit meinem Telefon zu spielen. Die Leute aus dieser Region sind wirklich alles andere als wortkarg. Auch unsere Vorfahren kommen aus Lieksa. Wären Esko und ich ebenfalls solche Plaudertaschen, wenn wir in diesem Umfeld aufgewachsen wären? Irgendwie ist das ja ein herrlicher Widerspruch: zum Nachbarn maximalen Abstand brauchen, aber vor Wildfremden das Privatleben ausbreiten.

Die Frau beschäftigt sich wieder mit ihrer Zeitschrift. Esko macht die Augen auf und schaut aus dem Fenster. Das war ein Fehler, das Gespräch geht sofort weiter:

«Was denken Sie über die Flüchtlinge?»

Esko sieht mich hilfesuchend an.

Ich rette mich in Allgemeinplätze. «Wer bis hierher kommt, hat es zu Hause sicherlich nicht gut gehabt.»

«Ja, ist ein schwieriges Thema.» Sie holt tief Luft und

wird uns vermutlich gleich ihre Meinung dazu kundtun.

Ich krame mein Notizheft aus dem Rucksack und tue, als müsse ich dringend arbeiten, und tatsächlich geht mir der Tankstellenjob nicht aus dem Kopf. Lustigerweise bringt die Frau mich auf eine neue Idee: «Für dich immer offen», notiere ich. Dann wandern meine Gedanken zu unserem Vater.

Wir haben von diesem Menschen, der uns gezeugt hat, kaum eine Ahnung. Von der Frau gegenüber wissen wir erheblich mehr. Eigentlich ist das gar nicht schlecht – sie zeigt uns, wie es sein sollte und wonach wir suchen müssen.

In Lieksa steigen wir aus und verabschieden uns von unserer Reisebekanntschaft. Der Bahnhof und die Gegend ringsum wirken verlassen, nur ein paar Rentner mit ihren Einkaufstaschen schlurfen die Straße entlang. Lieksa ist regelmäßig wegen rassistischer Übergriffe in der Presse. Heute jedenfalls sind weder Nazis noch Ausländer zu sehen. Die Frau, die uns gegenübersaß, steigt bei ihrem Mann ins Auto. Ihre Beziehung ist an dem Punkt, wo man nicht mehr aussteigt, um den Partner nach einer Reise zu begrüßen.

Esko und ich bleiben vor dem Bahnhofsgebäude stehen und halten Ausschau nach einer älteren Frau, die die Cousine unseres Vaters sein könnte. Schließlich kommt eine etwa Siebzigjährige in Fleecejacke und wattierter Hose auf uns zu.

«Ich bin Raili!» Wir schütteln uns die Hand. «Meine Güte, ihr seht eurem Vater aber wirklich ähnlich.»

Sie führt uns zu ihrem Auto, nach kurzer Fahrt steigen wir in einer Einfamilienhaussiedlung in Seelage wieder aus. Raili wohnt in einem gelben Holzhaus aus den fünfziger Jahren, ihr Grundstück grenzt direkt ans Ufer.

«Hier lebe ich. Seit dem Tod meines Mannes ganz allein.»

«Das tut mir leid», sage ich.

«Ach, schon gut. Er hat einfach zu viel geraucht, das konnte ja kein gutes Ende nehmen. Kommt rein! Ihr bleibt doch über Nacht? Natürlich bleibt ihr über Nacht.»

Unsere Schwipptante ist nicht weniger gesprächig als unsere Reisebekanntschaft und beantwortet ihre Fragen gerne selbst.

«Mal abwarten», sage ich. «Ich habe auf dem Weg hierher ein Hotel gesehen.»

«Du liebe Güte, ihr geht doch nicht ins Hotel! Kommt gar nicht in Frage.»

Im Flur riecht es verlockend nach Fleisch.

«Ihr habt hoffentlich ein bisschen Appetit mitgebracht? Ich habe einen Karelienbraten im Ofen», sagt Raili.

«Da sagen wir bestimmt nicht nein», erwidere ich.

«Vielleicht möchtet ihr erst in die Sauna und euch die Zugfahrt aus den Knochen schwitzen?», schlägt sie vor.

«Das klingt gut! Darf ich sie anheizen?»

«Ich kann doch meine Gäste nicht arbeiten lassen!», protestiert Raili.

«Wir sind keine Gäste, wir sind Familie, und da soll man ruhig mit anpacken», argumentiere ich.

Raili gibt sich geschlagen.

Die Sauna liegt unten am See. Ich hacke Holz und mache dabei auch ein paar Späne fürs Anzünden. Neben dem Holzstapel liegen einige Tageszeitungen. Zusammen mit ein paar zerknüllten Seiten ist das Feuer schnell in Gang. Während die Sauna wärmer wird, lese ich die Lokalnachrichten; es geht um das Zusammenleben von Somalis und Finnen. Richtig spannend wird es bei den Leserbriefen. Ein Leser will, dass auch die Somalis arbeiten, und beschwert sich darüber, dass die Ausländer nirgends im Ort zu sehen sind. Ein anderer fragt, wieso es in Lieksa keine finnischen Taxifahrer gäbe, und liefert die Erklärung gleich selbst – weil die Somalis den Finnen die Arbeit wegschnappen. O je, die können es niemandem recht machen. Wenn's nicht so tragisch wäre, könnte man glatt darüber lachen. Ich zerknülle die Seite, werfe sie ins Feuer und lege zwei dicke Birkenscheite drauf.

Aus dem Saunafenster bewundern Esko und ich den großartigen Seeblick. Hier muss unser Vater schwimmen und rudern gelernt haben. Ob er oft geangelt hat? Was für Fische hat er gefangen? Ist er am Wochenende zur Tanzdiele am gegenüberliegenden Ufer gegangen und hat dort Eskos Mutter kennengelernt? Raili muss uns unbedingt von ihm erzählen.

In der Küche erwartet uns ein gedeckter Tisch, und der Karelienbraten schmeckt überirdisch. Wir essen in andächtigem Schweigen – und warten darauf, dass jemand den Anfang macht. Esko wird's nicht sein, so viel ist klar.

Nach ein paar Sätzen über die Ausländerfeindlichkeit in Lieksa kommt Raili zur Sache. «Du bist also der Esko. Du kamst ja zwei Jahre nach dieser Vertreibung zur Welt. Dann bist du ungefähr sechzig?»

«Siebenundfünfzig, um genau zu sein», erwidert Esko und blickt irritiert drein.

Auch ich verstehe nur Bahnhof und hake nach. «Raili, von welcher Vertreibung sprichst du?»

«Ich meine die Zeit, als die Zigeuner, die da drüben in Pankakoski lebten, aus dem Ort gejagt wurden. Aber heute sagt man wohl Roma und nicht Zigeuner.»

«Wieso wurden sie weggejagt?», frage ich.

«Offiziell hieß es, sie hätten selbstgebrannten Schnaps verkauft und es zu wild getrieben. Aber eigentlich gab es keinen echten Grund außer dem, dass sie anders waren. Ist das nicht immer das Problem? Dass die anderen anders sind als wir? Wenn sie wären wie man selbst, wäre alles in Butter.»

Ich bin mir nicht ganz sicher, ob ich Railis Küchenpsychologie voll erfasse, aber ich nicke. Immerhin klingt es wie die perfekte Zusammenfassung sämtlicher politischer Diskussionen.

«Ich war erst sechzehn, aber ich erinnere mich noch gut an den Abend, als die Zigeuner vertrieben wurden. Bis dahin hatten sie Seite an Seite mit den finnischen Fabrikarbeitern gelebt. Irgendwann setzten die Einheimischen sich in den Kopf, dass damit Schluss sein muss. Sie haben den Strom abgeschaltet und sind im Dunkeln auf die Zigeuner losgegangen. Angeblich war sogar die Polizei darin verwickelt, jedenfalls stand unter der Notrufnummer niemand zur Verfügung. Mein Papa hat an diesem Abend gesagt: ‹Heute bleiben wir alle drin und gehen früh ins Bett.› Nachts bin ich von lauten Schreien aufgewacht. Euer Vater und sein Bruder hatten auch mit der Sache zu tun.»

«Wir haben noch einen Onkel?!», frage ich.

«Ja, Arvo. Der hat in der Nacht einen Messerstich in die Hand gekriegt.»

«Na ja, was macht er auch bei einer rassistischen Aktion mit!»

«So hat man das damals nicht gesehen. Und das Wort Rassismus kannten die Leute noch gar nicht, schon gar nicht hier.»

«Das ist keine Entschuldigung.»

«Jedenfalls, euer Vater Onni war ein anständiger Mann und kein Rassist.»

Esko blickt ernst auf die Tischplatte.

«Lebt unser Onkel noch hier in der Gegend?», frage ich.

«Nein. Der ist irgendwann nach Australien ausgewandert, hat dort auf dem Bau gearbeitet. Kurz nach dem Tod seines Vaters ist er weggegangen. War wohl nicht sonderlich glücklich hier.»

«Nach dem Tod seines Vaters?»

«Na ja, irgendwann hat euer Opa nicht mehr gelebt. Wie es nun mal geht. Und mit Onni hat Arvo sich sowieso nicht mehr verstanden.»

«Wieso?»

«Weil die beiden im Polizeiverhör nicht dieselben Sachen gesagt haben, obwohl es abgesprochen war. Seitdem haben sie nie wieder miteinander geredet. Das hatte bestimmt mit deiner Mutter zu tun, Esko. Die war ja eine Roma.»

Esko wird blass. Mit siebenundfünfzig Jahren erfährt er von einer Schwipptante, wer seine Mutter ist.

Auch Raili merkt, was los ist. «Du lieber Himmel! Esko, du hast es bisher nicht gewusst?»

«Nein», sagt Esko. «Mir wurde nur gesagt, dass meine Eltern mich nicht wollten. Wer meine Mutter war, ist bei keiner Behörde registriert. Das weiß ich ganz genau, weil ich vor kurzem meinen Nachnamen in Kirnuvaara umgeändert habe.»

«Vielleicht hat deine Mutter offiziell gar nicht existiert. Ich habe nichts gegen Roma, aber in Behörden- und Papierkram waren sie vielleicht nicht allzu gründlich? Und dass du verlassen wurdest, das stimmt schon mal gar nicht.»

ESKO

Wäre ich ein emotionaler Typ, ich würde jetzt Gefühle zeigen. Donnerwetter, so viele Informationen auf einen Schlag! Beinahe zu viele. Raili weiß erheblich mehr als ich:

Meine Eltern lebten in einer Beziehung, die um sie herum niemand respektierte. Mein Vater war achtzehn, als er sich in meine damals sechzehnjährige Mutter verliebte. In der Nacht, als die Roma vertrieben wurden, hat er sie in Sicherheit gebracht und ist mit ihr in eine Hütte im Wald gezogen. Auch seine Eltern waren gegen die Beziehung, also ist er nur noch zum Arbeiten auf dem Hof erschienen und hat sich ansonsten von seinem alten Zuhause ferngehalten. Als er zwanzig war und meine Mutter achtzehn, bin ich zur Welt gekommen. Da hat meine Oma ihren harten Kurs aufgegeben und meinen Eltern ein köstliches Essen gebracht, so wie es in der Gegend üblich ist. Trotzdem waren meine Eltern und ich im Ort weiterhin unerwünscht, und auch mein Opa blieb hart. Irgendwann hat mein Vater das nicht mehr ertragen und ist abgehauen. Ich war da drei Jahre alt.

«Meine Mutter hat also mit Anfang zwanzig ganz allein mit mir in einer vollkommen feindlichen Umgebung gelebt?», frage ich.

«Ja», erwidert Raili. «Immerhin hat deine Oma sich um euch gekümmert. Jedenfalls so gut das ging, dein Opa wollte das ja nicht. Ich und meine Schwester haben euch auch einmal besucht, allerdings haben wir zu Hause eine Tracht Prügel dafür gekriegt.»

«Wie hat meine Mutter das nur ausgehalten?»

«Gar nicht. Eines Morgens hat sie dich und die wichtigsten Sachen mitgenommen und ist abgehauen.»

«Wohin?», frage ich.

«Sie wollte ihre Leute suchen. Angeblich hatten die sich nördlich von Lieksa ein neues Lager aufgebaut.»

«Und?»

«Sie ist nie dort angekommen. Deine Oma hat ihren Plan durchschaut und ihr die Polizei hinterhergeschickt. An der Straße nach Nurmes haben sie sie aufgegriffen.»

«Aber was hatte sie denn Schlimmes getan?»

«Nichts. Nur leider war man der Ansicht, dass du nicht in einem Romalager aufwachsen darfst. Der Polizist, der dich mitgenommen hat, war unser Nachbar. Später meinte er, er hätte den Befehl von oben nicht ausführen sollen. Er hätte Mensch sein müssen und nicht Polizist.»

«Was ist passiert?»

«Er sagt, so was Trauriges hätte er noch nie gesehen. Du wurdest deiner Mutter mit Gewalt aus den Armen gerissen und ins Polizeiauto gestopft. Ihr habt beide furchtbar geschrien. Schrecklich, da wird der Mutter das eigene Kind weggenommen.»

«Wie hat meine Mutter das verkraftet?» Meine Stimme klingt belegt.

Raili schweigt.

Ich blicke sie auffordernd an.

«Ich weiß nicht, ob du das wissen willst, mein Junge.»

«Es ist sowieso schon viel zu viel. Da musst du mir das nicht verschweigen.»

«Die Geschichte ging nicht gut aus …»

In der Tat. Meine Mutter hat sich in den Selbstmord geflüchtet, gleich dort auf der Straße. Sie hat sich vor einen Holztransporter geworfen, der aus Richtung Nurmes kam. Ich wurde von den Stenius' aus Lappeenranta in Pflege genommen, und damit begann der Teil meines Lebens, den ich kenne. Ein tolles Leben ist es nicht. Kein Wunder, bei dem harten Start. Es heißt immer, man soll seine Geschichte kennen. Ich bin mir nicht sicher, ob ich dem zustimme.

Raili legt eine Hand auf meinen Arm. Sie sagt nichts, lässt nur ihre Hand da liegen. Das tut gut. Mein sonst so gesprächiger Bruder kaut auf seiner Unterlippe und sieht aus dem Fenster.

Irgendwann bricht Raili die Stille. «Ich habe immer gehofft, dass deine Pflegefamilie gut zu dir ist. Einmal wollte ich dort anrufen, aber ich habe die Nummer nicht rausgefunden. Weißt du, bis auf die schöne Natur und den See ist Lieksa kein besonders guter Ort. Das siehst du ja an den Nachrichten. Du hättest es hier bestimmt auch nicht besser gehabt.»

PEKKA

Esko will eine Runde spazieren gehen, allein. Der Mann scheint fast so was wie einen Schock zu haben. Kein Wunder. Ich bleibe mit Raili drinnen, wir trinken Kaffee.

«Hier ist Zucker. Und du nimmst bestimmt auch Milch, oder? Ich habe leider nur Sahne da.»

«Sahne ist prima», sage ich. «Raili, wann hast du unseren Vater eigentlich das letzte Mal gesehen?»

«Lass mich überlegen, das ist schon lange her. Bestimmt vierzig Jahre. Er ist nach Schweden gegangen und hat mich ein paarmal besucht. Als eure Schwester Sari ganz klein war.»

«Unsere Schwester Sari?!»

«Du meine Güte, das wisst ihr auch nicht? Ja, ihr habt eine Schwester in Schweden, oder genauer gesagt, eine Halbschwester.»

«Weißt du, wie alt sie ist?»

«Um die vierzig, irgendwann Mitte der Siebziger sind die hier gewesen.»

«Unser Vater war aber fix in Sachen Familiengründung. Zwischen Esko und Sari bin ja noch ich geboren.»

«Ja, der Onni. Er kam immer gut an bei den Frauen. Schon ungerecht, eine Frau wäre sofort als leichtes Mädchen verschrien, um's mal nett zu sagen.»

«Hat er denn nie von mir oder meiner Mutter erzählt?»

«Nein. Ich glaube nicht, dass die neuen Familien von den alten wussten. Jedenfalls durfte ich nicht von Esko sprechen, wenn Onni zu Besuch kam. Esko war sozusagen – wie heißt das noch mal?»

«Er war tabu, das meinst du wahrscheinlich.»

«Genau, er war tabu. Die Geschichte wurde totgeschwiegen, im ganzen Ort.»

«Hat unser Vater seine neue Frau mitgebracht, wenn er aus Schweden zu Besuch kam?»

«Das hat er. Sie war aber keine Schwedin, sondern Finnin. Ein hübsches junges Ding. Vielleicht etwas griesgrämig, wie sie so über die Welt dachte, aber tüchtig. Hat immer mit angepackt und sich nicht bedienen lassen. Sie schickt mir bis heute jedes Jahr eine Weihnachtskarte. Warte mal, die müsste ich doch noch haben.»

Raili holt eine Schachtel mit Briefen und Postkarten und wühlt darin herum, murmelt leise die Namen und manchmal ein «Lebt nicht mehr, Herzinfarkt» hinterher. Schließlich findet sie das Gesuchte.

Auf der Postkarte sind drei brennende Kerzen, vorn steht

«God jul och gott nyt år», hinten «wünschen Annikki, Sari und die Kinder».

«Das ist die vom letzten Jahr», sagt Raili. «Frohe Weihnachten auf Schwedisch.»

«… Annikki, Sari ‹und die Kinder› – das sind die Cousins und Cousinen von *meinen* Kindern!»

«Ja. Du hast eine schnell wachsende Verwandtschaft.»

«Und guck mal hier, abgestempelt in Södertälje.»

«Stimmt. Und ihr Nachname war Viljanen. Sie hat ihren Mädchennamen behalten. Hier wäre noch ein letzter Schluck Kaffee. Möchtest du?»

«Nein, danke, ich denke, ich werde mal langsam schlafen gehen.»

«Ich habe oben in den alten Kinderzimmern die Betten bezogen. Gute Nacht, Pekka.»

Im ersten Stock quetsche ich mich auf ein schmales Kastenbett. Am Kopfende kleben alte Auto-Aufkleber. Die hat mein Schwippcousin dort angebracht, den ich nie getroffen habe.

An Schlafen ist noch nicht zu denken. Ich google Annikki Viljanen, Södertälje, und finde sie prompt, inklusive Telefonnummer, die ich sofort speichere. Für das Telefonat schleiche ich mich runter und gehe in den Garten.

«Annikki Viljanen.»

«Hier spricht Pekka Kirnuvaara, ich rufe aus Finnland an, genauer gesagt aus Lieksa. Sind Sie … äh, mit Onni Kirnuvaara verheiratet?»

Am anderen Ende herrscht Stille. Schließlich sagt Annikki: «Ja, ich war mit ihm verheiratet, leider.»

«Dann sind Sie inzwischen geschieden?»

«‹Geschieden› ist gut! Der hat sich vor vierzig Jahren einfach vom Acker gemacht.»

«Sie haben eine gemeinsame Tochter?»

«Ja, Sari. Sie wohnt nur ein paar Häuser weiter, mit ihren Kindern und ihrem Kerl.»

«Könnten Sie mir vielleicht ihre Telefonnummer geben?»

«Ehrlich gesagt, nein. Sie hat schon genug Probleme, da möchte ich ihr nicht noch mehr aufhalsen. Und alles, was mit ihrem Vater zu tun hat, ist nun mal problematisch.»

«Wohnt ihr Vater denn noch in Schweden?»

«Ich habe keinen blassen Schimmer, und es interessiert mich auch nicht.»

«Würden Sie Sari wenigstens Grüße von ihrem Halbbruder aus Finnland ausrichten?»

«Ich glaube nicht, dass ich das tun werde.»

«Okay, okay, verstanden. Wie heißt Ihre Tochter denn mit Nachnamen?»

«Immer so wie ihr derzeitiger Kerl. Ich kann mir das nicht merken, sind so schwierige ausländische Namen.» Damit legt Annikki Viljanen einfach auf.

Es ist kurz vor zehn, ich gehe zurück ins Bett. Höre, wie Esko von seinem Marathonspaziergang nach Hause kommt. Ich gehe ins Nebenzimmer und erzähle ihm von dem Telefonat. Er reagiert kaum darauf. Kein Wunder, neben dem Schicksal seiner Mutter ist eine Halbschwester in Södertälje eine Kleinigkeit.

Ich schlafe überraschend gut und wache erst um neun auf. In der Küche wartet Raili mit selbstgebackenen Karelienpiroggen.

«Das wäre aber nicht nötig gewesen», protestiere ich.

«Ich kann euch doch nicht nur das langweilige Brot aus dem Supermarkt anbieten», entgegnet sie.

«Damit wären wir auch zufrieden gewesen. Aber das hier ist natürlich köstlich.»

Ich streiche warme Eierbutter auf die Milchreisfüllung.

Raili schenkt mir Kaffee ein. «Du erinnerst dich nicht mehr an eure Besuche hier, oder? Warst ja noch fast ein Baby. Wie geht es deiner Mutter?»

«Ich hab in letzter Zeit nicht allzu viel mit ihr geredet.»

«Schade. Wohnt sie weit weg von Helsinki?»

«Nein, eigentlich ganz in der Nähe. Aber sie hat mir alles, was irgendwie wichtig gewesen wäre, vorenthalten. Bis gestern wusste ich nichts über meinen Vater.»

Raili versucht, meine Mutter in Schutz zu nehmen. «Tut mir leid, dass du wütend bist. Aber sie hat es bestimmt nicht leicht gehabt.»

«Warum hat sie ihre Sorgen dann nicht mit mir geteilt?»

«Das ist nicht so einfach, Pekka. Vergiss nicht, Mütter wollen nur das Beste für ihre Kinder. Auch wenn sie dabei nicht die ganze Wahrheit sagen.»

«Das ist viel zu nett ausgedrückt. Ich finde, sie hat der Wahrheit echt in den Arsch gefickt. Sorry, aber das musste mal raus.» Ich wechsle das Thema. «Ist Esko eigentlich schon wach?»

«Seit einer guten Stunde. Er sitzt draußen am See. Wir haben schon zusammen gefrühstückt und ein bisschen gequatscht.»

Gequatscht – ziemlich blumig formuliert, wenn es um Esko geht. Ich schaue aus dem Fenster. Esko sitzt am Ende des Stegs und blickt auf das herbstlaubgesprenkelte Wasser. Raili steht auf und stellt sich neben mich ans Fenster.

«Hätte ich ihm das mit seiner Mutter verschweigen sollen? Eine entsetzliche Geschichte.»

«Nein, Raili, mit dem Verschweigen muss endlich Schluss sein. Auch wenn Esko das nicht zeigt und er sich gern in die Arbeit flüchtet, er hat sich bestimmt schon oft den Kopf über seine Eltern zerbrochen. Das wird sich schon alles sortieren.»

Nach dem Frühstück gehe ich raus auf den Steg.

«Guten Morgen, Esko. Mann, war das ein Tag gestern.»

«Das kannst du wohl laut sagen. Für mich hätten auch weniger Informationen gereicht. Ich bin doch sonst nur mit Zähnen beschäftigt.»

«Das hätte jeden umgehauen, glaub mir. Wie fühlst du dich denn jetzt?»

«Schon etwas besser.»

«Meinst du, unser Vater ist wegen dem vielen Stress zwischen den Roma und den Einheimischen abgehauen?»

«Warum sonst?», fragt Esko.

«Na, er ist doch auch bei uns abgehauen. Und in Schweden genauso. Anscheinend packt ihn immer irgendwann die Panik. Na ja, abgesehen davon ist Lieksa nicht gerade sympathisch. Ich bin echt froh, dass ich in Helsinki wohne. Da ist Toleranz wenigstens kein Fremdwort, und man muss sich nicht mit ausländerfeindlichen Arschlöchern rumschlagen.»

Esko lacht.

«Was gibt's da zu lachen?»

«Erst lobst du die Toleranz der Hauptstädter, und dann willst du mit den Rechten nichts zu tun haben.»

«Rassisten haben meine Toleranz nicht verdient.»

«Vielleicht gerade die? Die haben auch Probleme. Ziemlich große sogar.»

«Komm, hör mir auf.» Ich lenke das Thema zurück auf das, was uns verbindet. «Esko, lass uns nach unserem Vater suchen. Warum fahren wir nicht nach Schweden?»

«Wozu soll das gut sein?»

«Wir lernen unsere Schwester kennen und erfahren mehr über unsere Familienwurzeln.»

«Die will uns gar nicht sehen, hat ihre Mutter doch gesagt. Außerdem ist unser Vater da schon seit Jahrzehnten weg. Wieso sollte sie mehr wissen als wir?»

«Du willst die Sache einfach so stehenlassen?», frage ich.

«Ja.»

«Aber es quält uns beide.»

«Mich nicht.»

«Ich hab doch gehört, wie du heute Nacht geweint hast.»

«So ein Unfug.»

«Bitte belüg mich nicht, es war nicht zu überhören, und schließlich hast du allen Grund zum Weinen. Los, du bist doch auch nach Lieksa mitgekommen.»

«Ich dachte, danach bin ich dich endlich los.»

«Du willst mich loswerden?!»

Esko antwortet nicht. Stattdessen fängt er an zu schluchzen und zittert am ganzen Leib. Ich drücke ihn fest an mich, seine Tränen kitzeln an meinem Hals. Mein Bruder, der Zahnarzt, ist ein Mensch aus Fleisch und Blut und Tränen. Und erst jetzt wird es mir bewusst.

In Helsinki verabschieden wir uns, der Alltag holt uns wieder ein. Esko flüchtet sich in seine Praxis, ich schleppe mich in die Agentur. Aber ich kriege Sari nicht aus dem Kopf. Da ich ihren Nachnamen nicht weiß, ist die Suche sehr mühsam. Ich habe schon zig Saris aus Södertälje an der Strippe gehabt, doch keine ist die richtige. Wenn ich schon nicht mit meiner Schwester sprechen kann, sollte ich's vielleicht wieder mit meiner Mutter versuchen. Eigentlich hat Raili recht. Mütter wollen immer das Beste. Das erkenne ich auch am Essen: Sie hat Kartoffelbrei und Hackbraten für mich gemacht. Ich tue mir eine große Portion auf.

«Ich soll dich von Raili grüßen», sage ich.

«Ach, die gute Raili. Danke. Wie geht es ihr denn?»

«Ganz okay, glaube ich. Eine nette Frau.»

«Stimmt, das fand ich damals auch. Und dein Vater mochte sie ebenfalls sehr.»

«Mama?»

«Ja?»

«Tut mir leid, dass ich dich so angebrüllt habe. Die Nerven sind mit mir durchgegangen.»

«Ach, schon gut. Ich muss mich bei *dir* entschuldigen. Du hattest allen Grund, wütend zu sein.»

«Okay. Aber bist du sicher, dass du mir jetzt alles gesagt hast? Keine weiteren Geheimnisse?»

«Nein. Mehr weiß ich auch nicht. Ich habe deinen Vater nie wiedergesehen, seit er weggegangen ist.»

Der Besuch bei meiner Mutter ist zur Abwechslung mal richtig schön. Und unsere steifen Bewegungen zum Abschied kann man beinahe als Umarmung durchgehen lassen.

Auf dem Heimweg rufe ich Esko an und frage ihn, ob er Lust hat auf Kino. Ich möchte mit ihm in Verbindung bleiben. Und ein Kinobesuch kommt jemandem wie Esko bestimmt entgegen – man muss sich nicht anstrengen, und wenn man danach noch ein Bier trinkt, kann man entspannt den Film Revue passieren lassen. Ich finde ja, wir hätten auch sonst eine Menge zu reden. Aber ich will die Pferde nicht scheu machen.

ESKO

Ich lasse Pekka den Film aussuchen. Zwar habe ich, wenn es um Kino geht, klare Vorlieben und Abneigungen, aber ich sollte besser nicht zu viel von mir preisgeben. Ich hatte eine anstrengende Arbeitswoche, da würde mir die neue Liebeskomödie mit Reese Witherspoon gut passen. Sie ist einfach eine tolle Schauspielerin! Aber ich halte mich zurück, am Ende muss ich bei dem Film noch weinen. Das passiert mir leicht bei Liebesfilmen, deshalb sollte ich den besser ohne Pekka anschauen. Doch im Grunde bin ich es leid, immer allein ins Kino zu gehen. Alle anderen sitzen zu zweit im Saal und essen Popcorn oder Eis. Für mich ist das gleich doppelt schlimm: Die anderen sind in Begleitung, *und* sie schaden ihren Zähnen!

Pekka guckt bestimmt keine Liebesfilme. Vermutlich interessiert er sich für Umweltreportagen oder pakistanische Stummfilme oder weiß der Kuckuck. Und meine Vorliebe für romantische Komödien würde er sofort psychologisieren. Der einsame Zahnarzt und so weiter und so fort. Schönen Dank auch, eine Diagnose kann ich mir selbst stellen: In den Filmen finde ich das, was ich in meiner Pflegefamilie nicht bekommen habe. Und ich lerne was über die Liebe, zumindest aus der Anschauung. Leider reicht das nicht, das gilt für die Liebe genauso wie für die Zahnmedizin. Auch die besten Grundlagenseminare können die Praxis nicht ersetzen. Bohren lernt man nur durch Bohren. In meiner Pflegefamilie gab es für Liebe keine konkreten Beispiele, nicht einmal ansatzweise. Hätten sie mir wenigstens vorm Zubettgehen über den Kopf gestreichelt oder mich umarmt. Aber nein. Sie haben mich aus reinem Pflichtgefühl bei sich aufgenommen. (Was an und für sich betrachtet auch schon einiges wert ist.)

Meine biologische Mutter muss mich sehr geliebt haben, Railis Geschichte nach zu urteilen. Aber nach jenem schrecklichen Tag der Trennung konnte sie mir nichts mehr mit auf den Weg geben. Und da ich insgeheim doch manchmal hoffe, eines Tages jemanden zu umarmen, eigne ich mir das entsprechende Wissen eben über Filme an. Ich möchte bereit sein, falls es irgendwann so weit ist und jemand auch außerhalb des Behandlungszimmers mit mir zu tun haben möchte. Ganz ohne Betäubung.

Ich denke, Liebesbeziehungen unterscheiden sich gar nicht so sehr von einer Wurzelbehandlung: Man tut einem anderen Menschen Gutes. Dabei muss man tiefer gehen, und es kann mitunter schmerzhaft werden, aber es dient der gemeinsamen Sache.

Ich treffe Pekka im Foyer des Tennispalast-Kinos. Für mich ein vertrauter Platz, ich komme regelmäßig her. Im Grunde beschränken sich meine Wege durch die Stadt auf diese fünf Orte: meine Wohnung, die Praxis, der Supermarkt, meine Joggingstrecke, das Kino. Ich bin fünf Minuten vor der vereinbarten Zeit da, Pekka wiederum kommt fünf Minuten zu spät. Ist es so schwierig, die Uhr zu lesen? Heutzutage kommt fast die Hälfte der Patienten zu spät. Vielleicht führen die alle ein so spannendes Leben, dass Benimmregeln zweitrangig sind.

PEKKA

Die Filmauswahl gestaltet sich etwas mühsam. Am tollsten wäre natürlich die neue Komödie mit Reese Witherspoon, aber mit Esko geht das nicht. Da kommen nur Genres in Frage, bei denen nicht so viel Süßes konsumiert wird. Und, mal ehrlich: Esko und ein Liebesfilm? Der glaubt ja gar nicht an Liebe. Höchstwahrscheinlich glaubt er auch nicht, dass ein Agent die Welt retten kann, aber James Bond ist trotzdem die beste Lösung. Ein bekanntes Schema, ordentlich Spannung, und geküsst wird höchstens einmal, und das nur am Rande.

Statt Fruchtgummi kaufe ich salziges Popcorn und hoffe, dass Esko damit leben kann. Mein Bruder überrascht mich mit Snacks von zu Hause: Roggenbrot und Mineralwasser! Er riskiert tatsächlich eine kleine Säureattacke.

Der Film erfüllt exakt meine Erwartungen und damit seinen Zweck. Während Esko nach dem Abspann Richtung Herrenklo verschwindet, schaue ich auf mein Telefon. Ein verpasster Anruf mit der Ländervorwahl +46, das ist Schweden! Ich rufe sofort zurück.

«Sari Bakircioglu.»

Und dann sitzen Esko und ich im Flieger nach Stockholm. Ich blättere die Zeitschrift der Fluggesellschaft durch. In einer Kolumne empfiehlt der ehemalige Außenminister, Veränderungen und Herausforderungen mutig anzunehmen. Tun wir das nicht längst? Wir lernen in zwei Stunden unsere Schwester kennen! Und meinen Bruder kenne ich auch erst seit kurzem. Obwohl, «kennen» ist vielleicht zu viel gesagt. Seit seinem Gefühlsausbruch in Lieksa hat er sich streng an die Rolle des nüchternen Arztes gehalten, für die Tränen am Seeufer hat er sich zigmal entschuldigt. Meinen Hinweis, dass wir aufs Jahr 2020 zugehen und Männer Gefühle zeigen dürfen, hat er beiseitegewischt. Ich persönlich denke ja, dieser Gefühlsausbruch ist das Beste, was ihm passieren konnte. Wird höchste Zeit, dass bei ihm mal die Dämme brechen.

Esko studiert die laminierte Pappe mit den Sicherheitshinweisen und zuckt zusammen, als ich ihn anspreche.

«Kannst du eigentlich Schwedisch?»

«Eher wenig. Nur die medizinischen Termini beherrsche ich ganz gut. Manchmal habe ich schwedischsprachige Patienten, die freuen sich über eine Behandlung in ihrer Muttersprache.»

«Was heißt Wurzelbehandlung?»

«Rotbehandling.»

«Cool. Und so jemand wie ich? Ein Parodontitis-Patient?»

«So einer heißt Dumskalle.»

«Dummkopf heißt Dumskalle? Wahnsinn! Schweden, ich komme! Übrigens, Esko, ich habe angefangen, Zahnseide zu benutzen. Schön ist das nicht, aber man gewöhnt sich dran.»

Esko scheint nicht länger zum Scherzen aufgelegt. Er tastet unter seinem Sitz nach der Rettungsweste und studiert ein weiteres Mal die Sicherheitshinweise.

«Du bist wohl noch nicht oft geflogen?», frage ich.

«Wohin hätte ich fliegen sollen?»

«In den Urlaub, irgendwohin ins Ausland! Ach so, du machst ja keinen Urlaub.»

«Richtig. Aber ich bin trotzdem schon einmal geflogen.»

«Und wohin?»

«Zu einer Konferenz nach Genf.»

«War es eine gute Reise?»

«Nein.»

Man muss ihm wirklich alles aus der Nase ziehen. «Und wieso nicht?»

«Weil ich mich gern fortgebildet hätte, während der Rest der Teilnehmer sich aufs Trinken konzentriert hat. ‹Where are you from? Finnland, oh, how interesting!› Mehr ist da nicht passiert.»

Esko imitiert den oberflächlichen Ton erstaunlich gut.

«Viel interessanter als die Heimatländer der Teilnehmer wären doch die neuesten Materialien für Kronen gewesen, darum hätte es gehen sollen! Stattdessen ging es um finnische Formel-1-Fahrer. Wenn es wenigstens die *Zähne* von Mika Häkkinen gewesen wären. Doch mit solchen Saufkumpanen, vor allem denen aus Dänemark – Fehlanzeige.»

«Du konntest es nicht als kleine Auszeit vom Alltag betrachten, als Abwechslung?»

«Nein. Das einzig Gute war der Patientenstau nach meiner Rückkehr. Ich habe bis acht Uhr abends und länger gearbeitet und musste mir um nichts anderes mehr Gedanken machen. Allerdings hält sich mein Interesse an Auslandsreisen seitdem doch stark in Grenzen.»

Esko vertieft sich in eine Fachzeitschrift und ist bis zum Ende des Fluges nicht mehr ansprechbar. Ich recherchiere den Weg vom Flughafen Arlanda zu unserer Schwester Sari. Zwischendurch werden Getränke serviert. Ich verkneife mir die Cola und lasse mir ein Wasser geben, die Nerven von Esko zu schonen kann nur von Vorteil sein.

Da wir bloß Handgepäck dabeihaben, sind wir fix am Bahnsteig für den Flughafenzug.

Esko schaut sich besorgt um. «Weißt du auch wirklich, wo es lang geht?»

«Klar. Mit dem Zug ins Zentrum und dann weiter. Stockholm ist übersichtlicher als Helsinkis Vorort Espoo.»

Esko fühlt sich im Menschengetümmel sichtlich unwohl. Kein Wunder, wenn man sonst immer nur mit einer einzigen fremden Person im Behandlungszimmer ist und dabei sogar noch eine Assistentin zur Seite hat.

Im Regionalzug vom Zentrum nach Södertälje sind wir von lauten Teenagern umgeben, lustigerweise tragen fast alle Zahnspangen.

«Guck mal, Esko, hier ist Zahnregulierung voll im Trend!»

«Wenn das stimmt, dann kann ich das nur begrüßen. Ein gutes Gebiss ist für den Menschen essentiell.»

«Woher kommt eigentlich dein großes Interesse an Zähnen?», frage ich.

«Ich würde die Frage andersherum stellen. Wie kann sich jemand *nicht* für Zähne interessieren? Das Beste an meinem Pflegevater war, dass er mich an die Zahnmedizin herangeführt hat. Pekka, unsere Zähne stellen eines der spannendsten Systeme der Welt dar! Sie bestehen zugleich aus extrem hartem und extrem weichem Material und garantieren uns, als Zerkleinerer unserer Nahrung, den Fortbestand der menschlichen Rasse. Seit vierzig Jahren beschäftige ich mich tagtäglich mit dem Kauapparat, und mir ist nicht eine Sekunde langweilig geworden.»

«Herzlichen Glückwunsch.»

«Du willst mich veräppeln?»

«Nein, ich meine es vollkommen ernst. Nur wenige Leute sind von ihrem Job so überzeugt.»

«Es ist eben auch kaum etwas so interessant wie die Zahnmedizin.»

«Jetzt übertreibst du. Dass *ihr* Gebiet das Tollste ist, hört man doch von allen Spezialisten. Nimm zum Beispiel die

Sportler: Mal ist der Hundertmeterlauf, mal Trapschießen und dann wieder der Speerwurf am spannendsten, je nachdem, welcher Sportler sich gerade äußert.» Ich finde meinen Einwand berechtigt und obendrein anschaulich formuliert, aber Esko schaut gekränkt aus dem Fenster.

«Hab ich recht oder nicht?», frage ich.

Keine Reaktion. Du liebe Güte, jetzt bloß nicht die Reisestimmung vermiesen.

«Hey, Esko, ich hab's nicht böse gemeint. Natürlich sind Zähne interessant. Dass sie sich so toll im Kiefer halten und wir sie ein Leben lang mit uns herumtragen. Außer mir natürlich, ich werde meine Zähne ja wohl leider schon eher verlieren.»

Keine Antwort. Wir schweigen bis zum Bahnhof Södertälje.

Zusammen mit den Zahnspangen-Teenies steigen wir aus. Das Bahnhofsgebäude ist ein hübsches altes Holzhaus, im typischen Gelb gestrichen. Sari erwartet uns auf dem Parkplatz davor, sie lehnt an einem schmutzig weißen Mitsubishi. Unglaublich, aber ich erkenne sie sofort. Ihr Körperbau muss meinem ziemlich ähnlich sein, und auch in den Gesichtszügen entdecke ich etwas von mir. Und auch von Esko. Meine Familie wird tatsächlich immer größer! Ich gehe mit ausgebreiteten Armen auf sie zu, doch sie weicht aus und begrüßt mich mit einem kurzen Händedruck, schüttelt auch Esko nur die Hand.

«Da wär'n wir also. Ich bin die Sari. Umarmungen spare ich mir für später auf, noch wissen wir ja nicht, ob wir uns überhaupt leiden können. Los, schnell ins Auto, der Taxifahrer da hinten wird schon ganz nervös, weil wir ihm den Weg versperren. Ja, verdammt noch mal, bin gleich weg!»

Der letzte Satz gilt nicht mehr uns. Meine Schwester kann offenbar ziemlich laut werden.

Hm. Im Fernsehen gestalten sich die Erstbegegnungen erwachsener Geschwister irgendwie warmherziger. Oder machen das die Geigen im Hintergrund? Vielleicht haben meine Angehörigen einfach kein Emotionsgen.

Mit beeindruckenden Flüchen startet Sari den störrischen Motor des Mitsubishi. Ihre Kraftausdrücke sind alle schwedisch. Sie spricht zwar akzentfrei Finnisch, aber wie heißt es noch mal? Beim Fluchen und beim Sex zeigt sich die wahre Muttersprache.

Nach ein paar Metern bleibt der Wagen stehen. Sari steigt aus, öffnet die Kühlerhaube, ruckelt irgendwo herum, lässt die Haube wieder runterknallen.

«Verflucht noch mal, wozu hat man denn einen Mann, wenn der nicht mal das Auto reparieren kann! Fünf Jahre kenn ich ihn nun, und kann er überhaupt irgendwas? Nein! Trotzdem, er ist der Beste, den ich je hatte. Wenn das mal nicht eine Menge über die Männer im Allgemeinen aussagt!»

Sollen wir das als feministischen Kommentar verstehen? Immerhin wissen wir jetzt, dass unsere Schwester mit Männern reichlich Erfahrung hat und aufgrund dessen eher skeptisch eingestellt ist.

Endlich fährt das Auto normal. Wir kommen an einem braunen Ziegelbau vorbei, vielleicht eine Baptistenkirche? Ich starte lieber kein Gespräch über Glaubensrichtungen.

«Bis zu uns sind es drei Kilometer», informiert Sari.

«Prima angebunden, gute Lage», erwidere ich.

«Pah, gute Lage!» Sari lacht verächtlich.

Auf mich wirkt Södertälje bisher recht sympathisch. Viel Grün und ein hübscher Baustil. Auf dem Sportplatz spielt laut Aushang der Syrianska FC gegen den Östersunds FK. Wir fahren durch eine Unterführung und biegen nach rechts ab. Ein Schild in Schönschrift begrüßt uns in einer großen Siedlung: «Välkommen till Ronna!»

«Wir sind in Ronna. Bitte Fenster und Türen verschließen!», sagt Sari und grinst ironisch.

Esko nimmt das ernst und drückt den Türknopf auf seiner Seite runter. Ich weiß, worauf Sari anspielt. Ronna kennt man bis ins Nachbarland; im Stadtrat von Helsinki benutzen die Rechten es als Horrorbeispiel für Einwanderung.

Unsere Schwester macht den Stadtteilguide. «Das da drüben ist die Schule, da gehen auch meine Kinder hin. Ich sag's euch, da ist jeder Tag ein Kampf. Fehlerfreies Schwedisch gibt's da nicht. Dabei ist es eine staatliche Schule, mit Schwedisch als Unterrichtssprache.»

Die Kinder auf dem Schulhof sehen in der Tat eher nicht so aus wie Astrid Lindgrens Pippi, Tommi und Annika.

«Wir wohnen in dem üblen Block dahinten. Aber ich will mich nicht beklagen, wir sind ja selbst keine Engelchen. Meistens passen die Häuser und ihre Bewohner ganz gut zusammen.»

«Sieht doch gar nicht schlecht aus», widerspreche ich.

«Quatsch. Moment, ich spring noch mal raus und kaufe uns Hefewecken. Selbst die beschissenste Gastgeberin muss ihren Gästen was anbieten. Hat meine Mutter mir beigebracht.»

Wir halten vor einem Einkaufszentrum. Es beherbergt einen Schawarma-Imbiss, ein Möbelgeschäft mit einem sehr «unschwedischen» Schaufenster, einen Damen- und einen Herrenfriseur, eine Boutique für Brautmoden, einen Supermarkt und eine Arztpraxis. Alles, was man braucht. Über den Läden befinden sich Mietwohnungen, von einem Balkon wehen zwei gigantische Schwedenfahnen. Das wird die tatsächliche Zusammensetzung der Mieterschaft kaum ändern. Neben dem Gebäudekomplex steht ein Denkmal mit einem Kreuz, dessen Balken an den Enden mehrfach rund geschwungen sind. Ist das orthodox? Ich kenne das Symbol aus dem Religionsunterricht, kann es jedoch nicht mehr zuordnen.

Wir trotten hinter Sari zum Supermarkt, an der Eingangstür bleibt sie kurz stehen.

«Hier wurde der Cousin meines Mannes umgebracht.»

«Das ist ja entsetzlich. Wie konnte es dazu kommen?»

«Wieso werden Leute wohl einfach so abgeschlachtet? Der hat beim falschen Mann Schulden gehabt! Oder die Klappe zu weit aufgerissen. Das hat mir schon meine Mutter beigebracht: Dränge niemandem deine Meinung auf, du hast eh von nichts eine Ahnung.»

Im Supermarkt riecht es eher orientalisch als skandinavisch. Die Schilder sind in Schwedisch und Arabisch geschrieben.

Sari sucht nach Hefegebäck. «Scheiße, schon wieder nur Baklava. Na gut, geht auch, freut sich wenigstens mein Mann.»

Auf dem Weg zu Saris Wohnung kommen wir an einer Massenschlägerei vorbei, die den Straßenverkehr blockiert.

«Können die sich nicht zu Hause prügeln?!», schimpft sie.

Zehn Minuten später parken wir vor einem hohen Haus. Sari lässt das Lenkradschloss einrasten. «Da wär'n wir. Dies ist leider unser Zuhause.»

Abgesehen von der Schlägerei finde ich die Gegend gar nicht so schlimm. Viele Bäume mit rotem Herbstlaub. In Helsinki ist es schon viel winterlicher. Auf einem Spielplatz toben Kinder, ein paar alte Männer spazieren in gemütlichem Tempo umher. Auf dem Straßenschild steht Ängsvägen.

«Wiesenweg?», versichere ich mich.

«Klar. Und wie immer haut die alte Faustregel hin. Je netter die Straßennamen, umso übler die Gegend. Schicke Wohngegenden brauchen keine romantischen Straßennamen.»

Im Treppenhaus riecht es nach einem ganzen Basar. In Saris Flur türmt sich ein Haufen Turnschuhe, an der Wand lehnen mehrere Tretroller.

«Hereinspaziert. Ein Palast ist es nicht, aber für uns reicht's. – Halloo, bitte mal alle herkommen!»

Schon stehen vier Jungs vor uns, etwa zwischen acht und achtzehn.

«Das sind Kalle, Stojan, Miguel und Muhammed.»

Die Jungs nicken freundlich, reden durcheinander – soweit ich beurteilen kann, in perfektem Schwedisch – und verschwinden wieder.

«Kalle ist wahrscheinlich deiner?», frage ich.

«Das sind alles meine Söhne.»

«Ach so! Ich hab bei den Namen irgendwie keine Linie erkannt.»

«Da gibt's auch keine Linie. Haben alle 'n anderen Vater. Kalles Vater war Finne, hat sich totgesoffen, und das ist auch gut so. Stojans Vater war ein serbisches Arschloch, der lebt auch nicht mehr, war an den falschen Orten unterwegs. Miguels Vater kommt aus Chile, der ist leider vor Pinochet geflohen – wär er mal besser dageblieben. Und Muhammeds Vater ist ein fauler Somali. Hängt immer auf dem Marktplatz ab. Schon erstaunlich, dass ich so viele Idioten erwischt hab. Aber immer noch besser als die schwedischen Männer, die sind das Schlimmste überhaupt.»

Mein lieber Schwan! Ich will nicht zu neugierig sein, aber mich interessiert dann doch, was aus den Vätern, die noch leben, geworden ist.

«Sind die Männer an der Kindererziehung beteiligt?», frage ich.

«Höchstens einer. Der schickt immerhin regelmäßig eine Weihnachtskarte.»

«Wie hast du die vielen Trennungen und Todesfälle bloß verkraftet?»

«Sagen wir so: Es hat etliche Jahre gedauert, bis mir klar wurde, dass man nicht selber scheiße ist, nur weil man ein Scheißleben hat.»

«Hoffentlich hast du jetzt mehr Glück.»

«Keine Sorge, das hab ich. Schon seit fünf Jahren. Da hab ich Fadi kennengelernt. Im Stadtrat.»

«Und wo kommt Fadi her?»

«Gleich aus dem Nachbarhaus.»

«Ich meinte, ursprünglich.»

«Er ist Assyrer. Und findet, dass keine neuen Flüchtlinge mehr ins Land rein sollten.»

«Wo liegt Assyrien?»

«Das gibt's nicht mehr. Denen wurde ihr Land weggenommen, und jetzt sind sie alle hier, der ganze Tross, und liegen den Schweden auf der Tasche.»

«Aber die Einwanderer haben Schweden doch großen wirtschaftlichen Nutzen gebracht.»

«Das ist Ewigkeiten her. Guck dir meine Familie an, sie ist das beste Beispiel dafür, dass die Einwanderungspolitik nicht hinhaut. Und die Prügelei vorhin auf der Straße! Viel zu chaotisch und impulsiv, diese Leute!»

Ich versuche, meine Schwester auf neutraleren Boden zu locken. «Du bist im Stadtrat?»

«Ja, seit einigen Jahren engagier ich mich dort.»

«Nicht schlecht. Für welche Partei?»

«Die Schwedendemokraten.»

Die Rechtspopulisten. Was soll ich dazu sagen? Esko schaut stur zu Boden. Der würde uns jetzt am liebsten seine Instrumente in die Münder stecken.

Ich kann das so nicht stehenlassen.

«Aber die Schwedendemokraten …», setze ich an.

«… kümmern sich um die Zukunft Schwedens, genau. Wir sprechen aus, was viele denken, und versuchen, etwas Ordnung ins Land zu bringen.»

«Aha, so nennst du das also …»

«Hör auf rumzustottern. In der Partei sitzen längst nicht nur Rassisten. Sieht meine Familie etwa ausländerfeindlich aus?»

«Definitiv nicht. Vermutlich sollte man die Schwedendemokraten nicht alle über einen Kamm scheren.»

«Du sagst es, bei uns sitzen ganz unterschiedliche Leute. Aber leider gibt es in diesem Land auch Gruppierungen, auf die die allgemeinen Vorurteile zutreffen. Da versauen dann neunundneunzig Prozent der Leute den Ruf von dem restlichen einen Prozent.»

«Tja, schade für das eine Prozent. Ich bin übrigens auch im Stadtrat, also in Helsinki. Allerdings bei den Grünen.»

«Ach du Scheiße.»

«Moment mal. Ich habe mich eben sehr tolerant gegenüber deiner Partei gezeigt. Das erwarte ich auch von dir.»

«Sorry. Stimmt. Also, wieso bist du ausgerechnet bei den Grünen gelandet?»

«Ich hab als Zivi in der Bibliothek von Kallio gearbeitet, und meine Chefin war bei den Grünen.»

«O Gott, du hast Zivildienst geleistet?»

«Jep. Was dagegen?»

Sari lacht. «'tschuldigung, war nicht so gemeint. Aber erst Zivildienst, und dann noch die Grünen ... Also, bei uns sind die Grünen die absoluten Träumer. Und ich kann da mitreden, mein Mann ist bei den Grünen.»

«Träumen ist doch nichts Schlechtes, solange man die Träume umsetzt», kontere ich. «In Helsinki kümmern wir uns gerade darum, Lachstreppen in regulierte Flüsse einzubauen.»

«So? Wir versuchen, die Leute in schlechten Wohnbezirken wie diesem hier zu retten.»

Dagegen sind Lachse natürlich unwichtig. Zum Glück schaltet unser großer Bruder sich ein. «Beides ist wichtig. Und noch wichtiger ist eine regelmäßige Zahnprophylaxe.»

«Für Lachse oder Menschen?», fragt Sari.

Wir brechen in schallendes Gelächter aus, Esko grinst immerhin schief. Fühlt sich gar nicht übel an, mit seinen Geschwistern zu lachen. Dann wechseln wir das Thema. Auf der Tagesordnung steht Wichtigeres als Politik: unser gemeinsamer Vater.

Saris Mutter Annikki hat Onni Kirnuvaara bei ihrem Job im Pharmakonzern Astra kennengelernt; sie war Putzfrau, er Lagerarbeiter. In den sechziger und siebziger Jahren arbeiteten dort viele Finnen. Wir wissen also, dass unser Vater ziemlich schnell war. Ich bin Jahrgang '69, Sari '71. Der Gute hat in nur zwei Jahren das Land gewechselt, eine neue Stelle gefunden, eine Frau klargemacht und mit ihr ein Kind bekommen. In meinem Freundeskreis bringen es die meisten in der gleichen Zeit gerade mal zu einer Visitenkarte mit neuer Schrifttype, einer anderen Stammkneipe und ersten Überlegungen, ob nicht mal ein Sabbatical fällig wäre.

Sari erinnert sich kaum noch an unseren Vater. Er ist auch dort eines Tages abgehauen – was sich in ihren Liebesbeziehungen bisher leider wiederholte.

«Weihnachten und Vatertag, das war immer hart», sagt sie. «Aber irgendwann hab ich beschlossen, dass ich ihm nicht länger hinterhertrauere.»

«So was kann man beschließen?», frage ich zweifelnd.

«Ist ewiges Rumgeheule eine bessere Lösung?», entgegnet sie. «Ich wäre doch sonst total durchgedreht. Also hab ich mir gesagt, das lohnt sich nicht. Für jemanden, der mich so behandelt hat. Vielleicht sollte man überhaupt niemandem hinterhertrauern, welcher Mann ist das schon wert.» Sie blickt gereizt an die Decke.

«Hat deine Mutter erzählt, ob unser Vater sein Verschwinden irgendwie angekündigt hat?», frage ich.

«Er hätte was zu erledigen, das hat er gesagt.»

«Toll. Das kann alles und nichts heißen. Wisst ihr, ob er in Schweden geblieben ist?»

«Keine Ahnung. Meine Mutter sagt immer, nach Scheißhaufen soll man nicht suchen, in die tritt man sowieso wieder rein. Auf alle Fälle hat der Sack 'ne Menge Schulden hinterlassen. Die ersten Wochen nach seinem Abgang kamen dauernd fiese Typen zu uns und wollten ihr Geld zurück. Meine Mutter hat alles nach und nach bezahlt, und das von ihrem Putzjob. Ich hab jahrelang keine schönen Klamotten gekriegt, und manchmal war sogar das Essen knapp.»

«Was für ein Arsch!»

«Ja. Zu seiner Verteidigung muss ich aber dazusagen, dass er später alles zurückgezahlt hat.»

«Er ist wieder aufgekreuzt?»

«Nee, aber er hat angerufen und wollte Mamas Bankverbindung wissen.»

«Hast du mit ihm gesprochen?»

«Ja, kurz.»

«Was hat er gesagt?»

«Ich soll die Ohren steifhalten, und dann dieser Spruch mit der Axt.»

«Eine Axt haben und schneller sein, das ist bei einer Schlägerei die halbe Miete?»

«Genau.»

«Exakt das hat er auch zu mir gesagt. Aber wieso ist er überall abgehauen?»

«Woher soll ich das wissen? Vielleicht war das einfach sein Charakter.»

«Nee, Sari. Charakter, das ist, wenn jemand immer zu spät kommt oder ständig im Mittelpunkt stehen muss, aber man kann doch nicht überall auf der Welt Familien gründen und nach zwei oder drei Jahren wieder abhauen.»

Was hat ihn von uns weggetrieben? Wieso ist er zu niemandem von uns zurückgekommen? Bis zur Volljährigkeit eines Kindes hätte man dazu reichlich Zeit.

Vielleicht hatte er Angst. Hab ich ja auch. Und zwar gewaltige. Bevor ich Kinder hatte, kannte ich diese Angst nicht, aber seit meine Kleinen auf der Welt sind, denke ich bei jedem Bus: Hoffentlich werden die nicht vom Bus überfahren. Und wenn ich das Wort Schule höre, krieg ich sofort Angst, wie sie die schaffen. Ob sie gemobbt werden und so. Ich schätze, alle Eltern haben Angst. Aber irgendwie lernt man, mit ihr zu leben, und man sagt sich, dass in der Regel ja alles gutgeht.

Wenn *ich* abgehauen wäre, dann nur, weil ich die Angst nicht aushalte. Eine miese Nummer ist es aber in jedem Fall, egal, aus welchem Grund. Und so was wie Schlafmangel und ständiges Essenkochen, das muss man einfach akzeptieren.

Was hatte unser Vater für einen Grund?

Dass er Saris Mutter das Geld zurückgezahlt hat, bestätigt meine Vermutung: Er war kein Betrüger, und sein Verhalten tat ihm irgendwie auch leid. Wahrscheinlich hat er uns sogar ab und zu vermisst. Dieser Gedanke tröstet mich ein kleines bisschen. Oder so herum: Ohne diesen Gedanken würde ich nie nach ihm suchen.

«Wie hat deine Mutter das gepackt?», frage ich Sari.

«Keine Ahnung, irgendwie musste es ja gehen. Wir haben da drüben in dem Block gewohnt, meine Mutter wohnt da immer noch. Guckt Fernsehen und meckert. Unter ihrer negativen Art leide ich bis heute, obwohl, ich hab mich zum Glück schon ein Stück davon wegentwickelt.»

«Gut so!», lobe ich.

«Trotzdem. Ich hätte am Zeugnistag lieber 'n Tritt in den Hintern gekriegt, als zum tausendsten Mal zu hören, dass alle anderen sowieso viel besser sind als wir.»

Sari kaut auf ihrer Unterlippe. «Die Arbeit im Stadtrat ist superwichtig für mich. Dass ich da meine Meinung sagen kann und die anderen mir zuhören. Die, von denen meine Mutter immer meint, dass sie so klug sind und sich so toll ausdrücken können. Aber es hat 'ne Weile gedauert, bis ich mich getraut hab. Meine Mutter sagt immer, es gibt schon so viele Meinungen auf der Welt, da vermisst niemand die von dir. Insofern hat der Spruch mit der Axt irgendwie meinen Kampfgeist geweckt. Jedenfalls war es der einzige Ratschlag, der mich im Leben weitergebracht hat. Aber jetzt muss ich dringend eine rauchen, kommt jemand mit auf den Balkon?»

Esko schüttelt den Kopf. «Ist nicht gut für die Zähne.»

«Weißt du was, Esko? Hier in Ronna zu leben, das ist nicht gut für den gesamten Menschen! Aber trotzdem wohne ich hier.»

Ich begleite meine Schwester für eine Zigarettenlänge auf den Minibalkon.

Esko sieht mich vorwurfsvoll an, kommt aber mit.

«Ich bin dein sechsundvierzigjähriger Bruder, nicht deine fünfzehnjährige Tochter», sage ich zu ihm. «Außerdem habe ich seit Jahren nicht mehr geraucht, da ist eine Zigarette total okay.»

Sari nickt zufrieden.

«Ehrlich, ohne Zigaretten würde ich das Leben nicht aushalten. Ich hätte mich garantiert schon mehrmals umgebracht. Die Kinder schaff ich ja gerade noch, aber die Väter? Und da soll ich mir das Rauchen verkneifen, meinen letzten Genuss? Nein, danke!»

Ich verstehe sie und nicke besänftigend. Aber Sari redet weiter, und ich merke auch, warum: Sie will Esko provozieren. Geschwisterverhältnisse sind unglaublich. Wir kennen uns keine Stunde, und schon weiß Sari, wie sie ihren großen Bruder ärgern kann.

«Außerdem ist Rauchen für Kinder längst nicht so schädlich wie Prügeln», beendet Sari ihr Plädoyer.

«Du schlagst deine Kinder doch nicht etwa?», fragt Esko irritiert.

«Verdammt noch mal, natürlich nicht! Jedenfalls nicht doll. Schließlich liebe ich diese Plagegeister. Und zwar mehr, als ich ihre Väter hasse! Im Ernst, ich bin stolz auf meine vier Söhne. Sie sind vielleicht nicht schlauer als ich, aber sie halten sich von schlechter Gesellschaft fern und prügeln sich nicht. Da kann ich als Alleinerziehende doch ganz zufrieden sein, oder?»

Esko hat keine Kinder; er weiß nicht, dass sie einen bis zur Weißglut reizen können.

Aber ich weiß es. «Du kannst wirklich stolz auf dich sein,

Sari. Hut ab. Und manchmal muss man den Kindern halt auch Grenzen setzen.»

Sari und Esko nicken. Schweigend stehen wir nebeneinander und blicken runter auf die Straße. Wäre ich mal auch mit mir selbst nachsichtiger gewesen. Ich habe mir nie eine Auszeit gegönnt. Mit regelmäßigen Rauchpausen oder einem kurzen Spaziergang um den Block hätte ich es mir leichter machen können.

Die Dämmerung setzt ein. Im schwindenden Licht sehen die Häuser alle gleich aus, nur die Balkonfarben unterscheiden sich. Saris Haus hat gelbe Balkons, das gegenüber grüne, das links orange und das rechts rote. Ich lobe das Farbdesign.

Sari kichert. «Lustig, dass du das sagst. Wegen den Farben haben mein Mann und ich uns kennengelernt.»

«Erzähl», sage ich.

«Als wir im Stadtrat über die Farbgestaltung diskutiert haben, bin ich ihm zum ersten Mal aufgefallen. Und umgekehrt. Da war die Kriminalstatistik von Ronna wieder besonders mies, vor allem bei den Jugendlichen, und die Grünen wollten unbedingt diese bunten Balkons haben.»

«War doch ein guter Vorschlag, oder nicht?», werfe ich ein.

«Gut? Na ja, schlecht ist er nicht unbedingt, aber das war wieder typisch für die Grünen. Und da hab ich zum ersten Mal meine Meinung gesagt.»

«Und?»

««Wenn ein Jugendlicher sich grad einer Einbrecherclique anschließen will und einen gelben Balkon sieht, sagt er sich garantiert nicht: ‹Wow, ein gelber Balkon, ich überleg's mir schnell wieder anders!› Die Grünen waren total geschockt, nur mein Mann, der hat laut losgelacht.»

«Und du hast dich sofort in seinen Humor verliebt?»

«Gott bewahre! Ich hab gedacht, was lacht der so blöd, der hat doch sowieso von nichts eine Ahnung.»

Wenn man vom Teufel spricht …! In diesem Moment kommt Saris Mann Fadi nach Hause und gesellt sich zu uns auf den Balkon. Ein gutaussehender Typ, der, wie sich herausstellt, fließend Schwedisch kann. Wir stellen uns als Saris Brüder vor und schütteln ihm die Hand. Fadi erzählt von seinen Wurzeln. Die Assyrer sind Christen und haben in der südlichen Türkei und den nördlichen Regionen des Iran und Irak gelebt. Saddam Hussein brandmarkte sie als gefährlich, und da begann die Hetzjagd, die Assyrer mussten fliehen. Damals boomte in Södertälje die Industrie, und der schwedische Staat beschloss, zwei Fliegen mit einer Klappe zu schlagen: Die Assyrer fanden hier Sicherheit und brachten zugleich die Wirtschaft voran.

Es ist nett, so zu viert auf dem kleinen Balkon. Unser Schwager Fadi ist sympathisch. Er fragt nach unserem Alltag in Helsinki und wundert sich, dass wir erst jetzt auftauchen; die Assyrer pflegen einen engen Familienzusammenhalt. Er zündet sich eine Zigarette an und berichtet von seiner Ankunft in Schweden.

«Wir wurden bestens versorgt. Wir mussten nur sagen, was fehlt, und schwupps, war es da. Wohnung, Kinderwagen, Geld, alles. Der Empfang hätte nicht besser sein können. Wenn ich mir überlege, dass so viele Fremde bei *uns* angekommen wären – wir hätten die bestimmt mit einem Tritt in den Arsch nach Hause befördert.»

«Und so was hat sich hier auf Steuerkosten durchgefressen!», scherzt Sari.

«Sei du mal still, wer von uns beiden geht denn nicht arbeiten?»

«Wenn deine Leute uns die Jobs wegnehmen? Die Friseure aus Assyrien zum Beispiel, die machen hier die Preise kaputt.»

«Na und? Die waren schneller. Wir waren vor den Schweden in diesem Viertel.»

«Wir können uns wenigstens benehmen.»

«Ha! Die Einwanderer aus Finnland saufen doch nur! Und die leeren Dosen und Flaschen müllen alles voll. Wir dagegen sind ein Kulturvolk. In Mesopotamien wurde das Rad erfunden und die Zeitrechnung.»

«Komisch, dass du mit diesem tollen Hintergrund noch immer nicht das Auto reparieren kannst und ständig zu spät kommst!»

Die beiden streiten nicht, nein, sie gurren und schäkern! In jedem Satz schwingt Liebe mit. Wenn sie so weitermachen, müssen Esko und ich uns dezent verkrümeln. Sari nennt ihren Mann zärtlich einen Schoko-Loser, Fadi antwortet mit einer festen Umarmung.

«Sari ist eine phantastische Frau. Ich wusste sofort, die oder keine. Und wir haben ein gutes Leben hier in Ronna. Hier ist Platz für alle, jeder ist willkommen. Hä, bis auf Muslime!»

Esko und ich schauen verunsichert zu Sari.

«Ach, das ist Fadis schräger Humor, weiter nichts», erklärt unsere Schwester. «Die Hälfte seiner Freunde sind Muslime. Und Ronna ist wirklich nicht so schlecht wie sein Ruf. Manche Leute hätte man hier nicht reinlassen dürfen, da waren die von der Telge-Wohnungsbaugesellschaft bei der Mieterauswahl nicht streng genug. Aber unterm Strich kann man hier ganz gut leben. Wenn ich ehrlich bin, ich würd hier nie mehr wegziehen. Ronna ist mein Zuhause. Und fürs Ego ist es besser, in einer miesen Gegend zu leben und dort zu den Gewinnern zu gehören als in einer guten Gegend zu den Gearschten. Im Stadtrat setze ich mich besonders für Ronnas Jugendliche ein. Die Grünen und die Konservativen kapieren nicht, dass der ständige Ruf nach so was wie Geigenunterricht hier überhaupt nichts bringt! Die haben hier kein Geld für Geigenunterricht, und erst recht nicht für 'ne Geige!»

Und so geht es munter weiter. Irgendwann haben wir zu viel Rotwein getrunken, als dass Sari uns noch zum Bahnhof kutschieren könnte. Vom Balkon aus zeigt sie uns die Bushaltestelle.

Zum Abschied will ich ihr die Hand reichen, doch Sari fällt mir um den Hals.

«Verdammt noch mal, seine Brüder wird man ja wohl umarmen dürfen.»

«Aber klar doch!», sage ich.

«Und ihr meldet euch wieder, ja? Wir dürfen uns nicht aus den Augen verlieren.»

«Keine Sorge, Sari», beruhige ich sie. «Wir kommen wieder. Und ihr seid jederzeit nach Helsinki eingeladen!»

«Nie im Leben, ich und meine fünf Männer bei euch zu Besuch, wir würden viel zu viel Stress machen.»

Ich mustere sie. «Ich glaube, du brauchst noch ein paar Jahre, bis du die negative Pädagogik deiner Mutter endlich hinter dir lässt», sage ich. «Sari, du bist meine Schwester, du machst mir keinen Stress!»

Als ich sehe, dass sie nasse Augen kriegt, muss ich auch ein paar Tränen weinen. Ihr ist es anscheinend peinlich, mir nicht. Sie wischt sich übers Gesicht und schnappt sich Esko.

«Du hast zwar längst nicht so viel geredet wie dein Bruder, aber ich mag dich genauso gern!», sagt sie.

Selbstverständlich fängt Esko nicht an zu weinen, aber

er ist sichtlich bewegt. Zum Abschied sagt er: «Wenn ich das richtig sehe, hast du ein bisschen Zahnstein. Komm nach Helsinki, dann entferne ich ihn dir auf Kosten des Hauses.»

«Jetzt hab ich schon drei Gründe, nach Finnland zu fliegen: zwei Brüder und den Zahnstein.»

«Ich mache das mit einem Ultraschallgerät, das ist schnell und absolut schmerzfrei.»

Damit wäre die Gefühlsduselei beendet.

Unseren Vater haben wir nicht gefunden. Dafür eine super Schwester. Sari ist echt eine Wucht.

«Wir sollten versuchen, unserem Vater zu verzeihen», sagt sie noch. «Er wollte uns garantiert nicht absichtlich weh tun.» Sie wirft einen Seitenblick auf Fadi. «Der da hat mir geholfen, nicht länger verbittert zu sein. Ich mein, überlegt doch mal: Er wurde verfolgt und vertrieben und wohnt jetzt in einem fremden Land, und trotzdem ist er dankbar und zufrieden. Seit ich *ihn* kenne, habe ich aufgehört, die Reichen zu beneiden.»

«Das klingt gut», sage ich.

«Und durch Fadi denke ich auch anders über unseren Vater. Er wird seine Gründe gehabt haben.»

Wir nicken stumm. Diesmal bietet Esko keine Zahnbehandlung an.

Mit dem Bus und dem Zug erreichen wir Stockholm. Esko wirkt viel entspannter als auf der Hinreise.

«Das war's dann wohl?», frage ich ihn.

«Was?»

«Die Suche nach unserem Vater», sage ich. «‹Er musste was erledigen›, das bietet uns zu wenige Anhaltspunkte, um noch weiterzumachen.»

Esko stimmt zu. «Wir haben von ihm nicht einmal eine Zahnpatientenakte.»

Unser Vater hat uns denkbar wenig gegeben, und doch fehlt er uns. Wir bringen sogar die Kraft auf, ihm zu verzeihen und das Positive zu sehen. Seltsamerweise wollen Kinder ihre Eltern immer gut finden, selbst wenn es kaum Anlass dazu gibt.

Im Stadtzentrum wird es bereits ruhiger. Unser Hotel liegt gleich am Hauptbahnhof. Wir essen noch etwas im Restaurant, ehe wir aufs Zimmer gehen. Als ich aus dem Badezimmer komme, sieht Esko mich mahnend an.

«Was ist?»

«In so kurzer Zeit kann man sich nicht vernünftig die Zähne putzen. Geschweige denn, Zahnseide benutzen.»

«Hab ich auch nicht.»

«Und warum nicht?»

«Weil die mir ins Zahnfleisch schneidet. Und weil ich nach einem Tag wie heute keine Lust darauf habe.»

«Für deine Zähne und dein Zahnfleisch ist es egal, was für ein Tag heute war.»

«Ach, hör doch auf.»

«Komm mal her.»

Esko wühlt in seinem Gepäck und zieht ein paar große, laminierte Fotos hervor.

«Das ist nicht dein Ernst!», sage ich.

Die Fotos zeigen entzündetes Zahnfleisch und kaputte Zähne. Abschreckbilder, wie man sie aus der Schule kennt.

«Doch, das ist mein Ernst», erwidert Esko.

«Du nimmst diese Bilder extra mit auf unsere Reise nach Schweden?!»

«Sie haben ja bereits Verwendung gefunden.»

«Esko, du spinnst.»
«Ich habe wenigstens kein Zahnfleischbluten.»
«Kannst du aber kriegen, wenn du so weitermachst.»
«Ist das eine Drohung?»
«Nein, eine sachliche Information.»
«Pekka. Wenn du keine Zahnseide benutzt, wird deine Parodontitis immer schlimmer.»
«Ich kann mich aber nicht twenty-four-seven um meine Zähne kümmern, verdammt! Ich hab auch noch ein *Leben*, verstehst du? Nein, das verstehst du nicht.»
«Was heißt das?», fragt Esko.
«Was?»
«Na, diese englische Zahl.»
«Das heißt vierundzwanzig Stunden am Tag, sieben Tage die Woche. Also pausenlos.»
«Und wieso sagst du es dann nicht so?»
«Unsere Sprache wandelt sich. Du bohrst auch nicht mehr mit demselben Gerät wie vor dreißig Jahren.»
«Aber das Grundprinzip ist dasselbe. Ich finde es blödsinnig, solche neumodischen Ausdrücke zu benutzen. Genauso dumm, wie seine Zähne zu ruinieren.»
«Schön, Esko. Ich hab's kapiert.»
Schweigen.
Esko legt sein Buch beiseite, macht sich's im Bett bequem und tut so, als würde er schlafen wollen.
Eigentlich ist es höchste Zeit für die Nachtruhe, aber ich kann mir eine letzte Attacke nicht verkneifen. «Esko?»
«Jaa?»
«Zu der Frage, weshalb unser Vater überall abgehauen ist ...»
«Was ist damit?»
«Ich glaube, in deinem Fall habe ich eine Erklärung.»

«Und die lautet?»

«Du hast ihn mit deiner nervigen altklugen Art vergrault.»

Esko antwortet nicht. Ich warte. Nichts.

«Esko? Bist du eingeschlafen?»

«Nein. Ich denke nach.»

«Worüber?»

«Über deine Theorie. Beziehungsweise meine. Ich frage mich das selbst die ganze Zeit, ob ich ein so unerträgliches Kind gewesen bin.»

«Stopp. Das ist nicht dein Ernst!»

«Du hast es eben selber gesagt.»

«Das war ein schlechter Gag!»

«Ein was?»

«Gag. Ein Witz.»

Esko schweigt und dreht sich zur Seite. Seine Atemzüge werden ruhiger.

Ich bin zu aufgedreht zum Schlafen. Leise gehe ich mit meinem Laptop aus dem Zimmer, setze mich unten in die Lobby und bestelle einen grünen Tee.

Zig neue E-Mails. Meine Teampartnerin schickt Vorschläge zur Optik der Tankstellenkampagne. Shit, fast hätte ich die Sache vergessen. Aber ich werde nicht mitten in der Nacht arbeiten. Nein, ich starte die ungefähr tausendste Google-Suche nach meinem Vater. Ich warte darauf, dass er zum Beispiel bei einem Rentnerclub auf Teneriffa den Darts-Wettbewerb gewinnt und auf der Website des Clubs auftaucht.

Versehentlich tippe ich Onni Kirbuvaara.

«Meintest du: Onni Kirnuvaara?», werde ich gefragt; ich habe schon zu oft nach ihm gesucht.

Trotz des Schreibfehlers finde ich wie immer den Dorfladen in der Nähe von Nurmes, den ein Herr Kirnuvaara führt, und lese, dass die Tochter von Raili eine Ausbildung in traditioneller Kalevala-Heilung abgeschlossen hat. Und irgendein anderer entfernter Verwandter hat den sechsten Platz bei einem großen Eisloch-Fischen gemacht. Die Kirnuvaaras sind ziemlich patent, würde ich sagen. Den fernen Verwandten habe ich schon einmal angerufen; zur Suche nach meinem Vater konnte er jedoch nichts beisteuern.

Weiter unten taucht ein interessanter Treffer auf, der zu einer thailändischen Website führt. Unter den «staff members» eines großen Ferienresorts finde ich eine Frau namens Fai Kirbuvaara. Ich klicke auf das Bild.

Eine Kellnerin in blauem Hawaiihemd lacht in die Kamera. Von ihrem rechten Eckzahn ist ein kleines Stück abgebrochen. Obwohl das Gesicht eindeutig asiatisch ist, entdecke ich Ähnlichkeiten mit mir und meinem Vater. Vor allem die hohen Wangenknochen.

Am liebsten würde ich laut jubeln: Ein winziger Tippfehler, und schon wächst meine Verwandtschaft! Die Frau an der Rezeption sieht meine Aufregung und lächelt mir freundlich zu.

Ich renne die Treppe hoch in unser Zimmer, schalte das Deckenlicht ein und reiße Esko aus dem Schlaf.

«Wir haben eine Schwester!»

«Ja, das haben wir. Sari. Bitte beruhige dich und lass mich weiterschlafen.»

«Nein, ich meine, wir haben eine zweite Schwester! In Thailand!»

Ich klappe meinen Rechner auf und zeige ihm das Bild von der Kellnerin.

Esko mustert sofort die Zähne. Zum Glück lächelt sie breit.

«Tatsächlich. Ihr fehlen die Fünfer», murmelt Esko.

REINIGUNG DES WURZELKANALS

Öffnung des Kanals zwecks gründlicher Reinigung und vollständiger Entfernung von Bakterien.

PEKKA

Weder in Lieksa noch in Ronna habe ich meinen Vater gefunden. Nach wie vor weiß ich nicht, woher er kam und wohin er ging, und damit ist auch ein Teil meiner eigenen Existenz ungeklärt. Aber ich habe seit einiger Zeit zwei Menschen an meiner Seite, die sich dieselben Fragen stellen wie ich. Ich habe einen Bruder und eine Schwester.

Ansonsten geht der Alltag seinen gewohnten Gang. In der Agentur ist es krampfiger als sonst, da jeder die beste Idee für die Tankstellenwerbung liefern will. Ich selbst bin in dieser Angelegenheit noch nicht besonders weit vorangekommen.

Meine Kinder sehe ich nach wie vor jedes zweite Wochenende; meine Ex kommt mir keinen Schritt entgegen. Dass sie bei mir nicht mehr unter *Doofe Schlampe*, sondern unter *Tiina* läuft, hat sich atmosphärisch nicht ausgewirkt.

Esko und ich telefonieren einmal pro Woche. Mit Sari bin ich auf Facebook befreundet. Ich beteilige mich an den politischen Diskussionen, die sie mit ihren Freunden führt, und kann inzwischen besser Schwedisch. Durch den Austausch mit ihr habe ich – direkt oder indirekt – Denkanstöße für meine eigene politische Arbeit im Stadtrat erhalten.

Unsere Verwandte aus Thailand hat sich nicht gemeldet. Ich habe ihr auf Englisch an das Ferienresort gemailt, von unserer Suche nach Onni Kirnuvaara erzählt, ein Foto von Esko, Sari und mir auf Saris Balkon angehängt und sie um eine Antwort gebeten. Doch nichts ist passiert.

Bis jetzt. Ich checke gewohnheitsmäßig meine privaten Mails – und finde eine Nachricht aus Thailand. Mit zitternden Fingern öffne ich sie.

Die Mail stammt nicht von Fai Kirbuvaara, sondern von einer Kollegin:

Dear Pekka

I told Fai about your mail. She is not very familiar with e-mail and this island is a bit difficult to reach by phone. She said that her father is an Australian farang, she has not met him for years. But you are very welcome to visit our beautiful island any day!

Yours, Simonetta / Mandalay Bay Resort

Ihr Vater stammt aus Australien? Da kann was nicht stimmen. Die Familienähnlichkeit, die fehlenden Fünfer und der Nachname weisen klar auf eine Verwandtschaft hin. Was nun? Ich leite die Mail an Esko und Sari weiter.

Als Nächstes google ich Kirnuvaara (beziehungsweise Kirbuvaara) plus Australien. Nichts. Ich rufe die australische Telefonauskunft an. Auch die kennt keinen Anschluss unter diesem Namen. Die einzige Möglichkeit, ein Stück voranzukommen, ist Fai selbst. Dummerweise wohnt sie auf der anderen Seite der Welt.

Zwei Stunden später trudelt eine SMS von Esko ein, der ein spontanes Treffen vorschlägt. Ungewöhnlich, will er etwa über unsere thailändische Verwandte sprechen? Nicht dass wir uns nicht austauschen würden; wir gehen regelmäßig zusammen joggen und ins Kino, und ich gebe mir alle Mühe, sein Zahnarztleben mit neuen Impulsen zu würzen. Aber als er im Café am Bärenpark zum Kaffee einen gezuckerten Krapfen bestellt und sofort fragt, wann es denn losgehe nach Thailand, bin ich doch einigermaßen überrascht.

«Du meinst das ernst?», frage ich. «Ich denke, du hasst Flüge. Und das wird ein Langstreckenflug.»

«Auf den Flug freue ich mich ganz bestimmt nicht, aber wir können die Sache doch nicht im Sande verlaufen lassen. Wenn es um die Familie geht, ist das vielleicht ganz ähnlich wie bei einer Wurzelbehandlung. Auch wenn es unangenehm wird, man muss es zu Ende bringen.»

«Esko, ich finde es toll, dass du so denkst. Aber es gibt ein Problem. Ich habe nicht genug Geld für eine Fernreise.»

«Aber ich.»

«Ich kann mich doch nicht von dir einladen lassen!»

«Selbstverständlich kannst du das. Und dasselbe gilt für Sari.»

«Stopp, Esko, das kommt nicht in Frage.»

«Jetzt hör mir doch mal zu! Weißt du, was ich die letzten dreißig Jahre tagein, tagaus getan habe?»

«Zähne behandelt?»

«Genau. Und mir so gut wie keinen Urlaub gegönnt. Ich möchte mit meinen Finanzen bestimmt nicht prahlen, aber sagen wir, es hat sich einiges angesammelt. Und wenn es einen guten Investitionsanlass gibt, dann die Reise zu meiner thailändischen Schwester.»

«Bist du sicher?»

«Ja. Und um ihren abgebrochenen Eckzahn kümmere ich mich auch.»

ESKO

Pekka wundert sich über meinen Sinneswandel. Wieso braucht der Kerl für alles eine psychologische Erklärung?

Ich finde meinen Plan äußerst schlüssig, angesichts dessen, was in den letzten Monaten passiert ist. Nach wie vor mag ich keine drastischen Veränderungen, aber ein paar neue Einflüsse hier und da finde ich inzwischen gar nicht so verkehrt.

Als ich den Krapfen aufgegessen habe, stehe ich physisch und psychisch unter Schock – Zuckerschock. Aber irgendwie muss ich Pekka ja demonstrieren, dass ich auch andere Seiten habe. Dass mir die aufgesperrten Münder meiner Patienten nicht ausreichen. Dass ich es leid bin, ihre Versäumnisse wieder auszubügeln. Da kommt mir ein Urlaub gerade recht. Endlich tue ich das, was man mir seit Jahrzehnten rät – ich nehme mir eine Auszeit. Und sehe nebenbei ein bisschen was von der Welt. Gibt es da nicht sogar dieses alte Sprichwort? Manchmal muss man weit weggehen, um sich nahezukommen, oder so was in der Art.

Und meine Schwester Fai – falls sie meine Schwester ist – interessiert mich nicht nur wegen ihres kaputten Zahns. Durch Pekka und Sari habe ich generell mehr Interesse für meine Umwelt entwickelt. Dafür bin ich ihnen dankbar. Einen Salto schlage ich zwar nicht sofort, aber auf eine Fernreise lade ich die beiden gern ein. Am Geld soll es nicht scheitern, dazu ist die Angelegenheit zu wichtig.

PEKKA

Sari lehnt Eskos Plan strikt ab. Immerhin kann ich sie überreden, Fadi davon zu erzählen. Ich halte Fadi für einen netten Kerl, vielleicht kann er was bewegen.

Das Telefonat mit meiner Exfrau läuft noch schlechter, um nicht zu sagen katastrophal.

«Du willst nach Thailand?! Soll das ein Sexurlaub werden oder was?»

«Nein, und das weißt du auch.»

«Wieso muss es dann gerade Thailand sein?»

«Weil ich dort eine Halbschwester habe.»

«Du hast neuerdings wohl überall Verwandte. Und an mich denkst du dabei gar nicht? Ich darf die Kinder dann zwei Wochenenden hintereinander betreuen, ja? Pekka, ich habe *ein Leben*, verstehst du?»

«Und ich habe keins, verstehe. Dann bring sie doch einfach zu meiner Mutter, dann sind sie dir aus dem Weg. Ein bisschen komisch finde ich das schon, immerhin wolltest du, dass ich die Kinder so wenig sehe wie möglich.»

«Ich habe dabei nur ihr Bestes im Auge.»

«Haha.»

Das Beste für unsere Kinder wäre, wenn ihre Eltern endlich wieder miteinander auskämen und sich wie Erwachsene benähmen. Aber was ich auch vorschlage, Tiina interpretiert es als Angriff auf sie persönlich, manchmal sogar als Angriff auf die westliche Demokratie. Doch vermutlich bin ich nicht viel besser.

Immerhin versuche ich, das Telefonat versöhnlich zu beenden: «Ich kann die Kinder nach meiner Rückkehr zwei Wochenenden hintereinander nehmen», schlage ich vor.

«Nein, kannst du nicht.»

«Und warum nicht?»

«Denk mal drüber nach.»

«Tiina, ich denke die ganze Zeit darüber nach, was zwischen uns schiefgelaufen ist.»

«Tja! Hättest du mal eher angefangen mit dem Nachdenken, dann wäre –»

Ich weiß, was jetzt kommt, und drücke auf *Gespräch beenden*. Ich habe keine Lust, mir die alten Sachen immer neu aufs Brot schmieren zu lassen. Ich habe nie etwas aus bösem Willen getan, und wenn sie mir das nicht glaubt, hilft alles Diskutieren nichts.

Wäre ja auch zu schön, wenn sie mit meiner Reise einverstanden gewesen wäre und wir einen gemeinsamen Alternativplan für die Kinder aufgestellt hätten. Von so was sind wir noch weit entfernt.

Mein Chef reagiert zum Glück entspannter. «Logisch musst du da hin, du arbeitest quasi vom asiatischen Homeoffice aus. Aber bring mir dann auch bitte eine gute Idee für die Tankstellenkampagne mit!»

Die heutige Arbeitswelt ist schon cool. Meinen Job kann ich überall machen, ich brauche für die Fernreise keinen Urlaub zu nehmen. Und schon muss ich wieder an meinen Vater denken. Der hat seinen pädagogischen Job nicht mal aus der Ferne erledigt. Trotzdem suchen wir ihn jetzt am anderen Ende der Welt.

PEKKA

Ich hole Esko vor der Zahnarztpraxis ab, er arbeitet natürlich bis zur letzten Sekunde. So gut kenne ich ihn inzwischen: Ihm fällt es verdammt schwer, seine Patienten für eine Weile allein zu lassen. Umso wichtiger muss ihm unsere Reise sein.

Ich sitze im Taxi und warte, dass er endlich kommt. Draußen sind es zweiundzwanzig Grad minus. Wenn wir morgen aus dem Flugzeug steigen, ist es locker fünfzig Grad wärmer.

Esko schleppt einen riesigen Koffer, anscheinend verreist er nie ohne seine Bohrersammlung. Er verstaut sein Gepäck im Kofferraum und steigt ächzend ein.

«Zum Flughafen, Terminal zwei», sage ich.

Als unser Taxi noch in derselben Straße fast mit einem Lieferwagen zusammenkracht, stößt der Fahrer eine ellenlange Litanei von Flüchen aus, an deren Ende die Flüchtlinge an allem schuld sind. Allerdings sei sein Nachbar, der einen Dönerladen hat, ganz okay. Hört, hört, der Taxifahrer ist also kein Rassist.

Es tut so gut, mal woanders hinzufahren. Raus aus dem in jeder Hinsicht miesen Klima.

Am Flughafen wartet Sari schon auf uns, sie sitzt in einem Pub, trinkt ein Bier und wirkt nervös.

«Angst vor der Reise?», frage ich.

«Vor der Reise nicht. Aber vor dem, was hier zu Hause passiert.»

«Deine Jungs werden schon zurechtkommen. Und Fadi ist ja auch noch da», versuche ich sie zu beruhigen.

«Stimmt. Er hat mich zu dieser Reise regelrecht gezwungen. ‹Ein Mensch muss seine Wurzeln kennen›, sagt er. Könnte auch reines Blabla sein, aber Fadi weiß, wovon er spricht. Das Einzige, was ihn gewundert hat – dass so eine Reise nicht vom Sozialamt bezuschusst wird.»

Wir lachen alle drei.

Sari wird wieder ernst. «Er hat mir versprochen, sich gut um die Jungs zu kümmern.»

«Dann wird er das auch tun.»

«Ja, aber ich mach mir in der Zeit ein schönes Leben, und das hab ich nicht verdient.»

«Natürlich hast du das verdient!»

«Fadi ist viel zu gut für mich.»

«Jetzt hör aber auf. Der ist genau richtig für dich!»

«Ich kann mich da einfach nicht dran gewöhnen. Meine Oma, meine Mutter, alle hatten immer nur Arschlöcher. Und ich bisher auch. Und jetzt ist Fadi da, und alles ist anders. Das kann doch gar nicht wahr sein.»

In Sachen Selbstwertgefühl ist bei Sari noch Luft nach oben. Sie leert ihr Bier, und wir gehen zum Check-in.

Im Flugzeug sitze ich in der Mitte, und Sari am Fenster. Esko hat einen Platz auf der anderen Seite des Gangs. Soll mir recht sein, so kann ich mich auf meine Schwester konzentrieren und sie besser kennenlernen. Uns fällt es nach wie vor schwer, Eskos Geschenk anzunehmen; für Nordeuropäer ist das einfach eine Nummer zu groß. Dass wir ständig etwas von unserem Sozialstaat geschenkt kriegen, blenden wir dabei aus. Sari erhält zum Beispiel Arbeitslosengeld.

Geschenke hin oder her – die Reise wird uns guttun. Wir haben uns alle schon lange keine Auszeit gegönnt, und Sari war in den letzten zwanzig Jahren höchstens mal in Stockholms Innenstadt. Zu Ehren des Tages bestellt sie ein Glas Weißwein. Meine Schwester ist eine kuriose Mischung aus Fremdenfeindlichkeit und Nächstenliebe. Sie misstraut Gruppen und liebt Individuen. Die Aussicht auf sommerliche Temperaturen entspannt mich; ich wage mich auf politisches Terrain und frage nach dem Grund für ihre Einstellung.

«Pekka. Genau wie alle anderen mache auch ich mir Sorgen um meine Zukunft», sagt sie. «Und es ist vielleicht nicht korrekt, aber auf alle Fälle menschlich, dass ich Angst hab, jemand anderes nimmt mir den Job weg. Schau mich an, ich bin arbeitslos. Da denkt man schnell, wenn der Staat erst mal zehn Flüchtlinge nimmt, sind sofort ganz viele da. Dazu kommt, dass wir kaum Kontakt zu denen haben und keine gemeinsame Sprache sprechen.»

«Aber sollte man das nicht langfristiger sehen? Die Flüchtlinge werden unseren Ländern wirtschaftlich nutzen, auch wenn sie anfangs was kosten. Und seien wir mal ehrlich, viele von den Jobs, die sie übernehmen, wollen wir sowieso nicht haben.»

Sari wird still und denkt nach. Ich werde sie dabei nicht stören. Esko studiert eine Fachzeitschrift – mal wieder. Kein Urlaub ohne zahnmedizinischen Input. So viel zu seiner Art, sich eine Pause zu gestatten.

Nach einer Weile erzähle ich Sari von meinen Sorgen als Vater: Ständig überlege ich, ob meine Kinder genug vitaminhaltiges Gemüse essen, sich altersgemäß entwickeln, sympathische Freunde finden und so weiter und so fort.

Sari fängt lauthals an zu lachen.

«Was ist daran so komisch?», frage ich empört.

«Ehrlich, deine Sorgen möchte ich haben. Wenn das die einzigen Dinge sind, die dir beim Einschlafen durch den

Kopf gehen, dann versetz dich bitte mal in mich! Meine Söhne können täglich von der serbischen Einbrechergang und dem IS angeworben werden!»

«Ernsthaft?»

«Was denkst du denn? Hast du dich in Ronna etwa nicht umgesehen? Ich bin froh, wenn die Jungs ohne größere Pannen erwachsen werden. Und oft genug frage ich mich, ob nicht auch *ich* einen schlechten Einfluss auf sie habe. Oder hatte.»

«Wieso das denn?»

«Ich habe ihnen nicht gerade ein stabiles Zuhause geboten, hatte regelmäßig einen neuen Mann. Das war natürlich reiner Egoismus.»

«Aber ohne deine Männer gäbe es deine Söhne nicht, und sie hätten sich nicht gegenseitig als Brüder.»

Sari wischt sich über die Augen. «Scheiße, ich vermisse meine Rabauken. Schon jetzt. Gott, wie ich diese Arschlöcher liebe.»

Manchmal muss man seine Gefühle in derbe Worte kleiden.

«Abgesehen von der Durchgeknalltheit der Männer weiß ich bis heute nicht, woran die Beziehungen gescheitert sind», fährt Sari fort.

«Hast du mit ihnen nicht darüber geredet?»

«Die reden ja nicht. Und dann hatten wir nicht mal dieselbe Sprache. Ich glaube, Männer haben, wenn's drauf ankommt, einen dicken Knoten in den Stimmbändern.»

«Ich würde das nicht geschlechterbezogen sehen.»

«Das sagst *du*! Kein Wunder, du bist bei den Grünen. Da wollt ihr die Geschlechter ja sowieso auflösen. Aber was ist mit dem Stillen, hm? Sollen das jetzt die Männer machen?»

«Lass uns mal beim Reden bleiben. Nehmen wir mal

mich als Beispiel. Ich kann über mein Innerstes reden, obwohl ich ein Mann bin. Oder?»

«Sorry, aber du bist ein total untypischer Mann. Außerdem, verrat mir mal, wieso *deine* Beziehung den Bach runtergegangen ist, wenn du so toll reden kannst.»

«Reden ist leider nicht alles. Ich schätze, meine Exfrau und ich hatten nicht genug Gemeinsamkeiten.»

«Du meinst Hobbys und so was?»

«Zum Beispiel. Hast *du* denn gemeinsame Hobbys mit deinen Exmännern gehabt?»

«Dreimal darfst du raten. Für so was war kein Geld da, oder willst du mir vielleicht eine Mitgliedschaft im Golfclub bezahlen?»

«Es muss ja nicht gleich Golf sein. Ich meine einfach irgendwas, das einen verbindet.»

«Aha? Na ja, doch, so was hatte ich. Mit dem Serben habe ich komischerweise richtig gern zusammen geraucht. Wir hatten immer eine Stange auf Vorrat und haben uns auf den Balkon gesetzt und uns mehrere hintereinander angezündet. Und dabei geguckt, was unten alles passiert und wie die Gangs sich gegenseitig verkloppen. Unten war die Welt, und oben waren wir. Aber das zählt vielleicht nicht als Hobby. Trotzdem, ich fand's gut. Und mit Fadi kann ich das auch.»

«Rauchen ist aber auch nicht ganz billig.»

Sari schaut nachdenklich aus dem Fenster in die schwarze Nacht. Die Flugbegleiterinnen schalten das helle Kabinenlicht aus. Aha, Zeit zum Schlafen und Schluss mit Quatschen. Auf der anderen Gangseite hat Esko seine Rückenlehne nach hinten gestellt. Dass er bereits schläft, kann ich nicht glauben; der überlegt garantiert, ob all die Reisenden auch brav ihre Zähne geputzt haben.

Ich wünsche meiner Schwester eine gute Nacht, lege das kleine Kissen zurecht und ziehe mir die Decke der Airline bis zur Nase. Leider hält mich eins vom Schlafen ab: mein guter alter Bekannter, die Zahnschmerzen. Ich schiele zu Esko. Der wäre jetzt meine Rettung. Aber erstens habe ich keine Lust auf eine weitere Moralpredigt, und zweitens ist mein Bruder im Urlaub. Hm. Vielleicht haben Zahnärzte einen heimlichen Club, «Wurzelbehandlung in zwölf Kilometern Höhe», und Esko würde da gern Mitglied werden? Wohl kaum.

Doch ich bin nicht umsonst in der Werbebranche. Da begegnet man Problemen pragmatisch – bis sie irgendwann von selbst verschwinden. Ich werfe eine Schmerztablette ein, drehe mich auf die andere Seite und warte auf das Sandmännchen.

PEKKA

Wir landen pünktlich auf dem Flughafen der im Süden des Landes gelegenen Stadt Krabi. Die Fähre zur Insel, auf der Fai Kirbuvaara lebt, geht erst am nächsten Tag; wir nehmen ein Taxi zu unserem Hotel.

Esko und Sari sind sichtlich irritiert von der Hitze und dem Chaos am Flughafen; ich selbst bin schon so oft in Asien gewesen, dass mich dreißig um Kunden buhlende Taxifahrer und vierzig schreiende Obst- und Hängemattenverkäufer nicht aus der Ruhe bringen.

Unsere Unterkunft, die ich via Tripadvisor gebucht habe, liegt am Strand von Ao Nang und ist zum Glück schnell erreicht. Sari hat ein eigenes Zimmer, ich teile mir eins mit Esko. Vermutlich wäre ein Einzelzimmer für jeden klüger gewesen, aber ich wollte das Budget meines Bruders nicht unnötig strapazieren.

Wir beziehen unsere Zimmer und gehen dann auf einen Spaziergang nach draußen. Die Sonne sinkt allmählich, die Hitze lässt nach. Ao Nang ist unter Reisenden sehr beliebt, entsprechend bunt geht es am Strand zu. Von Prostitution entdecke ich zunächst keine Spur. Auf den zweiten Blick fallen mir jedoch einige ungleiche Paare auf, die nicht so wirken, als würden sie sich seit der Schulzeit kennen. Ein Deutscher um die sechzig schlendert Arm in Arm mit einer zwanzigjährigen Thaifrau am Wasser entlang.

«Schau dir den alten Sack an!», schimpft Sari.

Ein Stück weiter kommen uns mehrere Briten entgegen, die Frauen oben ohne, die Männer mit tief hängenden Badehosen und entsprechend großzügigem Maurerdekolleté. Die Einheimischen schauen verlegen weg. Im Süden des Landes leben viele Muslime – schade, dass die Reisenden sich dem so schlecht anpassen, beziehungsweise gar nicht. Die meisten Touristen fühlen sich als König, und der Massentourismus trägt stellenweise die Züge einer friedlichen Machtübernahme. Doch wo würde das Land ohne das Geld der Europäer und Amerikaner stehen? Die Armut wäre noch viel brutaler.

Nach einer Weile wollen Sari und Esko zurück ins Hotel und eine Runde schlafen. Ich zwinge mich, wach zu bleiben, um schneller in den hiesigen Rhythmus zu finden, setze mich in eine Strandbar und bestelle ein thailändisches Bier. Das Singha kommt gut gekühlt, ich schmecke jeden Schluck ganz bewusst. Näher werde ich der Kultur der Einheimischen nie kommen, auch wenn ich mir lange was anderes eingeredet habe. Mit Anfang zwanzig bin ich viel in Asien rumgereist, mit Aeroflot kam man billig nach Bangkok, und von da ging's weiter auf möglichst unberührte Inseln. In Ao Nang bin ich schon 1993 zum ersten Mal gewesen, also lange bevor «der Tourismus alles verdorben hat». Ha, wir haben uns damals tatsächlich nicht als Touristen betrachtet. Wir waren die guten Backpacker, die sich zu benehmen wussten (und wenn es nur das Schuheausziehen im Tempel bedeutete). In Myanmar schüttelte ich skeptisch den Kopf, als ein Brite über die Festnahme der Politikerin Aung San Suu Kyi schimpfte und dabei ein Bier trank, an dem einzig und allein die Soldatenjunta verdiente. Wir Rucksackreisenden fochten untereinander einen heimlichen Kampf aus: Wer gelangt zuerst an unberührte Orte, weiß besser im Land Bescheid? Auf der Phi-Phi-Insel war ich schon 1990, als es noch kein fließendes Wasser gab und man sich am Brunnen waschen musste. Das Problem an der Sache war, dass wir auch darum konkurrierten, unsere Trips möglichst günstig zu gestalten. Im Nachhinein echt Scheiße: Was nützt dem Einheimischen ein Tourist, der die schönsten Ecken des Landes erobert und keine Kohle zurücklässt? Schon damals spürten wir, dass an unserer Rechnung etwas nicht aufging, und versuchten, uns mit «Einssein mit der Natur», «Landeskenntnis» und so weiter rauszureden. In Wirklichkeit konnte keiner von uns auf Thailändisch bis zehn zählen, und der Kontakt zur Bevölkerung beschränkte sich auf Tauchkurslehrer und Kellner (mit Letzteren sprach man nur, wenn das Essen nicht schmeckte; auf Englisch, versteht sich). Da ist der Chartertourist, der mit seiner ganzen Familie anrückt und einen ordentlichen Batzen Geld im Land lässt, die bessere Variante.

Vor mir sinkt die Sonne als glühend roter Ball ins Meer.

Ich zahle, gebe reichlich Trinkgeld und schlendere zurück zum Hotel. Ein Mann mit einem lose um den Hals geschwungenen Maßband geht ein paar Schritte neben mir her, mustert mein Gesicht und sagt dann in fehlerfreiem Finnisch: «Hallo, wie geht's? Willst du einen maßgeschneiderten Anzug?»

Tja. Ich habe insgesamt schon neun Monate in Thailand verbracht, er dagegen vermutlich keinen einzigen Tag in Finnland – so viel zum Thema Spracherwerb.

Esko schläft zwar tief und fest, aber ich wecke ihn trotzdem – wir haben verabredet, gemeinsam zu Abend zu essen. Auch bei Sari muss ich länger klopfen, ehe sie sich meldet. «Wir treffen uns in einer Viertelstunde unten, okay?», brummt sie.

Die lange Straße oberhalb des Strandes ist fast ausschließlich von Restaurants gesäumt. Die Preise sind seit meiner letzten Tour zwar gestiegen, aber ein warmes Essen ist nach wie vor vergleichsweise billig; für vier Euro ist man dabei. Sari und Esko überlassen mir als vermeintlichem Asia-Experten die Wahl des Lokals. Auf meine kulinarischen Empfehlungen geben sie allerdings wenig; Sari bestellt eine Pizza, Esko eine Lasagne. Ich nehme ein vegetarisches Panang Curry und eine Cola. Eskos Kommentar lässt nicht lange auf sich warten.

«Du weißt, wie viele Zuckerstücke eine Flasche enthält?»

«Ich kann ja die Lightversion bestellen.»

«Um Gottes willen, das ist noch viel fataler! Der künstliche Süßstoff regt den Appetit auf Zucker erst so richtig an. Ist mehrfach in wissenschaftlichen Studien bewiesen worden.»

«Prima! Dann bleib ich doch bei der normalen Cola.

Esko, probier sie doch wenigstens mal, du weißt nicht, was dir entgeht.»

Ich fuchtle mit der Flasche vor seinem Gesicht herum, Esko verzieht angewidert den Mund.

«Gibt es denn überhaupt nichts, was du dir gönnst?», schaltet Sari sich ein.

«Was ist denn das jetzt bitte für ein Zwang?», wehrt Esko sich. «Ich wüsste nicht, wozu das nötig ist, sich etwas Süßes zu gönnen.»

«Genuss macht uns glücklich und zufrieden», erklärt Sari. «Und ich schätze, dass du eher selten glücklich bist.»

«Stopp mal. Ich habe durchaus meine …» – Esko sucht nach dem richtigen Wort – «… meine neutralen Momente.»

«Du liebe Güte! Höchste Zeit für den Arzt!», ruft Sari.

«Wieso das?», fragt Esko pikiert.

«Na, das klingt ganz nach Depressionen», klärt Sari ihn auf.

Esko runzelt irritiert die Stirn. «Seid ihr meine Geschwister oder seid ihr es nicht? Ich möchte euch in aller Form bitten, meine Persönlichkeit zu respektieren.»

Eins zu null für ihn. Wir sollten ihn nehmen, wie er ist, und die Gesundheit der Zähne ist nun einmal sein großes Thema. Ich beschließe, von etwas anderem zu reden, und richte dabei den Blick nach vorn.

«Morgen treffen wir Fai Kirbuvaara. Glaubt ihr, dass sie unsere Schwester ist?»

«Klaro, bei der Nase!», donnert Sari. «Und der Name passt doch auch, abgesehen von dem kleinen Schreibfehler. Wir müssen nur rausfinden, was das mit dem Vater aus Australien soll. Ich schätze, die haben Stockholm mit Sydney verwechselt.»

«Wenn das stimmt, dann möchte ich von Fai wissen, was

unser Vater gesagt hat, als er weggehen wollte. Oder ob er wieder ohne jede Erklärung verschwunden ist.»

Überraschenderweise verteidigt Esko unseren Vater. «Man kann die Sache auch weniger dramatisch sehen. Überlegt doch mal, die Hälfte aller Ehen wird geschieden.»

«Das mag sein. Aber das heißt nicht zwangsläufig, dass die Hälfte aller Verheirateten sich irgendwann trennt.»

Esko und Sari sehen mich fragend an.

«Na, ein Mehrfachtäter wie unser Vater reißt die Statistik natürlich nach oben. Seine Exfrauen wären vermutlich alle mit ihm zusammengeblieben.»

«Ha, dann reiße auch ich die Statistik nach oben.» Sari kichert. «Aber mal ehrlich, man findet ziemlich schnell Gründe, warum man es nicht mehr mit dem Partner aushält. Schneller zumindest als Gründe fürs Zusammenbleiben.»

«Wenn das so wäre, dann müsste die Scheidungsrate ja bei hundert Prozent liegen», werfe ich ein.

Sari zuckt die Schultern und geht auf die Toilette. Anscheinend hat sie keine Lust mehr auf unser theoretisches Gequatsche.

Esko dagegen bringt eine völlig neue Variante ins Spiel: «Und wenn die Gründe ganz woanders liegen? Vielleicht hat unser Vater bei jeder neuen Hochzeit einen weißen Anzug getragen?»

«Das versteh ich nicht.»

«Du liest keine Klatschzeitschriften?», fragt Esko.

«Wieso sollte ich? Ist doch Zeitverschwendung.»

«Meine Mitarbeiterin bringt die immer mit. Und wenn sie schon herumliegen, werfe ich da auch mal einen Blick rein.»

«Und? Was ist mit den weißen Anzügen?»

«Manche Hochzeitspaare sind ganz in Weiß gekleidet,

auch der Bräutigam. So richtig pompös. Und das sind genau die Paare, die spätestens nach drei Jahren wieder in den Klatschzeitschriften auftauchen, weil sie sich scheiden lassen.»

«Das liegt aber nicht an der Kleiderwahl.»

«Aber es haut zu hundert Prozent hin, Pekka! Vielleicht hat unser Vater ja immer einen weißen Anzug getragen.»

«Jaja. Der quoll über vor Liebe zu seinen Kindern, hatte aber am entscheidenden Tag versehentlich was Falsches an. Esko, das ist Quatsch.»

Er schweigt.

Im Hintergrund läuft ein Song von den Killers. Ich habe die Band noch vor ihrem Durchbruch bei einem kleinen Gig in London gesehen, ein unvergessliches Erlebnis.

«Das ist meine Lieblingsband», sage ich.

Esko scheint bisher nicht mal bemerkt zu haben, dass überhaupt Musik läuft. «Aha?»

«Die haben eine wahnsinnige Bühnenpräsenz. Eine Energie, die dich glatt wegpustet.»

«Und das ist positiv?», fragt er sicherheitshalber. «Ich war noch nie bei einem Rockkonzert, und es gibt ja durchaus Situationen, wo zu viel Energie unangenehm ist.»

«Nicht auf der Bühne. Was hörst du denn für Musik?», frage ich.

«Och, alles Mögliche. In der Praxis läuft immer das Radio. Was da eben so kommt. Den Sender hat meine Assistentin eingestellt. Aber viel gibt mir das nicht, wenn ich ehrlich bin. Dass man da aufspringt und ‹come on› oder ‹let's rock› ruft, kann ich mir nicht vorstellen.»

Das glaube ich sofort! Noch nie habe ich gehört, dass jemand das so lahm ausspricht.

Sari kommt von der Toilette zurück, und ich bitte Esko,

noch einmal «come on» und «let's rock» zu sagen. Er spielt mit; Sari sieht uns amüsiert an.

«Bei welchem Thema seid ihr denn gelandet?»

«Bei Rockmusik. Aber eigentlich bei weißen Hochzeitsanzügen. Wir überlegen mal wieder, wieso der werte Onni Kirnuvaara überall die Reißleine gezogen hat.»

Sari hat sofort was beizusteuern. «Eins ist ja wohl klar. Auf dieser Welt sind viele Männer bescheuert. Aber es gibt sehr unterschiedliche Arten, bescheuert zu sein. Manche behaupten, dass sie aus Glaubensgründen nicht mit in der Küche helfen dürfen. Andere behaupten, dass ihre Männlichkeit ihnen verbietet, nett zu anderen zu sein.»

«Und zu welcher Sorte gehört unser Vater?»

«Ach, da gibt's noch viel mehr Sorten. Meine Mutter sagt, er war ein Feigling, wie die meisten anderen Männer übrigens auch.»

«Aber wir sind doch ganz in Ordnung, oder?», frage ich und boxe Esko spielerisch in die Rippen.

Sari lacht. «Das sage ich jetzt als Frau und nicht als eure Schwester, aber wenn ihr mich schon fragt – ehrlich gesagt, gehört ihr eher zu den schlechten Männern. Klar, ihr habt beide ein gutes Herz, aber du, Pekka, bist einfach kein richtiger Kerl. Obwohl ihr das bei den Grünen sicher anders seht. Und du, Esko, hast nichts als Zahnpflege im Kopf.»

Sari hat ein Recht auf ihre Meinung. Und da sie unsere Schwester ist, darf sie die auch offen sagen. Esko und ich mustern einander nachdenklich. Bisher dachte jeder von uns, dass nur der jeweils andere spinnt. Aber hey, wir sind Brüder, warum sollten wir da nicht beide ein wenig seltsam sein.

ESKO

Dann bin ich eben ein Sonderling, was soll's. Im Grunde sind das doch alle, wenn man genauer hinsieht, oder? Da gibt es viel Schlimmere als mich.

Inzwischen ist die Musik lauter geworden, in einer Ecke des Restaurants wird getanzt. Sari schleift Pekka hinter sich her, sie stellen sich zu den anderen Touristen und machen wilde, zappelnde Bewegungen. Benehmen sich wie die Tiere! Oder nein, Tiere folgen ja immer einem Zweck. Anders dagegen tanzende Menschen.

Sari versucht, auch mich auf die Tanzfläche zu kriegen, aber ich weigere mich. Sie beschimpft mich als Langweiler. Mir egal, lieber bin ich langweilig als peinlich. Mich erinnert das an die Partys während meines Medizinstudiums. Schon da hieß es immer: «Jetzt amüsier dich doch mal.» Als ob sich alle auf die gleiche Weise amüsieren müssen! Mir macht es eben am meisten Freude, *nicht* zu tanzen.

Sari riskiert einen zweiten Vorstoß. «Komm, Esko, mach dich mal locker. Entspann dich!»

«Ich bin nicht der Typ dafür, Sari. Wenn ich mich locker mache, dann mache ich mich gleichzeitig zum Idioten.»

«Na und? Jeder sollte sich mal zum Idioten machen! Das ist wenigstens ehrlich, oder nicht? Wir *sind* nun mal alle Idioten!»

Wo sie recht hat, hat sie recht. Aber ich habe wenigstens noch so viel Verstand, dass ich das nicht beim Tanzen demonstrieren muss.

Das letzte Mal getanzt habe ich 1979, im ersten Studiensemester. Und diese elende Erfahrung habe ich bis heute nicht ganz verdaut. Ja, ich wollte ein Mädchen beeindrucken, war wohl sogar ein bisschen verliebt in sie. Aber *so* schön war sie nun doch wieder nicht, dass sich die Blamage auf der Tanzfläche gelohnt hätte. Ich erinnere mich ganz genau an meine peinlichen Kopfbewegungen und die rudernden Arme. Und plötzlich sah ich mich von außen, bin vor Scham fast gestorben und hab mich unverzüglich auf den Heimweg gemacht. Damals haben die Hormone mich noch gepiesackt, insgeheim hätte ich wohl gern eine Freundin gehabt. Aber mich dafür mit hirnrissigen Schattenboxbewegungen öffentlich blamieren? Nein, das kam nicht in Frage. Leider hatte dann mein Mitbewohner Glück bei dem Mädchen, weshalb ich die beiden oft durch die Wand hindurch beim Geschlechtsverkehr hörte. Immerhin, jetzt trennten mich nur noch Ziegel und Tapete von ihr.

Heute soll ich also wieder tanzen. Und als Belohnung lockt nicht einmal eine Paarbeziehung, sondern nur das Lob meiner neuen Schwester, die nicht lockerlässt und an meinem Hemd zerrt. Statt mir zu helfen, lacht Pekka sich krumm und schief.

Was jetzt? In meinem Rücken ist die Restaurantwand, vor mir erhebt sich eine Menschenwand aus Tanzenden. Sari und Pekka klatschen auffordernd zum Takt des neuen Stücks, bei dem alle paar Sekunden «Jump!» gerufen wird. Tatsächlich springen alle Leute brav in die Luft! Nur ich nicht. Wieso sollte ich irgendeinem Rocksänger gehorchen?

Alles hüpft wie von Sinnen durch den Raum, ab und zu kriege ich einen Schlag ab. Mühsam bahne ich mir einen Weg durch das Gewühl und schlüpfe durch die Ausgangstür. Durchatmen! Und auf zum Hotel, ich bin hundemüde. Zehn Minuten später holen Sari und Pekka mich ein und schließen sich mir an. Ha, egal, wie doll man es treibt, schlafen muss der Mensch eben doch.

PEKKA

Esko hat's mit dem Tanzen wohl nicht so. Genauer gesagt, ist in seinen Augen nackte Panik aufgeblitzt, als wir ihn auf die Tanzfläche ziehen wollten. Nicht mal zu Van Halens alter Spaßnummer hat er sich locker gemacht.

Wir verabreden uns mit Sari zum Frühstück und tapsen in unser Zimmer. Heute putze ich mir die Zähne gründlicher, jedenfalls tue ich so und achte darauf, lange genug im Badezimmer zu bleiben. Als ich zurück ins Zimmer komme, liegt Esko in seinem Bett und liest.

«Tanzen ist wohl nicht so dein Ding?», frage ich.

«Wie kommst du darauf?», fragt er zurück.

«Haha, eins zu null für dich. Hast du es wirklich noch nie probiert? Auch nicht in der Jugend?»

«Ein einziges Mal, ganz kurz. Im Ernst, wieso um Himmels willen sollte ich tanzen?»

«Weil das ein angenehmer Weg ist, miteinander zu kommunizieren. Manchmal ist es einfacher, mit einer Frau herumzutanzen, als mit Worten das Eis zu brechen.»

«Ich kann auf beides gut verzichten. Tanzen und Reden. Es gibt noch andere Dinge im Leben.»

«Wenn du meinst. Bist du eigentlich schon immer allein gewesen?»

«Das kommt darauf an, was du mit Alleinsein meinst.»

«Hm. Also, ich frage mich, ob du schon mal eine Freundin hattest.»

«Schwer zu sagen. Für zwei Stunden vielleicht.»

«Das musst du mir näher erklären.»

«So lange saß ich mit ihr im Kino. Dann hat ihr Vater sie abgeholt, und ich habe sie nie wiedergesehen.»

«Hättest du denn gern eine Freundin?»

«Der Mensch hätte alles Mögliche gern, aber seine Wünsche sind selten realistisch.»

«Moment mal, Esko. Milliarden von Menschen leben in einer Paarbeziehung, so unwahrscheinlich ist diese Lebensform also nicht, auch wenn es dir und, ehrlich gesagt, auch mir momentan nicht so vorkommen mag. Weichst du Frauen absichtlich aus? Vermisst du nicht die körperliche Nähe?»

«Was soll ich dazu sagen, Pekka? Natürlich, ich bin auch nur ein Mann.»

«Aha. Jetzt kommen wir der Sache näher.»

«Wenn ich eine hübsche Patientin behandle, denke ich auch schon mal darüber nach, wie das Leben sonst noch aussehen könnte. Wie es wäre, in schummrigen Bars zu sitzen und nach Mitternacht mit einer schönen Frau im Taxi ins Hotel zu fahren. Aber wer sagt mir, dass das besser für mich wäre?»

«Was glaubst du selbst?»

«Ich glaube, dass mein Leben gut zu mir passt und der Zahnarztberuf mir eine Menge Befriedigung schenkt.»

«Esko. Zwischen der Hotel-Phantasie und deinem patientenfixierten Leben als alleinstehender Arzt gibt es Dutzende von Zwischenstufen!»

«Kann schon sein. Aber ich bin vielleicht ein Mann der Extreme.»

«Ja, das bist du, und niemand kann dir helfen. Gute Nacht.»

Ich knipse meine Nachttischlampe aus.

Esko atmet laut und unregelmäßig.

Eigenartig. Genetisch steht er mir von allen, die ich kenne, am nächsten, und trotzdem ist er mir oft vollkommen fremd.

Die Luft im Zimmer ist kalt und trocken, diese Klimaanlagen sind entsetzlich. Jetzt gäbe ich eine Menge für einen guten alten Ventilator, den ich ausschalten könnte. Meine Rachenschleimhaut ist schon jetzt ausgetrocknet. Aber ich habe Angst, mich zu räuspern und Esko beim Einschlafen zu stören. Dazu sind wir nicht vertraut genug. Wenn ich's mir recht überlege, bin ich schon eben mit meiner Fragerei zu weit gegangen. Ah, in meinem Rucksack müssten Halstabletten liegen! So leise wie möglich fingere ich die Packung hervor, drücke eine Tablette aus dem Blister und stecke sie in den Mund.

«Was isst du da?», zischt Esko.

«Nur eine Halstablette, die Luft ist so trocken. Willst du auch eine?»

«Ich bin doch nicht blöd! Und du solltest die Tablette schleunigst wieder ausspucken.»

«Wieso denn das?»

«Weil du dir schon die Zähne geputzt hast. Und Halstabletten enthalten in aller Regel Zucker, damit sie besser schmecken.»

«Esko, ich wollte nur höflich sein! Ohne Tablette müsste ich husten und würde dich wach halten.»

«Du hältst mich erst recht wach, wenn du auf Zucker herumlutschst.»

«Jetzt beruhige dich mal wieder, ich hab die doch gleich fertiggelutscht. Und damit du keine Albträume kriegst, putze ich mir sofort die Zähne.»

«Neiiin! Erst muss die Säureattacke abgewartet werden. Bloß nicht direkt nach dem Zuckerkonsum putzen! Warte bitte eine Viertelstunde.»

Ich bin fassungslos. Sari liegt falsch: Wir sind nicht beide seltsam. Esko ist mehr als das, er ist ein Spinner.

Nach dem Frühstück gehen wir zum Hafen. Vor uns liegt eine halbstündige Bootsfahrt zu der Insel, auf der Fai lebt. Das türkis glitzernde Wasser und die warme Morgenluft tun unendlich gut, meinem Hals geht es wieder besser. Wir atmen tief durch. Über uns kreisen stolze Seeadler. Ob Fai nun unsere Schwester ist oder nicht, ist beinahe egal, die Reise hat sich schon jetzt gelohnt. Es ist gigantisch schön, das hier zusammen mit meinen Geschwistern zu erleben. Ich schlage vor, ein Titanic-Foto zu machen, vorne am Bug. Esko lehnt natürlich ab. Doch erstaunlicherweise weiß er sofort, was ich meine, er kennt den Film also. Auch Sari ist dagegen, da der Seegang spürbar zunimmt.

«Krieg dich wieder ein und setz dich hin!», raunzt sie.

Ich stopfe mein Handy zurück in die Tasche und beginne ein Gespräch mit der chinesischen Familie neben mir. Sollen meine Geschwister, die eine Bank hinter mir sitzen, sich doch ohne mich vergnügen.

«Ich habe einen Sohn im selben Alter», sage ich auf Englisch zu den Eltern und nicke in Richtung ihres Jungen. «Und noch eine Tochter.»

«Sie haben zwei Kinder?», fragt der Vater.

Ich nicke und zeige ihm die Fotos in meinem Portemonnaie.

«Schöner Junge, schönes Mädchen!», lobt der Chinese. «Wir dürfen jetzt endlich auch mehr Kinder kriegen. Nächstes Jahr ist die richtige Zeit dafür, das Jahr des Affen. Meine Mutter hat immer über meinen Wunsch nach einem zweiten Kind gelacht und gesagt, ein zweites Kind, das kriegt man höchstens im Jahr des Affen, und dann im Monat des Pferds.»

«Wann ist dieser Monat?»

«Im Sommer.» Der Mann lächelt und blickt verstohlen

auf den Bauch seiner Frau. Anscheinend ist das zweite Kind schon unterwegs.

Ich stelle ihnen Esko und Sari vor. Der Mann sagt, er sei neidisch auf uns; als Geschwister gemeinsam aufzuwachsen müsse wunderbar sein. Wir erklären ihm nicht, dass auch wir lange Zeit quasi keine Geschwister hatten, das wäre jetzt zu umständlich; aber wir freuen uns umso mehr, dass wir einander gefunden haben.

Gut, dass die Ein-Kind-Politik in China aufgehoben wurde. Bisher habe ich nie überlegt, was die Restriktion bedeutet: dass Generationen ohne Geschwister aufwachsen. Oder die Menschen ihr zweites Kind nicht registrieren lassen. Jetzt muss die größere familiäre Dimension wieder neu erobert und erlebt werden. Wie es für Eltern ist, mit zwei streitenden Kindern Auto zu fahren. Wie es für Kinder ist, gemeinsam zur Schule zu gehen und einander auf dem Schulhof helfen zu können, wenn es Ärger gibt.

Die meisten meiner Freunde haben nur ein Kind. Sie haben diese Beschränkung freiwillig gewählt, weil sie ihr Einzelkind schon anstrengend genug finden. (Vielleicht hat es beim Brunch im Café mal zu laut gequengelt?) Ich würde mich mit dem Chinesen gern weiter über das Thema unterhalten, aber wir sind inzwischen so weit von der schützenden Küste entfernt, dass das Boot in dem starken Wind bedrohlich schwankt und die Wellen über die Reling schwappen. Hektisch zerren die Passagiere die Rettungswesten unter den Sitzen hervor und ziehen sie über. Der Kapitän fährt langsamer, doch das hilft nichts, die Wellen greifen umso heftiger nach unserer Nussschale. Als er wieder beschleunigt, gehen ein paar kleine Gepäckstücke über Bord.

Wir halten uns panisch an unseren Sitzen fest, alle sind klatschnass. Die chinesische Mutter umklammert ihren

Sohn und hat die Füße unter der Sitzbank eingehakt. Bei einer Riesenwelle kreischen die Leute vor Angst – bis auf einen, den kleinen Jungen, er lächelt und fühlt sich sicher. Obwohl ich selbst die Hosen gestrichen voll habe, registriere ich: Das ist Liebe. Der Kleine vertraut seinen Eltern vollkommen und fürchtet sich nicht.

Nach einer Stunde sehen wir endlich unser Ziel. Eigentlich hätte die Fahrt nur halb so lang dauern sollen. Ich bin nass bis auf die Unterhose und schlottere vor Angst, trotz der sommerlichen Temperaturen. In meinem Rucksack ist wie durch ein Wunder das Handtuch trocken geblieben; ich reiche es dem chinesischen Mann. Er bedankt sich, trocknet seinen Sohn ab und zieht ihm andere Kleidung an.

«Alles in Ordnung?», frage ich.

«Ja.» Der Vater lächelt. «Und bald ist das Jahr des Affen.»

Wir halten zweihundert Meter vom Strand entfernt und müssen in kleine Beiboote umsteigen, um an Land zu gelangen. Doch auch mit den kleinen Booten geht es nicht bis ganz ans Ziel, die letzten Meter waten wir. Die Leute werfen ihre Sandalen ans Ufer, krempeln die Hosen hoch und steigen ins türkisblaue Wasser. Wir tun es ihnen nach. Ein Einheimischer trägt die größeren Gepäckstücke hinüber. Bei Eskos Koffer kommt er bedrohlich ins Wanken; mit so schwerem Stückgut reist hier normalerweise niemand. Ich habe Esko natürlich längst gelöchert, was er da mit sich herumschleppt, aber er hüllt sich in Schweigen. Vielleicht trägt er ja Zahnarztutensilien mit sich herum. Auch mit seinem bis oben zugeknöpften Hemd – bei fünfunddreißig Grad – sieht er stark nach Arbeitsmodus aus.

Wir folgen den Schildern zum Mandalay Bay Resort und werden von Simonetta in Empfang genommen. Sie hat uns zwei Bungalows direkt am Ufer reserviert. Höflich frage ich nach, ob es eventuell noch einen dritten gäbe. Nach dem Zucker-Gate von letzter Nacht brauche ich etwas Abstand zu Esko. Leider verneint Simonetta. Sie erzählt, dass Fai auf eine andere Insel gefahren ist und Essen einkauft, aber jeden Moment zurückkehren wird. Wir warten im Restaurant und bestellen etwas zu trinken: Sari ein Bier, ich eine Cola, Esko ein Wasser. Meine Wahl lässt Esko diesmal unkommentiert, anscheinend macht ihm die Hitze zu schaffen, oder er stumpft allmählich ab. Wer leider nicht abstumpft, ist mein Zahn. Bei der Wärme wummert das unangenehme Pochen erst so richtig los. Ich gehe aufs Herrenklo und werfe heimlich eine Schmerztablette ein. Als ich zurückkomme, redet Sari ein paar kurze Sätze mit der Bedienung – auf Thailändisch! Esko scheint daran nichts Besonderes zu finden, er steckt mal wieder tief in zahnmedizinischen Innenwelten.

Ich hake natürlich sofort nach: «Wow, Sari, du sprichst deren Sprache?»

«Sieht ganz danach aus, oder?»

«Wie hast du das gelernt?»

«Wie wohl? Ich hatte natürlich mal einen Thai als Freund!»

«Nicht schlecht. Warst du lange mit ihm zusammen?»

«Ungefähr ein Jahr. Ich hab ihn mir geschnappt, nachdem ich an einen Schlägertypen geraten war, der mit seinen Fäusten auch auf Frauen losging. Muss 'ne Art Selbstschutz gewesen sein.»

«Weil Thailänder freundliche Buddhisten sind?»

«Ach, die sind Buddhisten? Wusste ich gar nicht.»

«Größtenteils ja. Hier im Süden gibt's aber auch Muslime.»

«Ach so. Nee, mit der Religion hatte das nichts zu tun.

Ich dachte einfach, der ist so klein und schmächtig, das ist nicht schlimm, wenn der zuhaut.»

«Hat der dich etwa auch geschlagen?», frage ich.

«Nein. Aber richtig geklappt hat es mit uns trotzdem nicht. Immerhin kann ich noch ein paar Brocken Thailändisch.»

Sie verblüfft mich immer wieder.

«Was für Sprachen kannst du noch, außer Schwedisch und Finnisch?»

«Englisch. Und dann wegen der Männer, die ich hatte, noch ein bisschen Spanisch, Somali und Serbisch.»

«Du meinst Serbokroatisch?»

«Ach, so heißt das? Jedenfalls das, was mein Ex gesprochen hat. Ist doch egal, wie es heißt, Hauptsache, man kann's sprechen! 'ne sonderlich schöne Sprache ist das aber nicht. Der Typ war eh ein Arschloch. Ach ja, und etwas Französisch kann ich auch.»

«Du hattest mal einen Franzosen?»

«Quatsch, einen Algerier. Für einen Franzosen bin ich nicht gut genug.»

«Ach komm, Sari, du bist super. Und gut aussehen tust du auch.»

«Spar dir deine Lügen, Pekka, und halt lieber die Klappe.»

«Nein, das tu ich nicht. Du bist ein toller Mensch, eine tolle Frau und eine tolle Schwester. Und eine tolle Mutter bist du sowieso. Wieso kapierst du das nicht?»

Sari fängt tatsächlich an zu weinen. Ich nehme sie in den Arm.

Irgendwann beruhigt sie sich und sieht mich entschuldigend an. «Sorry, Pekka. Diese weite Reise ohne meine Söhne, das ist ein bisschen viel für mich. Ich vermisse sie so schrecklich.»

«Schon okay. Ist doch gut, wenn man seine Tränen rauslässt.»

«Da bin ich anderer Meinung. Die Welt ist hart, da ist es besser, wenn man selbst hart ist.»

Esko schaltet sich ein, indem er nickt, das ist immerhin ein kleiner Beitrag. Und Sari bestellt ihr zweites Bier. Sie hat es echt nicht leicht. Die Philosophie ihrer Mutter – «Alle anderen sind sowieso besser als wir» – war verheerend. Kein Wunder, dass ihr Selbstbewusstsein im Keller ist. Und ich schätze, die lange Liste ihrer Männer verrät, dass Sari sich nach einer Vaterfigur gesehnt hat. Dass sie es deshalb mit jedem, der des Weges kam und irgendwie halbwegs nett zu sein schien, versucht hat. Aber vielleicht ist das auch zu küchenpsychologisch gedacht. Wie auch immer, Sari würde bestimmt davon profitieren, wenn wir unseren Vater fänden. Zum Glück hat sie schon mal Fadi.

Durchs Fenster sehen wir ein kleines Boot anlegen, zwei Männer tragen Reissäcke an Land. Eine junge Frau schleppt einen Gemüsekorb und kommt aufs Restaurant zu. Sie hält ihren Kopf genau wie wir, ihr Gang ähnelt dem von Sari. Wir springen auf und gehen ihr entgegen.

«Hallo Fai, ich bin Pekka! Und das sind Sari und Esko», sage ich auf Englisch.

«Ich weiß, wer ihr seid», antwortet sie fröhlich. «Simonetta hat natürlich erzählt, dass ihr mich besuchen kommt.»

Mir fehlt die Geduld für Smalltalk. «Und dein Vater ist Onni Kirnuvaara?»

«Kirbuvaara, ja. Meine Mutter hat ihn getroffen, als er in Phuket Urlaub gemacht hat. Er kam aus Australien. Aber ich kann mich kaum noch an ihn erinnern, ich war drei, als er zurückging. Meine Mutter sagt, er war ein guter Mann, der wieder in seine Heimat musste.»

«Weißt du, wo er heute lebt?», frage ich.

«Bestimmt noch in Australien. Könnten wir heute Abend weiter darüber reden? Meine Schicht im Restaurant beginnt gleich. Simonetta sagt zwar, dass ich mir für euch freinehmen soll, aber ich brauche das Geld. Meine Mutter muss dringend zum Zahnarzt.»

Um uns die Zeit zu vertreiben, schauen wir die Insel an. Es gibt eine Schule, einen Fußballplatz, mehrere Restaurants und ein kleines Dorf, in dessen Mitte eine kleine Moschee steht, was wir spätestens am Muezzin-Ruf erkennen. Als wir zurück zum Mandalay gehen, sinkt die Sonne gerade ins Meer. Schnell wird es dunkel, die Geräusche aus den umliegenden Wäldern wirken plötzlich viel lauter.

Simonetta sitzt in der Strandbar und geht Unterlagen durch. Als sie uns sieht, verschiebt sie ihre Arbeit auf später und bittet uns an ihren Tisch. Sie erzählt, dass sie aus Italien stammt und in den Achtzigern als Rucksacktouristin durch Asien gereist ist. In Thailand hat sie ihren heutigen Mann Seri kennengelernt, dessen Eltern das Bay Resort führten. Heute gehört es ihr und ihrem Mann, wobei – rein formal – Simonetta neunundvierzig und Seri einundfünfzig Prozent der Anteile halten.

«Ausländer dürfen hier nie ganz die Hälfte besitzen, geschweige denn, mehr. Vielleicht wäre es anders, wenn ich den Ministerpräsidenten bestreche, aber das habe ich bisher noch nicht versucht.» Sie lacht. Doch sie weiß, dass wir nicht gekommen sind, um über Politik und Korruption zu sprechen.

«Ihr seid also Fais Geschwister?», fragt sie.

«Ja, alle drei, davon gehen wir zumindest aus.»

Simonetta mustert uns freundlich. «Bei der Familienähnlichkeit würde es mich wundern, wenn es *nicht* so wäre.»

«Es gibt allerdings eine Ungereimtheit», sage ich. «Fais Nachname. Ein Buchstabe ist falsch.»

Simonetta lächelt und zeigt auf das Schild ihrer Ferienanlage. «Rechtschreibung hat hier keinen großen Stellenwert. Eigentlich sollte unser Resort Mandarin Bay heißen, doch das Schild wurde mit der Aufschrift Mandalay Bay geliefert. Wir fanden es einfacher, den Namen zu ändern, als das Schild noch einmal drucken zu lassen. Insofern würde ich mich mehr auf die Familienähnlichkeit verlassen als auf die Schreibkünste der hiesigen Ämter.»

«Das gibt ja Hoffnung», sage ich.

«Ja. Und ihr könnt euch wirklich freuen, Fai ist ein großartiger Mensch. Die beste Angestellte, die wir je hatten. In einem halben Jahr hat sie fließend Englisch gelernt, für eine Analphabetin finde ich das wirklich beachtlich. Ich gehe davon aus, dass sie auch bald lesen und schreiben kann, sie nutzt jede freie Minute, um zu üben.»

Für einen Moment sind wir sprachlos. Deshalb also hat Fai nicht selbst auf meine E-Mail geantwortet. Simonetta fügt leise hinzu, dass Fai nicht gern über ihre mangelhafte Bildung redet. Natürlich gibt es einen Grund, warum Fai nicht zur Schule gehen konnte. Sie hat Simonetta gebeten, uns davon zu erzählen, damit wir Bescheid wissen. Sie selbst spricht nicht gern über ihre Vergangenheit.

«Bitte atmet tief durch», warnt Simonetta. «Fais Mutter hat bei uns als Köchin gearbeitet. Wir haben sie direkt von der Straße geholt, sie hat in Krabi im Staub gesessen und gebettelt, neben ihr saß die kleine Fai. Normalerweise gebe ich den Bettlern zwanzig Baht und gehe schnell weiter, aber die beiden taten mir aufrichtig leid. Also bin ich stehen geblieben und habe ein Gespräch mit Fais Mutter begonnen. Dabei stellte sich heraus, dass sie Köchin ist. Mein Mann und ich waren gerade auf der Suche nach einer neuen Kraft und haben ihr eine Chance gegeben. Sie ist mit Fai, die damals zehn war, in ein kleines Zimmer im Angestelltenflügel neben dem Restaurant gezogen.»

Simonetta winkt eine Kellnerin an unseren Tisch und bestellt etwas für uns, Sari ergänzt die Bestellung auf Thailändisch.

«Alles lief gut», fährt Simonetta fort, «doch dann kamen SARS, die Vogelgrippe und der Tsunami, und die Urlauber blieben weg. Wir waren gezwungen, Leute zu entlassen. Auch Fais Mutter.»

«Wohin ist sie gegangen?»

«Nach Phuket, sie wollte bei den großen Hotels anklopfen. Aber auch dort gab es zu wenig Urlauber, und eines Tages stand Fais Mutter weinend bei uns vor der Tür.»

Die Kellnerin bringt einen großen Teller mit frittiertem Gemüse und roter Chilisoße, Sari bekommt ein Bier.

«Was war los?», frage ich.

«Sie machte sich Sorgen um Fai. Die hatte plötzlich viel Geld, dabei gab es nirgends Arbeit.»

«O Gott. Du meinst ...?»

«Ja. Ihre Mutter hatte mehrmals mitbekommen, wie sie mit einem Touristen mitging.»

Ich muss schlucken.

«Ihre Mutter war am Ende. Sie warf sich vor, ihre Tochter nicht zur Schule geschickt zu haben, aber sie brauchte Fai beim Betteln. Wie sonst hätte sie sich und das Mädchen ernähren sollen? Und wenn es mal irgendwo Gelegenheitsarbeit gab, musste auch Fai mit ran. Seit sie fünf ist, hat sie gebettelt oder Kinderarbeit geleistet. Wie soll man da lesen und schreiben lernen? Die Mutter hat uns angefleht, Fai von der Straße zu holen und sie anzustellen.»

«Wie hast du reagiert?»

«Es fiel mir entsetzlich schwer, aber ich musste sie wegschicken. Wir steckten selber in der Klemme und kamen finanziell kaum über die Runden. Aber ich habe mehrere Nächte schlecht geschlafen und wurde das Bild der weinenden Frau nicht los.»

«Wie ging es weiter?»

«Wenig später bekamen wir einen Anruf aus Australien. Ein Mann war dran, der versprach, Fais Gehalt zu zahlen, bis es uns wirtschaftlich wieder bessergeht und wir selbst dafür aufkommen können. Wir stellten Fai ein, und das Geld kam tatsächlich jeden Monat pünktlich auf unser Konto. Fai sollten wir davon nichts verraten.»

«Wow. Fai nahm also an, ganz normal eingestellt zu sein. Wer war der Anrufer?»

«Seinen Namen hat er nicht verraten. Er sagte, er wolle sicherstellen, dass es Fai gutgeht.»

Sari, Esko und ich sehen uns an. Wir denken dasselbe.

«Das war unser Vater», sage ich.

«Ich denke, da liegt ihr richtig», bestätigt Simonetta. «Auf den Bankauszügen stand Arvo Kirnu.»

Sie schreibt den Namen auf eine Serviette.

Esko schaltet als Erster. «Das ist unser Onkel, Pekka! Raili hat uns von ihm erzählt, erinnerst du dich? Arvo Kirnuvaara. Unser Vater hat nach dem Ärger wegen der Roma den Kontakt zu ihm abgebrochen.»

«Stimmt! Dann haben sie sich auf ihre alten Tage also wieder vertragen», sage ich und erkläre Sari, was damals in Lieksa passiert ist.

Unten am Strand kommen zwei Rucksacktouristen an.

Simonetta entschuldigt sich und geht ihnen entgegen. Wir bleiben zu dritt zurück und verdauen das Gehörte.

«Ob unser Vater und sein Bruder noch in Australien leben?», frage ich.

Sari fällt etwas ein. «Meine Mutter hat erzählt, dass es in Schweden mal eine Zeit gab, in der alle von Australien schwärmten und viele dorthin ausgewandert sind. Manchmal meckert sie heute noch darüber, dass sie in Schweden sitzt. ‹Schlechter hätte es auch in Australien nicht sein können›, sagt sie dann.»

«Das passt doch prima! Unser Vater hat es realisiert, aber im Alleingang. Und Arvo hat dort anscheinend seinen Namen verkürzt», meint Esko.

«Das war bestimmt praktisch. Außerhalb Finnlands muss man den ständig buchstabieren», sage ich.

Wir grinsen.

Als Fais Arbeitsschicht zu Ende ist, kommt sie zu uns in die Strandbar. Sie wirkt verhalten.

«Ich weiß, was Simonetta euch erzählt hat», sagt sie. «Aber ich wollte, dass ihr Bescheid wisst. Was auch immer ihr denkt, das ist meine Geschichte, und ich schäme mich dafür nicht.»

Statt einer Antwort nehme ich sie in die Arme. Schämen müssen sich höchstens die Männer, die ihre Notsituation ausgenutzt haben. Irgendwie ist es ein Wunder, dass Fai trotz allem so selbstbewusst vor uns steht.

Sari geht auf ihre Weise auf Fai zu. «Scheiß drauf. Wir alle müssen uns in dieser Welt manchmal prostituieren.»

Zum Glück ist ihr Englisch so ein Kauderwelsch, dass Fai sie nicht versteht. Ich flüstere Sari zu, dass sie bitte einen Gang runterschalten soll.

Sari wehrt meine Kritik ab und dreht den Spieß um: «Halt die Klappe. Was weißt du schon von Frauensolidarität? Nichts, da kannst du noch so einen auf Softi machen.»

Als Simonetta von Fai erzählt hat, musste ich an den Luxus denken, in dem ich – verglichen mit meiner thailändischen Schwester – schwimme. Ich habe noch nie einen Cent zweimal umdrehen müssen, konnte mir und meinen Kindern alle Extras erlauben. Wärmende Outdoorjacken, Arztbesuche bei Alternativmedizinern, Fluortabletten, Vitamin-D-Tropfen, Kinderturnen zu Märchenszenen – all das war nicht nur kein Problem, es war selbstverständlich. Doch auch in Finnland geraten viele Eltern in die Klemme, wenn der teure Schulfotograf kommt, die Kinder bei einer Geburtstagseinladung Geld für den Hoplop-Abenteuerpark mitbringen sollen oder wenn krankheitsbedingt medizinische Extras notwendig sind. Was allerdings Fais Mutter durchgemacht hat, geht meilenweit über die skandinavischen Probleme hinaus. Als ich mal drei Tage lang die Vitamin-D-Säuglingstropfen vergessen hatte, habe ich panisch im Krankenhaus angerufen. Wo bitte soll man anrufen, wenn das eigene Kind sich prostituiert? Fais Mutter stand vor einer furchtbaren Entscheidung: Schulbesuch oder Essen? Um nicht zu verhungern, musste Fai mit auf die Straße, von einer normalen Kindheit kann da nicht die Rede sein. Heute wirkt Fai zufrieden und mit sich im Reinen. Gut, dass es Simonetta gibt. Und unseren Onkel Arvo, der sicher im Auftrag unseres Vaters das Geld überwies.

Fai lädt uns auf einen Tee zu sich nach Hause ein. Im Mondschein spazieren wir durch das kleine Dorf. Auf dem Fußballplatz steigt ein Fest, ein paar Leute rufen Fais Namen. Wir gehen näher, sie stellt uns als ihre Geschwister vor.

Wenige Sekunden später haben wir alle ein Glas mit Whiskey in der Hand. Ich frage nach dem Grund.

«Wir feiern das Ende des Ramadan», antwortet ein Mann und lacht.

Moment mal, Muslime und Alkohol? Erst den Ramadan ernst nehmen und dann Gas geben? Für mich passt das nicht zusammen. Ich spreche den Mann darauf an.

Er grinst verschmitzt. «Siehst du das dichte Gebüsch und die vielen Bäume? Wir hoffen, dass Allah nichts mitkriegt.»

Seine Freunde lachen.

Ein Mann nimmt Fai beiseite. Ich schaue fragend zu Sari, doch auch sie versteht nicht genug von dem Gespräch.

Fai seufzt und wendet sich entschuldigend an Esko. «Mein Bekannter hat seit zwei Monaten starke Zahnschmerzen. Ob du vielleicht nachsehen könntest?»

«Natürlich, warum denn nicht.»

ESKO

Wozu habe ich den Eid des Hippokrates geschworen? Ich bitte den Mann, den Mund zu öffnen, doch leider ist es zu dunkel für eine vernünftige Untersuchung.

«Morgen früh wäre ein besserer Zeitpunkt», schlage ich vor.

Doch der Mann sieht mich bittend an und holt eine Taschenlampe aus seiner Jackentasche. Neben dem Fußballplatz steht ein alter Sessel, ich führe den Mann dorthin und nehme seine Zähne unter die Lupe. Der Arme muss höllische Schmerzen leiden; sein Backenzahn ist so entzündet, dass keine Wurzelbehandlung mehr hilft.

«Tut mir leid, der Zahn muss raus.»

«Dann hol ihn raus.»

«Hier? Das geht nur in einer Praxis.»

«Dafür habe ich kein Geld. Ich habe beim Tsunami mein Boot verloren und kann mir noch immer kein neues leisten.»

«Aber ich darf den Zahn nicht einfach auf der Straße ziehen.»

Der Mann lässt nicht locker. Ich überlege. Rauskriegen würde ich den Zahn schon. Und das Risiko, dass der Arme nicht zum Arzt geht und die Entzündung in den Körper wandert, ist groß. Im Grunde wäre eine Behandlung hier und jetzt sogar eidgemäß. Die Umstehenden blicken mich erwartungsvoll an. Ich lasse mir die Whiskeyflasche zeigen und lese das Etikett. Der Alkoholgehalt ist zünftig. Ich gieße etwas Whiskey in ein Glas und bitte Sari, ein brennendes Streichholz hineinzuwerfen. Sofort lodert die Flüssigkeit auf.

«Habt ihr mehr davon?», frage ich; der Whiskey ist fast leer.

«In dem Restaurant da drüben können wir eine neue Flasche holen!»

Fai geht sofort los.

Ich rufe ihr hinterher: «Und eine Schale kochendes Wasser!»

Ich selbst laufe zurück zu meinem Bungalow und hole Mullbinden, Schmerztabletten, ein Antibiotikum und mein Leatherman Tool; mit der kleinen Zange müsste ich den Zahn gut zu fassen kriegen. Ich spüle den Leatherman in der Schale mit dem heißen Wasser, trockne ihn ab und begieße ihn mit Whiskey. Kaum hält Sari ein Streichholz daran, lodern die Flammen. Alle applaudieren. Gut, noch mehr Desinfektion ist unter diesen Umständen nicht möglich.

Ich bitte den Mann, möglichst bequem in dem alten Sessel Platz zu nehmen. Pekka hält die Taschenlampe. Als Erstes braucht mein Patient ein Schmerzmittel, er spült die Tablette mit einem Schluck Hochprozentigem runter. Was soll's, der Ramadan ist vorüber, und der Alkohol betäubt zusätzlich.

Jetzt ist Saris Einsatz gefragt. Als sie mich auf die Tanzfläche zerren wollte, war sie höllisch stark. Mit diesen Bärenkräften muss sie nun den Kopf des Mannes festhalten, obendrein stellen sich zwei Freunde dicht neben den Mann. Die wenigsten können einen solchen Eingriff ohne unwillkürliche Bewegungen über sich ergehen lassen.

Los geht's. Der Zahn sitzt bereits relativ locker und lässt sich mit der Zange bewegen. Der Mann stöhnt auf. Ein Jugendlicher ahmt ihn dreist nach, die Umstehenden lachen. Das ist gar nicht übel, das entspannt alle Beteiligten, auch meinen Patienten. Zum ersten Mal wird mir bewusst, wie nützlich Humor sein kann. Wenige Sekunden später ist der Zahn draußen. Aus dem Loch sprudelt Blut hervor, die Wunde darf nicht zu lange offen bleiben. Ich schneide ein dickes Stückchen Mullbinde zurecht, lege sie in die frische Lücke und erkläre dem Mann, dass er jetzt eine halbe Stunde lang leicht zubeißen muss. Er nickt gehorsam und sieht mich dankbar an.

So kann das also auch ablaufen. Daheim ist die medizinische Grundversorgung selbstverständlich, und trotzdem meckern die Leute über tausend Kleinigkeiten. Dieser Eingriff war, seit ich praktiziere, mein unsanftester, aber der Patient freut sich wie niemand zuvor. Ich bin zufrieden mit meiner Entscheidung.

Fai umarmt mich. «Danke, Esko», sagt sie leise. «Ich bin froh, dass du ihm geholfen hast. Der Mann hat beim Tsunami fünf Touristen gerettet und dabei sein Boot verloren. Er ist praktisch mittellos.»

Es tut gut, wirklich helfen zu können. Hier gäbe es eine Menge zu tun. Schon bildet sich eine Schlange aus fragend dreinblickenden Männern, die auf eine Zahnkontrolle hoffen. Na gut, legen wir los. Pekka assistiert mit der Taschenlampe, Sari schreibt die Befunde in ein Notizheft, und am Ende kriegt jeder eine ausgerissene Seite in die Hand gedrückt, als Information für den nächsten Zahnarztbesuch – für den die Menschen ein Stück fahren müssen, auf dieser kleinen Insel gibt es keinen Arzt. Die Männer strahlen vor Dankbarkeit und hören gar nicht auf, mir die Hand zu schütteln. Mag sein, dass auch der Alkohol eine Rolle spielt, aber sie sagen immer wieder «I love you».

Zum ersten Mal in meinem Leben höre ich diese drei Worte. Bisher ist es in meinem Leben pragmatischer zugegangen. Ich würde lügen, wenn ich behaupte, ich hätte diesen Satz nicht gern früher gehört. Der Mensch braucht Liebe, da bin ich keine Ausnahme. Schon merkwürdig, ich musste siebenundfünfzig werden, zwei Geschwister oder genauer gesagt Halbgeschwister finden und mit ihnen nach Asien reisen, um einem Wildfremden den Backenzahn zu ziehen. «Mister Esko. Good doctor. Good man», sagen die Thailänder. Fai, Sari und Pekka schauen mich stolz an. Und zumindest in Gedanken erlaube ich mir diesen Satz: Danke, ich liebe euch auch.

Seit einer halben Ewigkeit hat sich mein Beruf nicht so sinnvoll angefühlt wie heute. Zwischenzeitlich hatte ich es sogar schon mit Volkshochschulkursen probiert: Spanisch und Basteln mit Holz. Möglicherweise war auch eine Art

Midlife-Crisis im Spiel. «Ich bin übrigens schon mal bei einem Tätowierer gewesen», verrate ich jetzt meinen Geschwistern. «Ja, wirklich. Da stand ein glückliches Pärchen mit frischen Bildern auf den Armen vor dem Laden. Ich glaube, es waren Blüten mit ihren Namen oder etwas anderes Romantisches. Vermutlich sind sie heute nicht mehr zusammen, aber ich war trotzdem neidisch. Sie haben sich was getraut, haben ein Zeichen gesetzt. Das Einzige, was ich mich mal getraut habe, war mit schlechter Laune bei Rot über die Ampel zu gehen, was mir zwei Wochen lang Gewissensbisse bereitet hat. Also bin ich in den Laden reingegangen und habe mir die Motive angeschaut. Ich meine, irgendwas Bleibendes muss es doch geben in diesem Leben.»

Meine Geschwister sind verblüfft.

«Hast du ein Tribal genommen?», fragt Pekka.

«Was?»

«Das ist so ein hartes, dynamisches Motiv, rein abstrakt. Oder halt, ich weiß, du hast dich für einen Spruch entschieden. ‹Carpe diem› vielleicht?» Er grinst herausfordernd.

Ich blicke ihn fragend an.

«Die Devise ‹Pflücke den Tag› täte dir doch ganz gut. Oder bist du bei einem Motiv mit Zahnarztbohrer gelandet? Oder einem Zahn mit Amalgamfüllung?»

Das kann ich so nicht stehenlassen. «Pekka, ich war einer der Ersten, die sich gegen Amalgam ausgesprochen haben. Und zu deiner Beruhigung, der Tätowierer hatte keine zahnmedizinischen Bilder. Als er mich fragte, was es sein darf, hab ich gesagt, irgendwas Dezentes mit Stil.»

«Und, gab's was Passendes?»

«Nein. Der Mann hat mir erklärt, dass Tätowierungen in der Regel endgültig sind, ein Zeichen von gelebtem Leben, und dass er nichts Dezentes tätowieren kann.»

Und leider wusste ich damals sofort, was er meint. Er hatte seine Prinzipien und sah mir an, dass ich nicht der Typ für Tätowierungen bin. Bilder auf der Haut sind Erinnerungen an Menschen und Erlebnisse, und solche Erinnerungen gab es bei mir nicht. Gibt es immer noch nicht. So wurde meine untätowierte weiße Haut zum Zeichen meines ungelebten Lebens. Aber ist das so schlimm? Wieso soll man Bungee springen, wenn man sich nicht gesichert fühlt? Was soll's. Noch tiefer muss ich meine Geschwister nicht einweihen.

Was ich ebenfalls nicht erzähle: Das erniedrigende Pilates-Erlebnis. Ich hätte nicht darauf reinfallen sollen, als eine Kollegin meinte, mit einer gestärkten inneren Körpermuskulatur könne ich die Position am Behandlungsstuhl länger halten und meine Patienten noch besser behandeln. Es war entsetzlich peinlich und tat obendrein höllisch in den Bauchmuskeln weh. In der Bibel müsste es heißen, dass Pontius *Pilates* Jesus ans Kreuz nageln ließ, nicht Pilatus. Aber in einem Punkt liegt das Christentum vermutlich trotzdem richtig: dass wir alle geliebte Menschen sind. Auch wenn ich das zum ersten Mal von einem angetrunkenen Fischer hören musste.

Jetzt ist Zeit für einen Blick in seinen Mund: Die Wunde beginnt sich zu schließen. Ich schneide ihm ein frisches Stück Mullbinde zurecht und erkläre, wie er das Antibiotikum zu nehmen hat. Und dass er die Schmerztabletten bitte mit Wasser statt Whiskey hinunterschlucken soll.

Meine Geschwister unterhalten sich munter mit den Einheimischen, die Stimmung ist ausgelassen, über allem leuchtet ein heller Mond. Es ist ein wohliges Gefühl, zu der guten Laune beigetragen zu haben. Für einen Moment habe ich diese Menschen mit meiner Arbeit glücklich gemacht.

Dabei wünsche ich mir manchmal sogar, der Beruf des Zahnmediziners wäre überflüssig, weil die Menschen ihre Zähne endlich selbst pflegen. Aber dieser Tag wird nicht kommen.

Am Anfang meines Berufslebens konnte ich am Gebiss eines Patienten erkennen, zu welcher Schicht er gehört: Die Armen hatten Löcher, die Reichen nicht. Später existierte dieser Unterschied nicht mehr. Jetzt trinken die Kinder der Reichen ständig Säfte, und die Zahngesundheit ist gleichberechtigt schlecht. Dabei müsste das in Finnland natürlich nicht so sein. Was anderes ist es bei meinem Patienten von eben. Wer kein Boot mehr besitzt, kann nicht mehr fischen gehen und hat kein Geld.

Wir verabschieden uns von der Gruppe auf dem Fußballplatz und gehen zu Fai. Ihr Haus liegt direkt am Waldrand. Sie bittet uns auf die Terrasse und serviert einen wohlschmeckenden Tee. Aus dem Wald dringen exotische Tierschreie herüber. Alle paar Minuten schlage ich eine Mücke tot, den Gedanken an Malaria kann ich dabei nicht ganz verscheuchen. Aber er macht mir keine Angst. Dafür ist das Glücksgefühl, fremden Menschen geholfen zu haben, noch zu gegenwärtig.

Fai erzählt von ihrer Mutter, die auf dem Festland im Krankenhaus liegt. «Sie hat sich ihr Leben lang schöne und gesunde Zähne gewünscht, aber für eine richtige Behandlung war nie genug Geld da. Deshalb spare ich.»

«Das ist ein feiner Zug», sage ich.

«Und dass ich auf die Straße gegangen bin ... Ich wollte ihr nicht zur Last fallen.»

«In dir fließt wahrhaft finnisches Blut. Das ist unsere Lebensphilosophie: bloß niemandem zur Last fallen. Warum genau liegt deine Mutter im Krankenhaus?», frage ich.

«Sie hat Krebs und wird nicht mehr lange leben. Ich wäre froh, wenn sie mit schönen Zähnen sterben darf.» Fais Stimme zittert.

Pekka hat unserem Gespräch aufmerksam zugehört und merkt, dass jetzt nur Taten helfen. Das emotionale Fach beherrscht er sowieso besser. Er umarmt Fai und vergießt mit ihr ein paar Tränen. Du liebe Güte, da werden sogar meine Augen feucht.

Fai sagt, dass sie morgen wieder zu ihrer Mutter fahren will.

Daraufhin schlage ich etwas vor, das für mich bis vor kurzem noch äußerst untypisch gewesen wäre: «Wir kommen mit.»

Pekka und Sari nicken zustimmend.

Fai lächelt breit. «Meine Mutter wird sich freuen, euch kennenzulernen.»

Inzwischen ist es Mitternacht. Wir verabreden uns für den nächsten Tag und spazieren durch die tropische Nacht. Über den Sandweg krabbeln Krebse; der Strand ist stellenweise ganz nah. Wohin die wohl wollen? Ihren Vater werden sie eher nicht suchen.

Sari verschwindet sofort in ihrem Bungalow, Pekka und ich bleiben noch am Ufer stehen. Das Meer ist ruhig und spiegelglatt.

«Eine tolle neue Schwester haben wir», sage ich.

«Das kannst du laut sagen.»

«Ihr größter Wunsch ist eine Zahnbehandlung für ihre Mutter! Eine Mutter, die nicht die Mittel hatte, sich um ihre Tochter zu kümmern. Erst jetzt lernt Fai lesen und schreiben, und trotzdem will sie nur das Beste für ihre Mutter.»

«Du bist beeindruckt, weil ‹das Beste› sich in diesem Fall auf die Zähne bezieht.»

«Nein. Ausnahmsweise rede ich hier nicht nur als Arzt. Ich meine das große Verbundenheitsgefühl, das Fai für ihre Mutter empfindet.»

«Nenn's doch einfach Liebe.»

«Das sagt sich nun mal nicht so leicht.»

«Ich weiß. Aber endlich merkst du, worum es hier eigentlich geht. Ich versuch dir das ja schon die ganze Zeit zu verklickern.»

«Es ist eben ein komplexes Thema. Und so schwer zu fassen», weiche ich aus.

«Und dennoch wurden wir heute Abend mehrmals Zeugen dieses Gefühls. Insofern haben wir es doch zu fassen gekriegt.»

PEKKA

Krankenhäuser sind überall gleich. Instinktiv tritt man leiser auf, möchte am liebsten auf Zehenspitzen gehen, um ja nicht die Kranken zu stören. Thailändische Krankenhäuser wirken etwas spartanischer als skandinavische, aber die Atmosphäre ist dieselbe. Patienten werden in Metallbetten von hier nach dort geschoben, viele hängen am Tropf.

Fai führt uns durch das verwinkelte große Haus und klopft irgendwo im hinteren Teil an eine Tür. Aus dem Zimmer blicken uns sieben Augenpaare erwartungsvoll entgegen, doch leider können wir nur eine Patientin glücklich machen. Wir treten ans dritte Bett. Fais Mutter lächelt sanft, sie ist dünn, fast zerbrechlich. Mit matter Stimme wendet sie sich an Fai. Die dolmetscht für uns.

«Sie sagt, dass ihr genau ausseht wie unser Vater.»

Die kranke Frau richtet sich auf und breitet ihre schmalen Arme aus. Vorsichtig umarme ich sie, Sari und Esko tun es mir nach. Als Letzte ist Fai dran. Ihre Mutter flüstert ihr etwas ins Ohr.

«Sie sagt, dass unser Vater ein guter Mann war.»

Ich bin, gelinde gesagt, überrascht. Das findet also eine Frau, die sich als Bettlerin durchschlagen musste und lange kein Licht am Ende des Tunnels sah? Ich bitte Fai, ihre Mutter zu fragen, ob sie uns mehr über unseren Vater erzählen mag.

Die beiden sprechen im Flüsterton, mindestens fünf Minuten lang. Ich werfe Sari einen Blick zu, doch sie schüttelt den Kopf. Ihre Sprachkenntnisse reichen nicht aus. Irgendwann laufen Fai Tränen über die Wangen, und ihre Mutter stammelt etwas, das nach einer Bitte um Entschuldigung klingt. Diese Bitte erkennt man in jeder Sprache, und sei sie noch so fremd.

Fai kramt ein Taschentuch hervor, ihre Mutter sinkt erschöpft zurück ins Bett. Länger sollten wir den Besuch nicht ausdehnen. Wir verabschieden uns von ihr, indem wir alle nacheinander die Handflächen an ihre legen; diese Geste ist laut Reiseführer ein Ausdruck von Höflichkeit und Respekt.

Still trotten wir durch den Krankenhausflur. Niemand möchte Fai bedrängen. Doch das ist gar nicht nötig, sie fängt von selbst an: «Meine Mutter hat gesagt, dass mein Vater gar keine andere Wahl hatte, als das Land zu verlassen. Er wäre sonst ins Gefängnis gekommen.»

«Warum? Hat er eine Straftat begangen?»

«Nein. Er ist ohne sein Wissen zum Drogenkurier geworden. Eine Reisebekanntschaft hat ihm etwas in seine Tasche gesteckt, als er aus Malaysia kam, wo er seinen Pass erneuern ließ. Unser Vater wurde erwischt. Drogenbesitz ist hier ein schweres Verbrechen, doch zum Glück konnte er fliehen.» Fai seufzt.

«Du wusstest bisher nichts davon?», frage ich.

«Nein, meine Mutter wollte es von mir fernhalten und mich schützen. Eine Sache versteht sie bis heute nicht. Als die Polizei zu ihr kam und nach unserem Vater fragte, hatten sie zwar ein Foto von ihm, aber sie suchten nach einem Erkki Koivikko.»

Eigenartig. Vermutlich hat der falsche Name was mit der Flucht zu tun. Aber noch eigenartiger finde ich, dass wichtige Fakten in dieser Familie totgeschwiegen werden. Genau wie ich hat Fai jahrzehntelang angenommen, dass ihr Vater sie verlassen hat! In Wirklichkeit gab es beide Male einen konkreten Anlass für sein Verschwinden. Ehe er untertauchte, schärfte er Fais Mutter ein, sich an seinen Bruder Arvo zu wenden, sollte sie Hilfe benötigen. Dafür war sie lange Zeit zu stolz. Erst als Fai ins Rotlichtmilieu abzurutschen drohte, bat sie ihn um Unterstützung.

Unser Onkel Arvo Kirnu. Ob er noch lebt? Er ist unsere einzige Spur.

Zum Mittagessen führt Fai uns in ein versteckt liegendes, schlichtes Lokal, und was sie für uns zum Mittagessen bestellt, ist superlecker. Sofort fällt mir eine alte Backpacker-Regel ein: Meide die schicken Restaurants mit Tischdecken, iss lieber dort, wo es weniger einladend aussieht.

Esko hat seine Portion überraschend schnell verputzt. Und noch überraschender ist seine Idee: «Wir brauchen die Unterstützung eines hiesigen Kollegen beziehungsweise seine Praxisausstattung. Dann könnte ich deiner Mutter kostenlos die Zähne richten.»

Fai zögert, doch mit vereinten Kräften überzeugen wir sie davon, das Angebot anzunehmen.

Da wir nun schon auf dem Festland sind, marschieren wir direkt zur örtlichen Zahnklinik und warten, bis der Chefarzt Zeit für uns hat. Die Praxiseinrichtung ist durchgängig in Weiß gehalten, nur das Personal trägt Grün.

«Wieso tragen Ärzte eigentlich meistens grüne Kittel?», erkundige ich mich bei Esko.

«Die Farbe der Hoffnung», sagt Esko. «Wir wollen sympathisch wirken.»

«Ernsthaft?», frage ich.

«Nein. Auf Grün kann man Blutspritzer nicht so gut erkennen. Und das wiederum macht den Patienten weniger Angst. In der Chirurgie wird deshalb grundsätzlich immer Grün getragen.»

Das Zeitschriftenangebot unterscheidet sich deutlich von dem in heimischen Wartezimmern: Reisekataloge mit teuren Urlaubszielen sowie Immobilienblätter für Luxusobjekte. Wer sich hier schöne Zähne leisten kann, gehört eindeutig zur Oberschicht.

Der Chef der Zahnklinik trägt ebenfalls Grün. Er zieht sich den Mundschutz runter und reicht uns die Hand. Fai redet drauflos, Esko hält ihm seinen Pass und so etwas wie eine Dienstmarke unter die Nase. Er bittet Fai zu sagen, dass er für alle entstehenden Kosten selbstverständlich aufkommen und gern noch darüber hinaus eine Benutzungsgebühr entrichten wird.

Der thailändische Kollege willigt überraschend schnell ein und stellt ihm eine Assistentin zur Verfügung, die gut Englisch kann. Die Frau führt Esko durch die Räume und zeigt ihm die Instrumente. Währenddessen bietet die Dame an der Rezeption uns Mineralwasser an. Sonst wird überall

Limo ausgeschenkt – dies ist eindeutig ein Ort der Zahnhygiene.

Verstohlen schaue ich mir die Preisliste an. Vielleicht kann ich hinter Eskos Rücken meinen Zahn behandeln lassen? Für ihn wäre das Hochverrat. Aber genauso empört würde er reagieren, wenn ich ihm gestehe, dass ich schon wieder Schmerzen habe. Mit dem Thema Zähne steckt man bei ihm in einer ewigen Zwickmühle.

ESKO

Die Assistentin heißt Nele. Und die Praxisausstattung lässt mich innerlich aufjubeln. Davon träumen selbst die besten Praxen Finnlands! Diese Nele würde über meine vergleichsweise bescheidene Ausstattung laut lachen.

Und auch die kollegiale Loyalität ist vorbildlich. Ehrlich gesagt, ich selbst hätte einen fremden asiatischen Arzt nicht in meinen Räumen praktizieren lassen. Was Fai auch gesagt haben mag, es zeugt von Vertrauen und Großzügigkeit, dass ich hier arbeiten darf und sogar noch Unterstützung von Nele erhalte, die mich stolz durch die Räume führt. Ich hatte mich darauf eingestellt, die Kronen und Brücken auf althergebrachte Weise anzufertigen, wie noch zu meiner Studienzeit. Funktioniert hätte es, mein Beruf hat viel mit Handwerk zu tun. Aber mit Hilfe eines Computers werden die Ergebnisse besser. Im Nachhinein betrachtet, war es dumm, geradezu blind, dass ich mich gegen den Einsatz von Computern gesträubt habe, obwohl das eine nachvollziehbare Reaktion ist. Der Mensch hat nun einmal Angst vor der Zukunft und will seinen Arbeitsplatz nicht verlieren. Man fürchtet, dass die neuen Technologien einen irgendwann ersetzen. Obendrein versteht man ihre Funktionsweise kaum. Heute bin ich geradezu dankbar, hier auf einen Computer zu stoßen. Und das System ist sogar dasselbe wie bei mir daheim! *Planmeca*, auch die zugehörige Kamera ist die gleiche. Triumphierend reiße ich die Arme in die Luft. Und nehme sie schnell wieder runter, wie peinlich. Doch Nele lächelt mir wohlwollend zu. Auch Lithiumsilikat ist ausreichend und in großen Stücken vorhanden, daraus kann ich sogar miteinander verbundene Kronen und längere Brücken herstellen. Perfekte Arbeitsvoraussetzungen! Für einen Zahnarzt ist das wie ein Treffer im WM-Finale. Wieso sollte ich da nicht ein bisschen jubeln dürfen? Noch nie im Leben habe ich mich so auf die Arbeit gefreut.

PEKKA

Esko ist wie neugeboren. Seine Augen leuchten, und gesprächiger ist er auch. Dauerthema sind die Zähne von Fais Mutter – in ästhetischen Fragen sucht er sogar meinen Rat.

Entspannt schlendern wir zu unserem Bungalow. Eigentlich müsste ich mich dringend mal um die Arbeit kümmern, doch mein Zahnweh verhindert konzentriertes Nachdenken. Zumindest sollte ich meine Teampartnerin Suvi anskypen. Um Esko nicht allzu sehr zu stören, der sich aufs Bett legt und liest, gehe ich in die andere Ecke des Raums. Die Internetverbindung ist hervorragend, und Suvi antwortet sofort.

«Na, wie läuft's in Helsinki?», frage ich.

«Hey, Pekka! Ganz okay, bis auf den Schneeregen.»

«Vermisst unser Chef mich schon?»

«Bisher nicht. Ich hab ihm zu verstehen gegeben, dass wir die Tankstellenkampagne im Griff haben.»

«Und, entspricht das der Wahrheit?»

«Ich denke schon. Mit der Optik bin ich ziemlich weit. Pass auf, ich zeig dir die Farben und den Schriftzug.» Sie hält einen Ausdruck vor die Kamera.

«Sieht gut aus!», lobe ich. «Und weicht nicht zu sehr von der alten Schrift ab, das wird dem Kunden gefallen.»

«Ob wir das Logo verändern dürfen?», fragt sie.

«Du meinst den erhobenen Daumen?»

«Ja. Der ist doch furchtbar anbiedernd und irgendwie altbacken. Ich hätte da gern was Frischeres.»

«Hast du eine Idee?»

«Vielleicht einen erhobener Mittelfinger? Kleiner Scherz.»

«Haha. Nein, ich glaub, der Daumen muss bleiben. Aber der Slogan, der fehlt uns noch. Ich hab mich der Sache mal über den Namen ‹ABC› genähert, zum Beispiel: ‹Das ABC des guten Lebens›. Oder ‹Das ABC der guten Reise›. Leider empfinden die Leute Autoreisen oft als anstrengend, also sollten wir uns auf die Pause fokussieren. Deshalb hält man ja an der Tankstelle.»

«‹Das ABC der guten Pause›?»

«Oder ‹Gute Pause›! Nee, zu kurz, vielleicht ‹Gute Pause und bon voyage›? Hey, wie wär's mit ‹Bon break›?», denke ich laut.

«Fremdsprachen zu mixen funktioniert in der Regel nicht. Da können wir auch gleich ‹Bon Jovi› sagen.»

«Hihi, ‹Bon joviale Pause›! Aber jetzt haben wir die Buchstaben nicht mehr drin. Michael Jackson und seine Brüder hatten doch als Jackson Five diesen Hit, der ‹ABC› hieß, oder? Da hätten wir sogar eine Musik.»

«Pekka, jetzt reicht's langsam mit dem Quatsch, außerdem wäre das viel zu teuer.»

«Du hast ja recht. Aber denk mal an die Werbung für den Kinderpark Puuhamaa. Die war mit dem Hit von Mikko Alatalo unterlegt, den in Finnland jeder kennt, und die Kampagne war ein Riesenerfolg.»

«Das verwechselst du, glaube ich, mit dieser Deo-Werbung.»

«Kann sein. Egal, wir könnten die Alatalo-Melodie doch auch nehmen und den Text ändern. ‹Auf ABC fahr ich voll ab›, oder so was.»

«Und wer bitte singt den neu ein? Etwa unser Exskispringer Matti Nykänen, den jedes Kind kennt?», fragt Suvi und klingt leicht genervt.

«Leider weiß auch jedes Kind, dass der säuft und Frauen schlägt. Insofern keine gute Idee», sage ich und werde wieder ernst.

«Dem Kunden würde das sowieso nicht gefallen, mediale Aufmerksamkeit hin oder her. Wie wär's mit ‹Time for a break›? Das sieht als Schrift sehr smart aus. Oder ‹Give me a break›?», fragt Suvi.

«Das klingt halb verzweifelt, halb aggressiv», gebe ich zu bedenken.

«Ha, und dazu den Mittelfinger. Passt doch! Haben die bei ABC nicht sowieso mieses Essen und schlechten Service?»

«Stopp. Das Essen dort ist besser als sein Ruf, und am Service haben sie angeblich gearbeitet. Lass uns ‹Das ABC der guten Pause› als Zwischenergebnis festhalten. Vielleicht finden wir noch was Besseres, wir haben ja noch ein bisschen Zeit.»

Suvi erzählt, dass sie extra bei ABC gewesen ist und es dort leider superunsympathisch gefunden hat; im Grunde lästert sie unverhohlen über die Einrichtung und die anderen Kunden. Esko schaut irritiert zu mir herüber.

«Suvi, hier ist langsam Schlafenszeit. Ich glaube, wir müssen Schluss machen», sage ich.

«Wann kommst du wieder?»

«Ehrlich gesagt, keine Ahnung. Bald.»

«Tss. Na, dann noch eine gute Zeit.»

Ich entschuldige mich bei Esko für die Störung.

«Macht gar nichts», erwidert er. «Aber wenn ich mir eine Frage erlauben darf – war das eben Teil deiner Arbeit?»

«Ja», antworte ich. «Das war ein ganz normales Brainstorming.»

«… Gehirnsturm?»

«Man denkt zusammen nach, lässt seiner Phantasie freien Lauf.»

«Na, meinetwegen. Aber wenn ich euch einen Rat geben darf: Ihr solltet eure Kunden respektieren, statt über sie zu lästern. Auch ich behandle alle Arten von Patienten.»

Mein Bruder liegt absolut richtig. Leider hat Suvi, wie die meisten Leute, die jünger sind als ich, keinerlei Erfahrungen mit ABC-Tankstellen. Wenn's hochkommt, haben die unter Vierzigjährigen bei einem Autotrip nach Lappland eine Art ironische Kaffeepause dort eingelegt. Und die alte Hintergrundmusik und die anderen Kunden belächelt.

Ich hole mein Notizbuch raus und schreibe in Großbuchstaben: «Respektiere den Kunden.» Respektiere Menschen, die anders sind. Schon merkwürdig, dass man sich in diesem Lebensalter immer noch bewusst an Selbstverständlichkeiten erinnern muss.

«Danke, Esko», murmle ich.

«Wofür?»

«Für deinen Rat. Im Grunde ist das die Basis des Jobs. Schätzungsweise sogar des ganzen Lebens. Man vergisst es nur leider ständig.»

«Gern geschehen, man lernt nie aus. Geht mir genauso. Gute Nacht, Pekka.»

«Gute Nacht, Esko.»

PEKKA

Gut ausgeruht wachen wir nach neun Stunden Schlaf wieder auf. Esko wird heute bei seinem zahnmedizinischen Einsatz bestimmt nicht müde sein. Aber er wirkt ein wenig aufgeregt.

«Ist ein wichtiger Arbeitstag heute, was?», fragt Sari beim Frühstück.

«Ja. Die Patientin verdient nur das Allerbeste.»

«Hast du nie ein schlechtes Gewissen, weil du zu Hause bloß Privatzahler behandelst?», frage ich.

«Inwiefern?»

«Na, die Leute mit schmalem Budget können nicht zu dir kommen. Und immerhin geht es bei deinem Job um die Gesundheit.»

«Ich sehe das anders. In den normalen Gesundheitszentren konnte ich die Arbeit nicht mehr so machen, wie ich sie machen will und wie es richtig ist. Dort haben wir Ärzte zu schlechte Bedingungen. Und ganz nebenbei, mit deiner Arbeit revolutionierst du nun auch nicht gerade das kapitalistische System.»

«Moment. Wir nehmen längst nicht jeden Kunden, und außerdem folgen wir einem ethischen Code.»

«Und das ergibt dann ethische Werbung? Dass ich nicht lache. Und als Nächstes sagst du mir, dass ihr absichtlich schlechte Kampagnen entwerft, damit euer Kunde nicht noch reicher wird, als er schon ist?»

«Jetzt mach mal einen Punkt. Du weißt, was ich meine.»

Sari hat uns aufmerksam zugehört, nun kann sie nicht mehr an sich halten. Mit dem Mund voll Toastbrot schaltet sie sich ein: «Ihr habt Sorgen! Verdammt, ihr habt beide einen Job, noch dazu genau den, den ihr wolltet! Ich würde einem Diktator die Haare schneiden, um wieder als Friseurin zu arbeiten, solange er den regulären Preis zahlt.»

Eins zu null für unsere Schwester. Ich entschuldige mich bei Esko für mein Gestichel. Dann erzähle ich Sari, was Esko und ich uns gestern für sie ausgedacht haben: «Wir merken doch, dass du immer an zu Hause denkst und nicht abschalten kannst. Da dachten wir, dass wir dich mal so richtig verwöhnen, und haben dir einen Massagetag gebucht. Gleich nach dem Frühstück geht's los. Du kannst hierbleiben, wir fahren ohne dich rüber in die Zahnklinik.»

Sari bedankt sich auf ihre Weise. «Ach du Scheiße. Na ja, lass ich mich halt durchkneten, was soll's. Ist ja eigentlich ganz nett. Danke, Jungs.»

ESKO

Pünktlich werden Fai, ihre Mutter, Pekka und ich von Nele in Empfang genommen. Fai flüstert mir zu, dass ihre Mutter heute ungewöhnlich munter ist. Sie macht derzeit keine Chemotherapie, andernfalls wäre meine Behandlung auch nicht möglich.

Eine positive Haltung seitens des Patienten ist immer eine gute Voraussetzung für den medizinischen Erfolg. Doch ich will diese Haltung nicht überstrapazieren und werde mich bemühen, effizient zu arbeiten. Eingriffe wie diesen habe ich Hunderte Male gemacht; ich weiß, dass die Patienten nach einer gewissen Zeit ermüden.

Nele hilft Fais Mutter, so bequem wie möglich im Behandlungsstuhl Platz zu nehmen. Ich erkläre die einzelnen Arbeitsschritte, sie dolmetscht für Fais Mutter.

Wir beginnen mit der Betäubung. Bis die Wirkung eintritt, mache ich Aufnahmen vom Ist-Zustand. Die Technik funktioniert exakt wie zu Hause, die Bilder erscheinen sogar noch schneller auf dem Bildschirm. Nun kann ich die Zähne abschleifen. Das ist kein schöner Schritt, auch unter Betäubung nicht; übrig bleiben nur winzige Stummelchen. Für die Brücken muss man auch die Nachbarzähne anschleifen, damit sie sich gut befestigen lassen. In einer knappen Stunde bin ich fertig.

An diesem Punkt sieht das Gebiss stets sehr unschön aus, Fai wirkt erschrocken. Ich bitte sie, ihre Mutter zu fragen, ob es ihr gutgeht.

Als Antwort drückt die alte Frau meine Hand und lächelt. Ich lächle zurück. Seit langem habe ich wieder das Gefühl, einen Menschen zu behandeln. Keinen Patienten, und erst recht keinen Klienten. Ich fühle mich um dreißig Jahre verjüngt.

Zu Beginn meiner Laufbahn hatte ich sehr häufig dieses Gefühl, den Menschen wirklich zu helfen. Im Grunde hat Pekka beim Frühstück einen wunden Punkt angesprochen: Damals in den achtziger Jahren gab es im öffentlichen Sektor viel Bewegung und in den Kommunen eine Menge Geld. Meine Kollegen und ich konnten die Zahngesundheit des gesamten Landes auf ein neues Niveau heben, bald bekamen alle Kindergärten und Schulklassen regelmäßigen Aufklärungsbesuch zum Thema Zähneputzen. Alle Altersklassen wurden engmaschig zur Zahnkontrolle gebeten, und bereits ein Jahrzehnt später zeigte sich der Erfolg dieses Weges. Den Zähnen der Menschen ging es gut. Bis der Sparkurs im Gesundheitssektor begann. Die Besuche und Kontrolleinladungen wurden abgeschafft, zum Zahnarzt ging man nur noch, wenn aus kleinen Schwachstellen große Probleme geworden waren, die richtig weh taten. Wir mussten nun viel öfter Zähne ziehen, weil nichts mehr zu retten war. Gerade bei den Jüngeren tat mir das richtig leid. Und diese Art von Schmerz lässt sich leider nicht betäuben. Irgendwann konnte man an den Zähnen wieder die Schichtzugehörigkeit der Menschen erkennen. An dem Punkt habe ich aufgegeben und meine private Praxis gegründet.

Heute fühle ich mich wie damals in den achtziger Jahren. Ich verfüge über alle Mittel, dem Menschen vor mir zu helfen. Zwar habe ich bei diesem Einsatz für Implantate keine Zeit, aber die fehlenden Zähne lassen sich auch gut mit Brücken ersetzen. Abgebrochene Zähne werde ich überkronen. Ich freue mich schon auf das Ergebnis. Jetzt muss ich eine Weile am Computer arbeiten.

Nele fährt den Stuhl in die waagerechte Position. Nicht

lange, und Fais Mutter schläft ein. Als sie leise röchelt, fahre ich die Rückenlehne ein Stück hoch, vielleicht kriegt sie so besser Luft. Die Frau hat immer noch ein hübsches Gesicht. Ich streiche ihr vorsichtig eine Haarsträhne von der Stirn. Sie schlägt die Augen auf.

«Oh, please, just sleep», sage ich. «Everything is fine.»

Ich weiß nicht, ob sie Englisch versteht, aber sie begreift sofort, was ich meine, und schließt die Augen. Noch einmal fasst sie nach meiner Hand und drückt fest zu. Vermutlich ist das all die Kraft, die noch in ihr steckt. Wenige Atemzüge später schläft sie wieder.

Ich setze mich an den Computer und konzentriere mich auf die Modellierung der Brücken und Kronen. Nele verkörpert die ideale Assistentin: Sie ist da, wenn man sie braucht, und lässt einen in Ruhe, wenn man beschäftigt ist. Mit ihr könnte man ein Lehrvideo für die Assistenzausbildung drehen.

Als ich mit dem Arbeitsschritt fertig bin, frage ich Nele nach ihrer Meinung zum Farbton. «Ob A2 gut wäre?»

«Ganz gewiss. Dann hat die alte Dame endlich wieder ein schönes Lächeln.»

Ich klicke auf *Herstellen*, schon kommen die Kronen und Brücken eine nach der anderen aus der Fräse. Nele weckt Fais Mutter sanft wieder auf, und wir setzen alle Teile vorsichtig ein. Mit Neles Hilfe geht das blitzschnell, fast kommt es mir vor, als würden wir schon mindestens zehn Jahre zusammenarbeiten.

Sie bittet Fais Mutter, zuzubeißen und zu fühlen, ob alles passt. Und tatsächlich, das tut es! Wir lösen die Kronen und Brücken wieder heraus, Nele bringt sie zum Brennen in den Dental-Ofen. Jetzt haben alle dreißig Minuten Pause. Fai führt ihre Mutter auf einen Spaziergang nach draußen. Als sie wiederkommen, klebe ich alles fest und säubere die Zahnränder mit Küretten. Nur noch die Zahnseide für die Zwischenräume, fertig.

Die alte Frau lächelt breit. Fai staunt über den Anblick, dankt mir mit Tränen in den Augen und umarmt mich. Auch Nele umarmt mich. Ich mache ihr ein Kompliment für ihre gute Mitarbeit. Eigentlich möchte ich auch etwas über ihre außergewöhnliche Schönheit sagen, doch das bleibt mir im Hals stecken. Wahrscheinlich weiß sie sowieso, wie hübsch sie aussieht.

Wo wir schon beim Arbeiten sind: Als Nächstes bitte ich Fai, im Behandlungsstuhl Platz zu nehmen. Ihren abgebrochenen Eckzahn zu reparieren, ist keine große Sache. Andere Probleme gibt es bei ihr derzeit zum Glück nicht.

Eigentlich müsste ich auch Pekka drannehmen, aber er guckt aus dem Fenster und flüchtet sich in Ausreden. Ich weiß, dass er Schmerzen hat, bei ihm muss eine unangenehme Zahnfistel geplatzt sein. Zunächst kann der Eiter zwar abfließen, und der Druck lässt nach, aber das Problem ist damit nicht behoben.

Woher ich das weiß? Tja, Pekka sollte mich nicht so oft umarmen. Wenn Leute einem so nahe kommen, kann man den Eiter leider riechen.

PEKKA

Während Esko schuftet, mache ich es mir auf dem Sofa im Wartezimmer bequem und gönne mir ein Extraschläfchen. Als ich geweckt werde, ist der Spuk schon vorbei, und wir bewundern alle gemeinsam das Resultat; auch Sari ist inzwischen angekommen.

Fais Mutter bricht in Tränen aus, als sie ihre Zähne im Handspiegel betrachtet; Fai tröstet sie und beginnt, dabei selbst zu weinen.

«Meine Mutter sagt, ihr habt alle die freundlichen Augen eures Vaters», dolmetscht sie mit brüchiger Stimme.

Dass diese alte Dame kein bisschen verbittert ist, verblüfft mich. Unterm Strich hat der Mann mit den freundlichen Augen sie sitzenlassen, wie zwingend seine Flucht vor der hiesigen Polizei auch gewesen sein mag.

Nachdem Fais Mutter von einer Krankenhauspflegerin abgeholt wurde, spreche ich die Sache offen an.

«Den anderen zu verzeihen ist Teil unserer Kultur», erklärt Fai. «Schau zum Beispiel mal nach Vietnam, da findest du das genauso.»

Ihre Antwort beeindruckt mich. Diese junge Frau hat den Sextouristen verziehen, denen sie begegnet ist. Und ein ganzes Land hat den Amerikanern verziehen. Sollten wir Geschwister da nicht auch unserem Vater verzeihen und nach vorne schauen? Ist man den freien Blick nach vorn nicht sogar sich selbst schuldig? Dennoch würde ich gern wissen, ob unser Vater noch lebt. Wir sollten unbedingt diesen Arvo Kirnu aufsuchen.

Esko reißt mich aus meinen Gedanken: «So, Fai hätten wir geschafft. Und was ist mit deinen Zähnen, Pekka?»

«Was soll mit denen sein?», frage ich zurück.

«Ich weiß, dass du Schmerzen hast. Wir sollten uns darum kümmern.»

«Was redest du da? Ich hab keine Schmerzen, verdammt noch mal.»

«Wie du meinst. Für den heutigen Tag mag das stimmen, aber ich warne dich. Der Schmerz kommt mit voller Wucht zurück.»

«Jaja.»

«Schon gut, du bist ein freier Mensch.»

«Besten Dank.»

Nicht zu fassen! Ich habe Esko mit keinem Wort von den Schmerzen erzählt, und trotzdem weiß er Bescheid. Sogar, dass es schon schlimmer war als heute. Kontrolliert er etwa nachts heimlich meine Zähne?

Ich hätte seine Hilfe annehmen sollen. Jetzt ist es zu spät. Esko sagt etwas zu Nele, bezeichnet mich als Dickkopf. Nele lacht. Herzlich, nicht bösartig.

«Sari, was ist mit dir?», fragt Esko sein nächstes potentielles Opfer. «Wie wär's mit einer unentgeltlichen Behandlung?»

«Ich war doch erst vor fünf Jahren beim Zahnarzt», kichert Sari.

«Dann wird's höchste Zeit. Und es ist zugleich die ideale Fortsetzung der Massage.»

Sari willigt ein und macht es sich auf dem Stuhl bequem. Esko und Nele legen los und wirken wie ein eingespieltes Ehepaar. Esko scheint bester Laune, fast wie in einem Rausch. Ob er in den letzten Tagen Entzugserscheinungen von seiner Arbeit hatte? Nein, ich schätze, es geht ihm vor allem um Nele. Saris Zähne sind nur Mittel zum Zweck. Noch nie habe ich die Bezeichnungen für die Handinstrumente in einem solchen Tonfall gehört: «Den Mundspiegel, bitte.» Bei ihm klingt das wie ein Flirt. Mein Bruder überrascht mich.

Sari hat ein paar winzig kleine Löcher, die schnell verarztet sind.

«Von Kopf bis Fuß bis zu den Zähnen versorgt, was will ich mehr?», fragt sie zufrieden.

Esko schwelgt im Glück. Ich glaube, dies war der wichtigste Arbeitstag seines Lebens.

Nach der Fahrt zurück auf die Insel gehen wir alle richtig gut essen. Esko, Sari, Fai, Nele und ich. Auf dem Weg ins Restaurant lassen Esko und Nele sich ein Stückchen zurückfallen, immer wieder höre ich Neles Lachen. Als ich mich umdrehe, sehe ich, dass auch Esko lacht, nur nicht so laut. Ich kann mir denken, was in ihm vorgeht. Nele ist eine patente, lebensfrohe Frau um die fünfzig, deren attraktives Äußeres auch mir aufgefallen ist. Beim Essen sitzen die beiden nebeneinander, Esko reicht ihr aufmerksam die Speisen an und schenkt ihr nach. Fai findet, wir sollten noch weiterziehen, und so landen wir nach dem Essen in einer Bar, wo auch getanzt wird; in einer Ecke findet Karaoke statt. Der Esko, den ich bis gestern kannte, hätte diesen Ort wie die Pest gemieden. Heute schreitet er zielstrebig zur Theke und kommt mit knallroten Drinks für sich und seine Angebetete zurück. Damit hat er innerhalb einer Minute eine größere Entwicklung hingelegt als in den letzten vierzig Jahren. Mir fällt auf, dass er auch legerer gekleidet ist als sonst. Statt eines langärmeligen Hemds mit Knopfleiste und steifem Kragen trägt er ein Poloshirt, das ihm überraschend gut steht. Da macht es auch nichts, dass auf der Brusttasche das Logo einer Firma für Dentalbedarf prangt.

Wir setzen uns an einen Tisch und quatschen über das

Leben und was uns dazu spontan durch den Kopf geht. Sari schwelgt noch in Massagefreuden und lässt sich zu einem Lob an uns Brüder hinreißen: «Scheiße noch mal, das hat saugut getan. War echt eine super Idee von euch.» Fai dankt uns zum gefühlten tausendsten Mal für unser Kommen.

Der Einsatz von Esko war eine echte Win-win-Situation. Fais Mutter ist glücklich, und Esko hat Nele kennengelernt. Auch wenn er sie nach unserer Abreise nie mehr wiedersieht – für einen Abend hat sie ihn froh gemacht und zum Lachen gebracht. Das ist eine Menge.

Die Wunder reißen nicht ab. Als Tom Jones' «Sex Bomb» aus den Lautsprechern dröhnt, bittet Nele Esko auf die Tanzfläche. Und Esko folgt ihr! Beim letzten Mal hat er noch panisch nach einem Fluchtweg gesucht und wäre vor Scham fast gestorben.

Heute schämt er sich nicht. Zwar kann man sein Gestampfe nicht als Tanzen bezeichnen, aber er strahlt seine Partnerin an und singt bei «You're my sex bomb» sogar laut mit. Meine Güte, wie die beiden sich angrinsen.

Nach dem Lied verschwindet Nele auf der Toilette. Vielleicht, um sich frisch zu machen, vielleicht auch, um darüber nachzudenken, was hier gerade passiert.

Ich klopfe Esko brüderlich auf die Schulter. «Aus dir ist an einem einzigen Abend ein echter Romantiker geworden!», sage ich anerkennend.

Er sträubt sich. «So ein Unsinn.»

«Im Ernst! Äußerlich bist du der alte Zahnarzt, aber von innen leuchtet was anderes durch. Ja, du erinnerst mich an den finnischen Lyriker Pentti Saarikoski!»

«Dann bin ich wohl Denti Saarikoski», witzelt Esko.

Unglaublich. Eigentlich war das ein Kalauer, aber für Esko ist es eine Sensation.

«Du verstehst dich gut mit Nele, hm?»
«Jep. Wir sprechen quasi eine Sprache.»
«Du meinst die Sprache der Liebe?»
«Nein, die der Zahnmedizin.»
«Ihr unterhaltet euch die ganze Zeit über Zähne?»
«Nicht nur.»
«Also auch über Zahnfleisch?»
«Klaro. Easy gums, easy goes.»
«Wie bitte?!»
«Ich sehe schon, Pekka, ohne Zahn kein' Plan.»
«Verstehe. Zahnarzthumor.»
«Du hast es erkannt.»

Nele kommt zurück an unseren Tisch. Sari schlägt vor, eine Runde Hochprozentiges zu bestellen, und schreitet prompt zur Tat. An Eskos Blick sehe ich, dass er nicht ganz einverstanden ist. Doch als ich in sein Glas zwei kleine Strohhalme stecke – einen für ihn und einen für Nele –, ist er voll dabei.

Der Abend läuft phantastisch. Unser Tisch wird immer lauter, ein paar Leute schauen bereits irritiert herüber. Ich finde das großartig. Endlich habe ich eine Familie! Und eine Familie benimmt sich nun mal von Zeit zu Zeit daneben. Gibt es was Besseres, als gemeinsam richtig peinlich zu sein? Mit wem geht das schon. Sollen die Schweden vom Nachbartisch ruhig glotzen. Hey, hier kommen die Kirnuvaaras! Und ja, wir haben unsere Stärken und Schwächen!

Eigentlich wäre es längst Schlafenszeit, doch Sari kann kein Ende finden und schleift uns auf dem Heimweg noch in eine Reggae-Strandbar, in der barfuß getanzt wird. Ohne zu fragen, bestellt sie eine Runde Bacardi-Cola und trinkt ihr Glas in einem Zug leer. Sie lehnt ihren Kopf an meine Schulter.

«Pekka, ich bin doch eine gute Frau, oder?», fragt sie.

«Selbstverständlich bist du das.»

«Obwohl ihr hinter meinem Rücken über mich lacht?»

«Aber das machen wir doch gar nicht.»

«Natürlich macht ihr das. Insgeheim bemitleidet ihr mich.»

«Sari, das ist kompletter Quatsch.»

Ich kippe dezent meinen Drink in den Sand. Die anderen tun es mir nach.

«Ich glaube, es ist Schlafenszeit», sage ich zu meiner Schwester.

«Nein! Das ist unser letzter Abend in Thailand!», protestiert sie. Wenige Sekunden später sinkt ihr Kopf auf die Theke, und sie schläft.

In Finnland würde man sie rausschmeißen, hier lächelt das Personal nur amüsiert.

«She needs to sleep», sagt der Barkeeper freundlich.

Ich glaube, meine Schwester muss sich nicht nur vom heutigen Abend erholen, sondern von den vielen schwierigen Männern, den Sorgen als Alleinerziehende, den Krankheiten ihrer Kinder, dem täglichen Streiten und Versöhnen. Wir lassen sie einen Moment schlafen.

Irgendwann möchte Nele nach Hause. Esko begleitet sie ein Stück den Strand entlang. Ich sehe ihre Schritte langsamer werden, dann bleiben sie stehen und schreiben etwas auf ein Stück Papier. Sie tauschen ihre Telefonnummern aus! Und am Ende noch einen Kuss. Endlich.

Als Esko zurückkommt, lächelt er über beide Ohren. Würden ihm die sogenannten Fünfer nicht fehlen, man könnte sie deutlich sehen.

Sari schläft so tief, dass wir beschließen, sie zum Bungalow zurückzutragen. Am Strand lachen ein paar Leute über unseren Anblick und rufen «Very tired». Einige Paare stehen versunken da und lassen kleine weiße Lampions in den Himmel steigen. Romantisch. Ob mein Bruder jetzt endlich an die Liebe glaubt? Er wühlt Saris Schlüssel aus ihrer Handtasche; vorsichtig tragen wir sie in ihren Bungalow und legen sie aufs Bett. Fai deckt sie zu, Esko zieht ihr fürsorglich die Schuhe aus.

Nachdem Fai sich verabschiedet hat, setzen Esko und ich uns noch einen Augenblick auf die Terrasse vor unserer Hütte.

«Weißt du was?», frage ich und gebe gleich selbst die Antwort. «Je besser ich dich, Sari und Fai kennenlerne, umso weniger kann ich nachvollziehen, weshalb unser Vater auf Nimmerwiedersehen verschwunden ist. Ihr seid alle so toll und wart bestimmt auch tolle Kinder.»

«Ich denke, das Familienleben war auf Dauer zu anstrengend für ihn.»

«Esko. Das Familienleben ist für jeden anstrengend. Trotzdem kapiert der letzte Idiot, dass Familie etwas Großartiges ist und die eigene immer die beste, und sei sie noch so nervig. Ich hätte als Kind nie bei den Nachbarn wohnen wollen, obwohl die viel öfter Urlaub gemacht haben und regelmäßig ins Restaurant gegangen sind. Bei uns gab es nur Käsebrote an den südfinnischen Rastplätzen der E4.»

«Da magst du recht haben. Vermutlich ist das Familienleben gar keine Geheimwissenschaft.»

«Und die Liebe übrigens auch nicht», sage ich grinsend.

«Hör mir auf. Liebe gibt es doch gar nicht. Die hat der Mensch sich ausgedacht, weil ihm keine bessere Lebensform eingefallen ist. Man soll sich verlieben, zusammenziehen, ein Auto und eine Wohnung kaufen. Nur weil man mit dem Partner, der damals noch nicht der Partner war, irgendwann mal gleichzeitig in derselben Garderobenschlange angestanden hat. Nein, die Liebe ist kein psychisches, sondern ein wirtschaftliches Phänomen!»

«Mann, bist du zynisch. Und das nach dem heutigen Abend! Eben erst hast du dich von Nele verabschiedet.»

«Ich bin nicht zynisch, ich bin Zahnarzt.»

«Dann bist du eben ganz besonders ‹Zahnarzt›, du Penner! Um das mal als Charaktereigenschaft zu gebrauchen.»

«Vielen Dank für das Kompliment.»

Mein Gott. Der meint das ernst!

«Esko, du musst dich nicht so verbarrikadieren. Gib's doch einfach zu, das macht es viel leichter.»

«Was soll ich zugeben?»

«Dass du dich verliebt hast, verdammt.»

«In wen soll ich mich verliebt haben?»

«Ich fass es nicht. In Nele!»

«Das geht dich nichts an.»

«Komm schon. Ist doch perfekt! Gibt es was Schöneres, als frisch verliebt zu sein?»

«Bitte lass mich in Ruhe. Ich glaube, wir sollten besser zu Bett gehen.»

«Erst, wenn du es zugibst!»

«Naaa guut, verdammt, ja, ich bin verliebt! Bist du jetzt zufrieden?»

Tatsächlich ist *er* es, der zufrieden wirkt, geradezu erleichtert, dass er seine Gefühle nicht länger tarnen muss. Vielleicht wird er noch einen männlichen Vertrauten brauchen – wenn die Verlustangst sich meldet, die Entfernung zwischen Finnland und Thailand allzu groß erscheint, oder wenn er Sorge hat, Nele könnte plötzlich sagen: «Du bist leider doch nicht mein Typ.»

Er wechselt das Thema und überrascht mich komplett.

«Und? Fliegen wir direkt weiter nach Australien?»
«Hoppla, wie kommst du denn jetzt darauf?»
«Wir müssen doch unseren Vater weitersuchen.»
«Bisher warst du davon nicht so überzeugt.»
«Pekka. Wenn meine Geschwister so super sind, dann kann auch unser Vater keine Niete sein.»

ÜBERKRONUNG

Ist die Wurzelbehandlung erfolgt, wird der aufgebohrte Zahn passgenau überkront.

PEKKA

«G'day, mate!»

«Excuse me?»

Das australische Englisch des Flugbegleiters macht Esko sichtlich zu schaffen, für einen Augenblick scheint er anzunehmen, dass von einem Toten die Rede sei.

Wir nehmen unsere Plätze ein und warten auf den Start nach Sydney. Diesmal ging es schnell: Wir haben Arvo Kirnu mit ein paar Klicks ausfindig gemacht, ihn kurzerhand angerufen und unseren Besuch angekündigt. Esko, ganz der gutgelaunte Verliebte, hat verfügt, auch dieses Mal die Flüge zahlen zu dürfen. Wir haben uns von Fai und ihrer Mutter verabschiedet und Esko sich von Nele. Sari hat in Ronna angerufen und ich in Helsinki – ihr Partner gibt ihr Rückendeckung, meine Expartnerin beschimpft mich. Wir haben also beide einen guten Grund, die Reise fortzusetzen. Meinem Chef verspreche ich, demnächst ein paar Volltreffer für die ABC-Kampagne zu liefern.

Einen Großteil des Fluges verschlafen wir. Bevor wir ankommen, serviert der Steward noch eine kleine Mahlzeit. Danach sollen wir ein Formular unterschreiben und versichern, keine Tiere, Gehölze, Samen, Gräser oder Erde einzuführen; dasselbe müssen wir noch mal am Zoll bestätigen. Wozu sollten wir finnischen Erdboden mitbringen? Wir wollen unseren Onkel Arvo besuchen, dem netten altmodischen Namen nach ein sympathischer Kerl, der uns früher bestimmt mit Süßigkeiten verwöhnt hätte.

Jetzt wartet er in der Eingangshalle und hebt fragend die Augenbrauen. Die Ähnlichkeit mit unserem Vater lässt keine Zweifel aufkommen. Arvo muss um die fünfundsiebzig sein, ist braungebrannt und wirkt für sein Alter noch sehr fit. Wir begrüßen uns mit einer unbeholfenen Geste zwischen Handschlag und Umarmung. Unser Onkel möchte Sari die Reisetasche abnehmen, doch die will sich nicht helfen lassen. Wir gehen zu seinem Wagen, Esko und Sari setzen sich nach hinten.

«Mein place ist etwa dreißig Minuten entfernt. Wir halten noch kurz am supermarket, dann können wir zu Hause barbecue machen.»

Hört sich prima an, Flugzeugmahlzeiten halten nie lange vor. Unterwegs erzählt Arvo, wo er in dieser Gegend schon überall gewohnt hat. Seine Sprache ist ein lustiger Mix aus Englisch und Finnisch, doch wenn man aufmerksam zuhört, versteht man ihn gut. Der Supermarkt ist gigantisch groß, und zu Hause präsentiert Arvo uns seinen tollen Swimmingpool. «Das water hab ich lange nicht gewechselt. Könnte also auch eine snake drin schwimmen.»

Wird wohl leider nichts mit der Erfrischung im Pool. Dafür macht die Vorbereitung für das Essen großen Spaß. Alle haben genug zu schälen, schnippeln und würzen, und dabei kommt das Gespräch ganz von allein in Gang. Vielleicht hat Arvo auch das Kommunikationsgen der Ostfinnen, oder er genießt es als Junggeselle einfach, Besuch im Haus zu haben.

Nicht lange, und er kommt auf unseren Vater zu sprechen, der Ende 1973 Kontakt zu ihm aufnahm; Arvo war damals schon hier. Onni wollte zu der Zeit unbedingt weg aus Ronna, und zwar so weit wie möglich, so dass er den ersten Schritt machte und die Brüder sich wieder versöhnten.

Wir decken den Tisch auf der Terrasse. Sari ist überraschend still, sieht regelmäßig auf ihr Handy und verschickt Nachrichten. Als ich sie frage, ob zu Hause alles in Ordnung sei, antwortet sie: «Wär ja noch schöner, die eigenen Sorgen auf die Schultern der anderen zu packen. Lass gut sein, Pekka.»

Seltsame Logik, aber wenn sie meint. Alles zu seiner Zeit.

«Passt auf, dass die parrots das Essen nicht wegschnappen», warnt Arvo.

In der Tat fliegen ein paar wunderschöne bunte Papageien über das Grundstück. Dazu noch die klare Sonne – dass dieser Flecken Erde für Auswanderungswillige äußerst anziehend war und bis heute ist, wundert mich nicht.

«Euer Vater hat oft von euch gesprochen, der hat seine Kinder nicht vergessen. Und geweint hat er, weil er das kleine Mädchen in Schweden zurückließ. Aber er hat für sich keine andere Möglichkeit gesehen», sagt Arvo.

«Wie konnte er sich die Reise hierher überhaupt leisten?», frage ich. «Hast du sie ihm bezahlt?»

«Er kam mit einem Zehn-Pfund-Ticket. Damit wollte Australiens government Migranten ins Land holen, zu tun gab es hier genug. Und die Nordeuropäer hatten einen guten Ruf als Holzarbeiter.»

«Unser Vater war Holzarbeiter?»

«Ja, das haben hier alle gemacht, egal, welche Ausbildung sie hatten. Tagsüber haben wir geschuftet, und abends waren wir im Finnclub. Da hat euer Vater Seija getroffen.»

«Wer ist Seija?»

«Eine nurse.»

«Nös?», fragt Esko.

«Krankenschwester», sage ich.

«Genau. Und ein verflixt hübsches Ding», sagt Arvo. «Nicht lange, und Onni ist bei ihr eingezogen.»

Meine Güte, unser Vater hat wieder mal nicht lange gefackelt. Mag ja sein, dass er uns vermisst hat; trotzdem hat er sich schnell getröstet. Und diese Seija wusste garantiert nicht, dass ihr neuer Freund in Europa schon verheiratet war und Kinder hat.

«Unser Vater hatte wohl eine Menge Glück bei den Frauen, um es mal positiv auszudrücken?», frage ich.

«Das kannst du laut sagen», erwidert Arvo, lacht und schließt die Augen für eine kleine Reise in die Vergangenheit. «Na ja, bei dem Aussehen, und mit einer Länge von eins neunzig. Vor allem verstand er sich auf Romantik und konnte mit den Frauen über Gefühle reden. Heute tut ihr das ja alle, aber damals hob Onni sich damit von den anderen Männern ab.»

Tun wir das heute wirklich alle? Auf Esko und Sari hat diese Fähigkeit sich jedenfalls nicht vererbt, und wenn ich ehrlich bin, ist es mir in der Beziehung mit Tiina leider auch oft genug schwergefallen.

Arvo wirkt ein wenig neidisch, als er weitererzählt. «Der hat immer die Schönsten abgekriegt. Nach jedem Tanzen hat er ein Mädchen nach Hause begleiten dürfen, schon damals in Lieksa.»

Gut, dass er von selbst auf diese Zeit zu sprechen kommt. Ich schätze, dass unser Onkel mehr darüber weiß als Raili.

«Arvo, ist unser Vater aus Lieksa weggegangen, weil die Roma vertrieben wurden?»

«Ach, diese Geschichte.» Arvo lacht trocken auf. Er krempelt seinen Ärmel hoch und zeigt uns eine lange hässliche Narbe auf seinem Bizeps. «In dieser Nacht haben alle ordentlich was abgekriegt.»

«Eure Cousine Raili hat erzählt, dass ihr euch deshalb zerstritten habt.»

«Soso. Ich glaube, ich war neidisch auf meinen Bruder und habe mich dummerweise in seine Beziehung eingemischt. Verdammt schönes Mädchen. Schwierige Sache leider, weil sie eine Roma war. Aber aus Lieksa weggegangen sind wir aus anderen Gründen.»

Wir sehen ihn erwartungsvoll an.

Er nimmt einen großen Schluck Bier. «Alles begann damit, dass unser Vater zurückkehrte. Euer Opa. Eigentlich hieß es, er sei im Krieg verschollen, die Behörden hatten ihn 1949 für tot erklärt. Unsere Mutter war bereits neu verheiratet, mit Martti, unserem Stiefvater. Martti hat inzwischen auch den Hof geführt.»

Die Leute haben damals schnell Fakten geschaffen, aber das Leben war auch kürzer. Eine Auszeit in Kambodscha oder ein Jahr lang Sabbatical, so was kam da nicht in Frage.

«Und dann war plötzlich unser Vater wieder da. Der hatte die ganze Strecke aus dem russischen Kriegsgefangenenlager bis nach Finnland zu Fuß zurückgelegt. Aber er war ein vollkommen anderer als vorher, das kann ich euch sagen. Wie vom Teufel besessen.»

«Hat eure Mutter ihm eine Chance gegeben?»

«No. Doch ab sofort gab es zwei Männer auf dem Hof. Sie konnte ihn ja schlecht von seinem eigenen Grund und Boden verjagen.»

«Wie kann man sich das Zusammenleben konkret vorstellen?»

«Sie haben eine kleine cottage gebaut, mit etwas Abstand zum Haus. Sah aus wie ein Spielhäuschen für Kinder. Da hat er gehaust.»

«Das ist ja eine üble Demütigung. Fast so was wie eine symbolische Kastration!», sage ich.

«Schön war das nicht, nein. Und leider hat er all seinen Zorn auf die Söhne gerichtet, auf Onni und mich.»

«Er war gewalttätig?»

Arvo seufzt tief, ehe er antwortet. «So gut wie jeden Tag.»

«Wieso ist niemand dazwischengegangen?»

«Unsere Mutter wäre körperlich zu schwach gewesen. Und unser Stiefvater Martti hat es nicht wahrhaben wollen, wahrscheinlich war er zu sehr mit seinen eigenen Schuldgefühlen beschäftigt. Immerhin hat er unserem Vater den Hof und die Frau weggenommen. Dennoch, er hätte uns zur Hilfe kommen müssen.» Arvo sieht zu Boden. «Einmal hat er jedes Maß verloren und euren Vater wegen irgendeiner Kleinigkeit mit einer schweren Eisenkette geschlagen. Wir waren damals schon fast keine Teenager mehr und ziemlich groß.»

«Du hast eingegriffen?»

«Ja, und zwar hart. Zusammen haben wir ihn so richtig verprügelt, zum ersten und zum letzten Mal.»

«Er hat euch danach nie wieder angerührt?»

«Er war danach tot.»

«Ihr habt euren Vater totgeprügelt?»

«Ja.»

«O Gott. Kamt ihr ins Gefängnis?»

«Nein. Offiziell lebte er ja sowieso nicht mehr, und unsere Mutter sagte: ‹Jungs, es ist hart, aber so was passiert.› Alle waren erleichtert, im Dorf hat niemand mehr darüber geredet. Ich denke ja, dass jeder Vater auf die eine oder andere Weise von seinen Söhnen entmachtet wird. Bei uns geschah das leider sehr konkret.»

«Hast du mit Onni darüber geredet?»

«Was soll man groß darüber reden? Aber glücklich werden konnten wir an diesem Ort auf Dauer eben auch nicht.»

Da ist sie wieder, die finnische Einstellung gegenüber therapeutischen Gesprächen. In meiner Familie scheint sie besonders tief verwurzelt. Eine Weile weiß niemand etwas zu sagen.

Sari bricht die Stille. «Ich werd mal den Abwasch machen und Kaffee aufsetzen. Will jemand 'ne Tasse?»

Alle nicken.

Beim Kaffee stellt Arvo eine psychologisch begründete These in den Raum. «Ich denke, dass euer Vater das Familienleben deshalb nicht aushielt, weil er Angst hatte, selbst gewalttätig zu werden. Gleichzeitig hat er sich sehr nach einem beständigen Leben mit Familie gesehnt und es deshalb immer wieder versucht.»

Ich weiß sofort, was er meint; alle Eltern haben Angst, die Fehler ihrer eigenen Eltern zu wiederholen. Falls Arvo recht hat, wären das lindernde Umstände für unseren Vater. Was er in der Kindheit erlebt hat, ist wirklich extrem.

«Wie ist es mit dieser Krankenschwester Seija weitergegangen?», frage ich.

«Schlecht.»

Wie auch sonst. In unserer Familie scheint es auf diese Frage nur eine Antwort zu geben.

«Sie waren furchtbar verliebt und haben schnell geheiratet. Bald war ein Baby unterwegs, es sollte kurz nach Weihnachten geboren werden. Aber dann kam Tracy, und in den Krankenhäusern war kein Platz mehr.»

«Tracy? Ein Wirbelsturm?»

«Jep. Eigentlich traf es vor allem die Stadt Darwin, aber dort war man so überlastet, dass sie die Verletzten auch bis hierher brachten. Bei Seija gab es am Ende der Schwangerschaft ernsthafte Komplikationen, sie hätte einen Notkaiserschnitt gebraucht. Aber sie kriegte im Krankenhaus erst einen Termin, als es schon zu spät war. Sie hat es nicht überlebt, und das Baby auch nicht. Das war eine entsetzliche Zeit. Der Friedhof ist ganz in der Nähe, wenn ihr möchtet, zeige ich euch den Grabstein.»

Seija Anneli Kirnuvaara, † 31.12.1974. Die Arme wurde nur siebenundzwanzig Jahre alt. Gleich darunter steht, mit identischem Geburts- und Todestag, *Jack Kirnuvaara.*

Sari wirkt wieder merkwürdig abwesend.

«Was ist los?», frage ich. «Interessiert dich die Geschichte deiner finnisch-australischen Stiefmutter nicht?»

«Ach, wir haben jetzt schon so viele Stiefmütter, dass ich nicht mehr ganz hinterherkomme. Außerdem habe ich gerade andere Sorgen.»

«Sag doch endlich, was bei dir zu Hause los ist», bitte ich sie.

«Wenn ich das bloß wüsste! Auf alle Fälle ist mein Ältester gerade im Knast.»

«Scheiße, wieso denn das?»

«Sag ich doch, ich hab keine Ahnung! Also hör lieber auf zu fragen.»

Ich lasse sie in Ruhe und wende mich wieder unserem Onkel zu. «Wie hat unser Vater das bloß alles verkraftet?»

«Gar nicht», erwidert Arvo. «Er ist zusammengebrochen. Hat geglaubt, dass Seijas und Jacks Tod die Strafe ist dafür, dass er seine anderen Kinder im Stich gelassen hat. Aber er hat sich wieder aufgerappelt und ist nach Darwin gezogen, wollte sich am Wirbelsturm rächen. Ich bin mitgegangen. Tag und Nacht haben wir geschuftet, um den verwüsteten Ort wieder aufzubauen. Vor allem euer Vater. Ich habe irgendwann diese hinterhältige tropical disease bekommen und bin zurück nach Sydney gezogen. Leider war ich auch wieder mit Onni zerstritten. Es ging erneut um eine Frau. Wir haben seitdem keinen Kontakt.»

Auf unserem Weg nach Hause gleiten Fledermäuse durch die Luft, ein Opossum sucht an einer Mülltonne nach Essbarem, das Gekrächze der Papageien verstummt nach und nach. Was für ein Tag! Allmählich wird es Schlafenszeit. Arvo richtet drei Gästebetten für uns her; man sieht, dass er das nicht allzu oft tut.

«Ich bin froh, dass ihr mich besucht», sagt er. «Ich bedaure es sehr, dass ich mit eurem Vater zerstritten bin.»

«Arvo, dazu gehören immer zwei», versuche ich ihn zu trösten.

«Mag sein.»

«Danke für das, was du uns erzählt hast. Obwohl wir Onni leider immer noch nicht gefunden haben.»

«Alles habe ich euch nicht gesagt. Also, da gibt es noch Sunday. Ihr solltet *sie* nach eurem Vater fragen.»

«Sunday?»

«Eure Halbschwester. Sie heißt mit Nachnamen Thompson und wohnt in Alice Springs. Ist drei Stunden von hier entfernt.»

«Mit dem Auto?», stottere ich und komme kaum hinterher.

«Nein, mit dem Flugzeug. Sie ist übrigens eine half-caste.»

«Eine was?»

«Eine half-caste. Zur Hälfte Aborigine.»

PEKKA

Ich fasse es nicht, wie meine Verwandtschaft wächst und wächst. Auch geographisch stoßen wir in immer neue Winkel vor. Sunday machen wir mit Leichtigkeit ausfindig, da sie bei einem Reiseanbieter für Outbacktouren arbeitet.

Gleichzeitig tritt eine gewisse Routine ein. Wie selbstverständlich erweitern wir die Reiseroute und buchen dank Eskos finanzieller Reserven neue Flüge. Tiina informiere ich darüber erst gar nicht, ich weiß ohnehin, was sie sagen würde. Der einzige akute Stressfaktor ist momentan mein Zahn, der in Sachen Schmerzen wieder losgelegt hat. Hätte ich Esko mal rangelassen. Jetzt ist es mir zu peinlich, ihn neu darauf anzusprechen. Also schlucke ich Schmerztabletten und setze auf Selbstheilung.

Na ja, auch im Job drückt der Schuh ein bisschen. Ich sollte meinem Chef was Gutes mitbringen, als Gegenleistung für die lange Leine, die er mir lässt. Für den Fall, dass die Agentur sich aus wirtschaftlichen Gründen verkleinern muss, wäre es sogar doppelt wichtig, dass Suvis und mein Vorschlag konkurrenzfähig ist. Ich nutze die Zeit im Flugzeug für Notizen und vertiefe die Idee rund um die Buchstaben A, B, C. Esko wundert sich, wie man in zwölftausend Metern Höhe und nur mit Papier und Bleistift ausgestattet arbeiten kann.

Unsere Halbschwester Sunday ist informiert und freut sich auf uns. Zunächst hat sie am Telefon zurückhaltend gewirkt, im ersten Moment dachte sie, das Ganze müsse ein Missverständnis sein. Ist ja auch nur zu verständlich, wenn da plötzlich drei Leute anrücken und behaupten, mit dir verwandt zu sein. Saris Probleme in Ronna haben sich zum

Glück gelöst, ihr Ältester wurde mit einem Kriminellen verwechselt, jetzt ist er wieder zu Hause.

Der Abschied von Arvo war herzlich. Er hat durchblicken lassen, dass er sich wegen Sundays Mutter, einer Aborigine, mit Onni zerstritten hat. Offenbar konnte er Beziehungen mit Frauen, die zu einer anderen Ethnie gehören, nicht tolerieren und war zugleich neidisch auf seinen Bruder.

In Alice Springs erwartet uns ein anderes Klima, eine staubtrockene Hitze. Abgesehen von einigen rötlichen Sandhügeln hier und da ist die Landschaft platt wie der Flugplatz. Wir nehmen den Bus in die City und checken in dem Hotel ein, das Sunday uns empfohlen hat.

ESKO

So ganz komme ich nicht hinterher. Hatte ich mir auf der letzten Konferenz nicht geschworen, nach Möglichkeit nie wieder zu reisen? Und nun lande ich im hintersten Winkel von Australien. Weiter weg von zu Hause geht nicht. Und die Gründe für diese Reise lassen sich kaum noch in zwei Sätzen darlegen.

Der praktische Teil funktioniert zum Glück bestens. Pekka regelt das alles übers Internet, und egal, wo wir ankommen, er orientiert sich mühelos. Nebenher, am Gepäckband oder im Bus, macht er noch ein bisschen Smalltalk mit anderen Reisenden. Dabei weitet er das Gespräch schnell auf das Ziel unserer Reise aus und erzählt von unserer Aborigine-

Schwester. Sonderbar, wie offen er gegenüber Fremden ist. Noch sonderbarer allerdings finde ich deren Reaktion. Sobald das Wort «Aborigine» fällt, werden sie verlegen und wechseln das Thema. Das hat eindeutig nichts mit Pekkas Offenheit zu tun. Sondern mit den Aborigines.

PEKKA

Der Bus hat keine Klimaanlage. Nassgeschwitzt steigen wir vor unserem Hotel aus. Ein betrunkener Aborigine bittet mich um Kleingeld für Zigaretten, ich gebe ihm ein paar Dollar. Er dankt mir herzlich. «Thank you, mate, and welcome to Alice Springs!»

Nachdem wir die Zimmer bezogen haben, kaufe ich uns Sonnencreme, ein paar Snacks und was zu trinken. Die vierzig Grad im Schatten machen uns zu schaffen. Die Stadt wirkt im Vergleich zu Sydney ruhig, fast verschlafen, und in den Straßen sieht man viele Aborigines. Alle paar Jahre entschuldigt sich die australische Regierung neu für die Dinge, die man den Ureinwohnern angetan hat, und dann kehrt man zurück zur Tagesordnung.

Später sind wir mit Sunday in einem Restaurant verabredet. Während wir auf sie warten, bestelle ich eine Runde Bier und muss mit einem großen Schein bezahlen. «No worries», gibt der Barkeeper zurück, das Mantra der Australier. Immer positiv, immer entspannt. Wenn ich mir den Park vor dem Restaurant ansehe, in dem etliche Aborigines unter Bäumen herumhängen und Bier trinken, frage ich mich, ob das ewige Motto der Weißen nicht auch seine Kehrseite hat.

Eine Frau betritt den Raum und blickt sich suchend um. Ich bin baff, sie sieht viel weniger nach einer Aborigine aus als nach unserem Vater. Allmählich kriege ich Routine beim Begrüßen neuer Familienmitglieder und umarme Sunday herzlich. Sari und Esko sind etwas zurückhaltender.

Für einen Augenblick komme ich mir vor wie im Film. Vier Menschen an einem Tisch, die bis vor wenigen Wochen noch nichts voneinander wussten und doch eng miteinander verbunden sind. In einem Restaurant in einer kleinen Stadt, ringsherum nichts als Weite und Sand.

Irgendwo müssen wir anfangen. Ich erzähle Sunday eine Kurzversion mit den Stationen Helsinki, Lieksa, Södertälje und Krabi. Die Orte, an denen unser Vater einen Neustart versucht hat.

Sunday ist wie vor den Kopf geschlagen; sie dachte, sie wäre das einzige Kind ihres Vaters.

«Er ist sogar auf Thailand gewesen, und ich habe auch dort eine Schwester?»

Als Antwort zeige ich ihr ein Foto von Fai auf meinem Handy. Die Ähnlichkeit zwischen Sunday und ihr ist frappierend.

«Es hieß doch immer, er sei tot», sagt Sunday sichtlich aufgewühlt.

«Wer hat das gesagt?», frage ich.

«Die Leute von der Missionsstation. Dort wurde ich hingebracht, als ich fünf war.»

«Und wieso?»

«Weil meine Mutter sich angeblich nicht um mich kümmern wollte oder konnte.»

«Stimmt das?»

«Ich denke nicht, aber das hat man in der stolen generation allen erzählt.»

Sie erklärt uns, was hinter diesem Begriff steckt. Bis Mitte der siebziger Jahre wurden Kinder aus Mischbeziehungen systematisch in Missionsheime gesteckt.

«Das wurde als Maßnahme in Sachen Kinderschutz betrachtet. In Wahrheit wollte man die Kultur der Aborigines ausrotten. In den Medien wurde behauptet, sie würden barbarisch leben, Mehrfach-Ehen führen und sich nicht um ihre Kinder kümmern. So glaubten die weißen Australier irgendwann, sie täten diesen Kindern etwas Gutes und würden ihnen ein zivilisiertes Leben schenken.»

Ironie funktioniert überall auf der Welt gleich, selbst im entferntesten Winkel.

«Das ist ja großartig. ‹Barbarische Lebensweise›», sage ich.

«Aber wirklich. Im Ernst, wer würde freiwillig sein eigenes Kind vernachlässigen?»

«Unser Vater», sage ich. Das ist eher als Spruch gemeint, aber Sunday springt darauf an.

«Er muss einen Grund gehabt haben», sagt sie. «Alles hat einen Grund. Ich glaube zum Beispiel, dass die weißen Australier, die ja ursprünglich Briten sind, unbewusst neidisch waren auf das freie Leben der Kinder bei den Aborigines, oder zumindest Angst davor hatten. Sie selbst sind ja für eine äußerst strenge Erziehungstradition bekannt.»

Dann erzählt sie, wie es in den Missionsheimen zuging. Dass manche aus der stolen generation dort schwer arbeiten mussten oder in sexuelle Dienste gedrängt wurden. Schrecklich.

«Siehst du dich selbst als Aborigine oder als Weiße?», frage ich.

«Schwer zu sagen», antwortet sie. «Mein Mann ist Weißer, und alles, was ich von der Kultur meiner Mutter kenne, habe ich aus Büchern. Ich wurde dieser Umgebung so früh entrissen. Gleichzeitig fühlte ich mich lange Zeit verlassen und entwurzelt. Man hat mir sogar gesagt, ich solle mich für meine Wurzeln schämen. Aber ich hätte auch nicht zurückgekonnt, ich hatte ja nicht einmal einen skin name.»

Sie erklärt uns, dass ein skin name den sozialen Platz innerhalb der Gemeinschaft definiert und damit erst rituelle Handlungen wie Eheschließungen möglich macht. Unser Vater hatte natürlich erst recht keinen skin name, weshalb er Sundays Mutter nicht offiziell heiraten konnte. Theoretisch hätte Sunday bei den Aborigines zahlreiche andere enge Verwandte gehabt, da alle Schwestern der Mutter als Zusatzmütter und alle Brüder des Vaters als Zusatzväter gelten; genug Mütter hätten sich also sicher gefunden. Das Heim, in dem Sunday aufwuchs, konnte ihr da weitaus weniger bieten.

«Alle Kinder der stolen generation sagen dasselbe. Dass sie keine Wurzeln haben. In der Schule galten sie nie als echte Australier, und bei den Aborigines kannte niemand mehr ihren ursprünglichen skin name. Dabei ist es so wichtig zu wissen, woher man kommt.»

Was sie nicht sagt. Esko, Sari und ich reisen deshalb sogar bis Alice Springs.

Draußen wird es allmählich dunkel, wir bestellen eine letzte Runde Getränke. Sari will unbedingt bezahlen und sieht Esko, der schon seine Geldbörse zückt, drohend an.

«Ich bin zwar arbeitslos, aber nicht bettelarm, und ein Geizkragen bin ich schon gar nicht!», zischt sie.

«Wo genau bist du denn aufgewachsen?», frage ich Sunday.

«In der Nähe von Adelaide, bei einer Wohltätigkeitsorganisation mit angeschlossener Schule.»

«Und wie ging es dir dort?»

«Ich sag nur so viel: Auch sogenannte Wohltäter können schlechte Menschen sein.»

ESKO

Mein Bruder Pekka mag viele komische Ansichten haben, aber in einer Sache liegt er goldrichtig. Reisen erweitert den Horizont, da muss ich ihm zustimmen. Und zwar gerade deshalb, weil unsere Reise, bei der wir Zeugen mehrerer harter Schicksale wurden, nicht der typischen Katalogreise entspricht.

Sari wohnt in einem zwielichtigen Vorort, war lange alleinerziehend und hat quasi mehr Einwanderer integriert als der finnische Staat. Fai ist auf der Straße aufgewachsen, kann kaum lesen und schreiben und ist gerade so eben dem Schicksal der Prostitution entronnen. Sunday wurde ihrem Stamm entrissen und musste mit ansehen, wie die Politik die Ureinwohner systematisch zu brechen versuchte. Angesichts dessen sind meine paar Problempatienten ein leichtes Los.

Sunday erzählt von den Atomtests, die in den fünfziger und sechziger Jahren in Maralinga, einem Aborigine-Gebiet, durchgeführt wurden. Die Tests hat man vorher im Radio angekündigt, auf Englisch. Wie viele Ureinwohner hören Radio und sprechen Englisch? Anschließend war ihr heiliger

Grund und Boden radioaktiv, viele starben an den Folgen. Für die Aborigines gehört die Umwelt niemandem, sondern umgekehrt sind wir Menschen nur ein kleiner Teil von ihr. So etwas wie ein Atomtest ist für sie unbegreiflich.

Ich meine, man muss sich nur mal vorstellen, das würde in Helsinkis Stadtteil Kallio passieren. Da wehren sich die Anwohner tragischerweise schon gegen den Bau einer Behindertentagesstätte! Was würden sie da erst zu einem Atomtest sagen?

Es ist spät geworden, wir trinken unser Bier aus und wollen aufbrechen. Doch wir werden noch Zeugen eines kleinen Zwischenfalls: Ein stockbesoffener Aborigine will auf der Terrasse des Restaurants Platz nehmen. Als der Kellner ihn erst mit freundlichen, nach mehreren vergeblichen Versuchen mit deutlicheren Worten wegzuschicken versucht, wirft der Ureinwohner ihm ein «Du Rassist!» an den Kopf.

Bis der Kellner einen Betrunkenen wegschicken kann, der zufällig auch noch Ureinwohner ist, aber in erster Linie ein Betrunkener, ist es noch ein weiter Weg. Mich erinnert das an das Wesen der Wurzelbehandlung, die nur gelingt, wenn man bis in die Tiefe geht. Die Probleme hier sind nie an ihrer Wurzel angepackt worden. Also eitert die Gesellschaft munter vor sich hin, und der Kellner hat soeben primär einen Ureinwohner rausgeworfen. Das Ziel wäre wohl, Angehörige einer Minderheit zum Beispiel als Idioten bezeichnen zu können, wenn sie sich als solche benehmen, ohne dass dies als Minderheitenbeschimpfung gilt. Sondern als gerechtfertigte Idiotenbeschimpfung.

Nach dem, was Sunday uns erzählt hat, verstehe ich den verärgerten Saufkopf ziemlich gut. Er und seine Leute lebten schon seit Hunderten von Jahren friedlich in diesem

Land. Dann kamen die Weißen und rotteten neunzig Prozent der Ureinwohner aus. Unter der Oberfläche dieser verschlafenen Stadt brodeln uralte Spannungen.

PEKKA

Der Betrunkene beruhigt sich, als jemand ihm eine Zigarette gibt.

«Es ist so schade, dass die Trinker hier im Park von vielen Weißen als die typischen Ureinwohner gesehen werden. Dabei gäbe es etliche andere Beispiele, unsere Kultur ist so was von reich», sagt Sunday traurig. «Aber leider auch zerstört.»

Nachdenklich verlassen wir das Lokal und bringen Sunday zu ihrem Auto. Obwohl wir eine Menge erfahren haben – das Wesentliche haben wir noch nicht herausgefunden. Der Job scheint wieder mal an mir hängen zu bleiben.

«Es klang vorhin, als wüsstest du nicht genau, ob unser Vater wirklich tot ist. Vielleicht haben die offiziellen Stellen das nur behauptet?»

«Das ist durchaus möglich. Von verschollenen oder verstorbenen Eltern hat man allen half-castes erzählt. Damit wir kein Heimweh bekommen und nach vorne schauen. Ehrlich gesagt, ich hatte damals nicht die Kraft, das zu hinterfragen.»

«Wann hast du unseren Vater denn zum letzten Mal gesehen?»

«Mit fünf.»

«Und erinnerst du dich an ihn?»

«Nur sehr verschwommen. Ich glaube, er ist damals zu einem Walkabout aufgebrochen.»

«Einem was?»

«Einer Wanderung. Das machen junge männliche Ureinwohner, bevor sie heiraten. Vielleicht wollte er auf diesem Weg die Erlaubnis kriegen, meine Mutter zu heiraten. So was hofft man natürlich als Kind.»

«Wie lange dauert so eine Wanderung?»

«Oh, mehrere Monate, manchmal sogar ein halbes Jahr. Ein Walkabout ist zugleich eine Erkundung der eigenen Seele. Und Zeit spielt für die Aborigines sowieso keine große Rolle, schon gar nicht als lineares Konzept. Sie wird eher spiralförmig erlebt.»

«Du glaubst, unser Vater wollte seine Seele erkunden?»

«Pekka, ich habe keine Ahnung. Aber ich bin mir ziemlich sicher, dass er in die Steppe gegangen ist.»

«Dort könnte er auch in Lebensgefahr geraten sein.»

«Ausgeschlossen ist das nicht.»

Wir verabschieden uns von Sunday und gehen zurück zum Hotel. War ja klar, dass einer wie unser Vater Lust auf einen Walkabout hat, ob nun als Heiratsvoraussetzung oder einfach so. Immer an einem Ort bleiben und die Hände in den Schoß legen konnte der nicht.

«Und wenn wir auch auf Wanderung gehen?», frage ich Esko und Sari in der Hotellobby.

«Für ein halbes Jahr? Träum weiter!», sagt Sari.

«Ich glaube, ich sollte meine Patienten nicht mehr allzu lange im Stich lassen», murmelt Esko.

«Und ich muss die wildgewordene Bande zu Hause zähmen», sagt Sari.

«Ich meine gar nicht für ein halbes Jahr. Guckt mal, hier

liegen Prospekte für Tagestouren. Da würden wir zumindest einen kleinen Eindruck von dem kriegen, was unser Vater erlebt hat. Gleichzeitig lernen wir was über die Kultur unserer Schwester.»

«Stopp. Ich muss nur einmal in Ronna einkaufen gehen, und ich kriege einen Eindruck von dreißig Kulturen. Ich glaub, da brauche ich im Moment keine einunddreißigste, sorry», sagt Sari.

«Wir könnten es doch Sunday zuliebe tun.»

«Pekka, meine Kinder sind zur Hälfte serbisch, somalisch und weiß der Geier was noch, und ich liebe sie, auch ohne in ihren Herkunftsländern rumgewandert zu sein. Ich muss nicht wissen, auf welchen Ukulelen die Aborigines bei Vollmond spielen, um Sunday zu mögen, verstehst du?»

Esko scheint etwas sagen zu wollen, lässt es aber bleiben. Was soll's, es ist sowieso längst Schlafenszeit, und Sari scheint Ruhe dringend nötig zu haben.

Auf unserem Zimmer fahre ich meinen Laptop hoch, da ich noch für ein Skype-Gespräch mit den Kindern verabredet bin. Sie sind gerade bei meiner Mutter zu Besuch.

Meine Große sitzt schon bereit.

«Na? Wie schön, dich zu sehen! Wie geht's, wie steht's?», frage ich.

«Gut», sagt sie.

«Fein, und wie läuft's in der Schule?»

«Ganz okay.»

«Na, das ist doch schon mal was, und wie ist bei euch das Wetter?»

«Auch gut.»

«Und was hast du heute so gemacht?»

«Och, nichts Besonderes.»

«Irgendwas hast du doch bestimmt gemacht?»

«Hm. Fällt mir grad nicht ein.»

Die Distanz zwischen ihr und mir entspricht ziemlich genau der Entfernung Alice Springs – Helsinki. Im Hintergrund versucht meine Mutter, meinen Sohn vor den Bildschirm zu locken. Nach ein paar Sekunden erscheint eine kleine Hand mit einer Lokomotive.

«Toll! Die ist neu, oder?», frage ich.

«Ja», sagt mein Sohn.

«Und woher hast du die?»

«Von Jarkko.»

«Prima.»

Der neue Mann von Tiina.

Als Nächstes zeigt er mir einen Esslöffel, anschließend einen Schuh, ein Stück Seife und einen Werbekatalog. Dann ist Schluss mit der Vorstellung, er hat was Besseres zu tun.

Auch meine Große scheint genug zu haben.

«Okay, tschüss, Papa.»

«Tschüss. Papa vermisst euch.»

«Ja. Bis dann.»

Meine Mutter verabschiedet sich ebenfalls. «Pass gut auf dich auf, Pekka. Wie läuft es denn dort?»

«Sehr gut.»

«Deinen Vater habt ihr nicht gefunden?»

«Nein.»

«Na dann, viel Spaß noch und gute Rückreise.»

Wenn man nicht zu viel erwartet, können Skype-Telefonate ein kleines Trostpflaster gegen die Sehnsucht sein. Die Lok, den Löffel, den Schuh, die Seife und den Katalog hätte ich ohne Skype nicht zu sehen bekommen.

Als ich mich nach dem Zähneputzen ins Bett lege, fragt Esko: «Kann man das eigentlich auch zwischen anderen Länderkombinationen benutzen?»

«Du meinst Skype? Logisch. Wo willst du denn anrufen?»
«In Thailand.»
«Wow! Super.»
«Bitte keine Kommentare. Ich möchte nur wissen, ob es technisch möglich ist.»
«Aber klar. Ich zeig dir morgen, wie das geht, du kannst gern meinen Laptop benutzen.»
«Danke, Pekka.»
«Kein Ding. Gute Nacht.»

ESKO

Ein komisches Gefühl ist das. Ich kriege es gar nicht genau zu fassen. Sehnsucht? Heimweh? Jedenfalls habe ich die ganze Zeit Nele im Kopf und kann nicht einschlafen. Pekka schnarcht schon leise vor sich hin. Diese tolle Thailänderin! Toll? Seltsam, ein so überschwengliches Wort zu gebrauchen. Bisher war in meinem Leben nichts sonderlich toll. Also, wenn man sich meine Möbel, mein Essen, meinen Bekanntenkreis anschaut.

Und jetzt kenne ich diese Nele, und das Wort kommt mir gar nicht mehr übertrieben vor. Sie *ist* einfach toll! So sehr, dass sie mich über eine große Entfernung hinweg vom Einschlafen abhält. Ich versuche, an zahnmedizinische Inhalte zu denken und nicht an Nele. Trotzdem lande ich bald wieder bei ihr: Ich sehe sie genau vor mir, wie sie mir assistiert und wir dabei ein perfektes Team bilden. Hoffentlich kann ein Skype-Telefonat meine Sehnsucht etwas lindern.

Den Vorschlag von Pekka fand ich gar nicht so verkehrt, mich würde ein Ausflug ins Buschland durchaus interessieren. Denn ich muss zugeben, dass sich mein Leben mit jeder neuen Reiseetappe verbessert hat. Allerdings bin ich auch von einer eher niedrigen Ausgangsbasis gestartet. Was wohl eine sechsmonatige Wanderung durch die Wildnis für eine Auswirkung hätte? Ohne jegliche Ausrüstung? Ich habe mich nicht getraut, Sunday zu fragen, ob man eine Zahnbürste mitnehmen darf. Wahrscheinlich ist das im Konzept nicht vorgesehen. Wenn es darum geht, sich selbst zu begegnen, würde man also auf alle Fälle schon mal erheblichen Zahn- und Zahnfleischproblemen begegnen.

Irgendwann muss ich schließlich doch eingenickt sein. Saris Klopfen an unserer Tür reißt mich aus dem Schlaf. Ich ziehe mir schnell etwas über; mit nacktem Oberkörper möchte ich mich ihr dann doch nicht zeigen, auch wenn sie meine Schwester ist.

«Guten Morgen, Jungs!», trötet sie. «Und sorry wegen gestern. Ich war einfach groggy. Eigentlich finde ich Pekkas Idee gar nicht übel. Und falls ich den australischen Busch doof finde, weiß ich wenigstens, warum. Zumindest kann ich danach ein bisschen mitreden. Mein serbischer Ex war immer total beeindruckt, wenn ich auf Serbisch geflucht habe.»

Pekka lächelt zufrieden. «Und du, Esko?»

«Ehrlich gesagt, hab ich schon beim Einschlafen gedacht, dass es ein schöner Ausflug werden könnte. Wo wir schon mal hier sind.»

ESKO

Eine halbe Stunde später wedelt Pekka uns mit Tickets für den nächsten Tag vor der Nase herum. Ein Zwölf-Stunden-Paket im sogenannten Outback, mit allem Drum und Dran. Wo kriegt er die so schnell her? Diese Leichtigkeit, mit der er alles organisiert, hat mich von Anfang an auch ein wenig gewurmt.

Im Studium konnte ich diese Leute nicht leiden. Alles fällt ihnen zu! Beziehung, Tanzen, mit Fremden reden, mit Freunden reden, Sexualität, Toleranz, alles ist einfach. Und ich schaue dumm zu. Das Einzige, was für mich leicht ist, ist betäuben und bohren. Allerdings weiß ich auch, warum das so ist. Meine Pflegeeltern waren sehr distanziert und förmlich, für Spontaneität gab es keinen Raum. Woher hätte ich es also lernen sollen?

Wenn ich ehrlich bin, beneide ich Pekka. Wenn man sich über jemanden ärgert, steckt in Wirklichkeit oft Neid dahinter. Darauf, dass der andere sich traut, anders zu sein, als man es selbst ist. Man erträgt Anderssein meistens nur in einem engen Rahmen. Das zeigt auch unsere Reise: Wir waren in Lieksa, Södertälje, Thailand und Australien, und es ist überall mehr oder weniger dasselbe. «Wer war zuerst hier? Hier ist nur Platz für einen!» Sogar bei Pekka in der Wohnung haben die Kinder sich um den großen Lehnstuhl gestritten. «Ich saß zuerst drin!» Dabei ist, wenn es um Land geht, immer massig Platz. In Lieksa und Australien würden Einheimische und Roma, Aborigines und Einwanderer gut zusammenleben können, wenn sie sich gegenseitig respektierten.

Zurück zu Pekka. Ich versuche also, seine Stärken und

Schwächen zu akzeptieren. Das ist ein guter Anfang. Wenn es weiter so ginge, hätten wir womöglich bald Ruhe im Nahen Osten. Ha.

ESKO

Um fünf am nächsten Morgen sammelt der Bus uns vor dem Hotel ein. Zur Begrüßung gibt es ein Frühstückspaket, bestehend aus einem Sandwich und Saft. Der Saft enthält zu viel Zucker, das könnte man noch verbessern.

Unsere beiden Reiseleiter heißen James, er ist Brite, und Catherine, sie ist halb Aborigine, wie unsere Schwester. Sie versprechen uns einen großartigen Tag, wenn nicht den besten unseres Lebens. Bei jemandem wie mir haben sie da durchaus Chancen, so viele gute gab es bisher nicht.

Eigentlich bin ich ganz schön müde. Ich habe die halbe Nacht mit Nele gesprochen, dabei kann ich sonst maximal drei Minuten mit anderen sprechen. So lange braucht es, um einem Patienten die Behandlungsschritte zu erklären. Und jetzt habe ich gleich mehrere Stunden mit Nele geredet, sogar auf Englisch, mit begrenztem Wortschatz. Trotzdem sind uns die Themen nicht ausgegangen, auch über die Zahnmedizin hinaus! Wie von selbst habe ich ihr dabei eine Menge Persönliches anvertraut. Bislang habe ich mich von allzu heiteren Menschen ferngehalten, aber bei Nele stört mich ihre positive Energie kein bisschen. Auf einmal fühle ich mich sogar selbst voller starker Gefühle. Was hat diese Frau nur mit mir angestellt?

PEKKA

Wir fahren durch weites, leeres Land, um uns herum nichts als Sand und Büsche, ab und zu eine Viehherde. Wir Finnen schauen manchmal auf Länder wie Belgien und denken dann, Finnland sei groß. Hier kann eine einzige Farm so groß sein wie Belgien.

Unser erster Halt liegt im Nationalpark Kata Tjuta, für Aborigines ein heiliges Gebiet. Zeit, ein paar tolle Aufnahmen zu machen – man muss doch auf Facebook was zu erzählen haben.

James berichtet von der Ankunft der Europäer in Australien und den fatalen Folgen für die Aborigines, die die Neuankömmlinge zunächst offen aufgenommen hatten. Hundert Jahre später war die Zahl der Ureinwohner um neunzig Prozent gesunken.

«Erinnert mich irgendwie ans Sozialamt Södertälje», flüstert Sari mir zu. «Die sind auch offen für alle, und später hat man den Salat. Manchmal lohnen sich Vorurteile gegenüber Neuen eben doch.»

Wir bekommen eine Dreiviertelstunde Zeit, die Gegend zu erkunden, und klettern mit den anderen Touristen im Gänsemarsch einen Pfad hinauf. Ein paar Schlaue haben sich Hüte mit Schleiernetz mitgebracht, die anderen – wir eingeschlossen – wedeln sich lästige Insekten vom Hals, und das bei vierzig Grad. Schon eigenartig, dass man sich auch um entlegene, klimatisch herausfordernde Länder wie Australien oder Finnland so gestritten hat. Allerdings kämpften Russland und Finnland auf gleichem Niveau, während die Aborigines und die Briten absolut ungleich ausgestattet waren. Die Ureinwohner kannten keine Schusswaffen.

«Hey, hier gibt's ja nichts als Steine und Wüste. Kommt, wir gehen zurück», stöhnt Sari irgendwann.

Wir sind nicht die Einzigen, die vor der Zeit wieder im klimatisierten Bus sitzen.

Seltsam. Da wollen wir alles erkunden und erfühlen, und es regt sich rein gar nichts. Die Aborigines dagegen lebten hier sechzigtausend Jahre lang im Einklang mit der Natur. Für uns gibt es hier nichts weiter als ein paar Felsformationen und Sand. Wieso haben die Europäer dieses Land den Ureinwohnern dann überhaupt weggenommen? Darüber hat unser Vater garantiert auch nachgedacht. Und ich bin mir sicher, dass er die Wanderung ganz im Geist der Aborigines angetreten hat. Er wollte niemanden verdrängen. Ich schätze, unser Vater ist ein ziemlich guter Typ.

Es gibt übrigens ein Riesenproblem. Auf einem ganz anderen Sektor. Meine Zahnschmerzen sind wieder da, schlimmer denn je. Und die nächste Praxis liegt meilenweit entfernt. Was rede ich da, *alles* Zivilisatorische liegt meilenweit entfernt.

ESKO

Das Mittagessen gibt's im Bus. Frisch gestärkt, geht es zu einem kleinen «Survival-Training» mit Catherine. Wir marschieren zu einem Unterstand, der uns vor der Sonne schützt. Die junge Frau erzählt, wie die Männer auf einem Walkabout Wasser und Nahrung fanden. Ich bin gespannt. Viele Männer können sich auch mitten in der Stadt, umgeben von Supermärkten und gut ausgestatteten Küchen, kaum selbst versorgen. Wobei auch ich kein gutes Beispiel abgebe, mit meiner täglichen Fertiglasagne.

Catherine zeigt uns, wie man anhand von Steinen nach Wasser suchen kann. Bestimmte Steinarten leiten Wasser gut weiter, und anhand der Furchen auf der Unterseite sieht man, in welche Richtung man gehen muss. Auch Kängurus sollte man folgen, denn wo sie sich befinden, kann auch Trinkwasser nicht weit sein. Seine Nahrung hat der wandernde Ureinwohner sich mit einem Speer erjagt, das lernte er von Kindesbeinen an. Gegessen wurde das Fleisch von Kängurus, Vögeln und größeren Reptilien.

Auch der Erdboden ist voll von Essbarem, selbst wenn wir spontan behaupten würden, dass dort außer Staub und Gestrüpp nichts zu finden ist. Doch Catherine zeigt uns Beeren, Wurzeln und Blätter, gerade die Beeren enthalten oft mehr Vitamine als eine Apfelsine – in einem einzigen winzigen Exemplar.

«Aber die wichtigste Nahrungsquelle kommt erst noch», sagt sie lächelnd. «Wer hat schon mal was von der Witchetty-Made gehört?»

Einige melden sich. Eine Frau erinnert sich an eine Realityshow im Fernsehen, bei der ein paar Prominente die Maden essen mussten. Was die Leute nicht alles tun, um im Gespräch zu bleiben. Catherine führt uns zu einem Strauch und drückt zwei Männern einen Spaten in die Hand. Unter der Erdoberfläche kommen haufenweise weiße Viecher zum Vorschein. Catherine wischt von einem die Erde ab, steckt sich das Tier in den Mund und kaut.

«Das ist die wichtigste Proteinquelle hier draußen, man kann die Maden roh und auch gegrillt genießen. Möchte jemand probieren?»

Ich weiche einen Schritt zurück, Pekka und Sari ebenfalls. Aber wie immer gibt es ein paar Verrückte, die alles ausprobieren müssen.

«Ganz okay, no big deal», meint ein junger Mann, nachdem er eine Made hinuntergewürgt hat. «Schmeckt fast ein bisschen nach Mandeln.»

Wir gehen zurück zum Unterstand, wo Catherine uns medizinisch wirksame Blätter und Wurzeln vorstellt. Für mich natürlich sehr interessant, auch wenn ich ein Anhänger der Schulmedizin bin. Aber oft sind die uralten Methoden erstaunlich wirkungsvoll. Die Aborigines kannten Kräuter zur Wundheilung, Fiebersenkung, gegen Schmerzen und noch gegen etliches mehr.

Jemand liest meine Gedanken und stellt die Frage schneller als ich: «Gibt es hier im Busch auch etwas für die Zahnpflege?»

Catherine antwortet klug: «Richtig, Zahnbürsten hatte man natürlich nicht. Aber das war erfreulicherweise kein Problem, denn die Ureinwohner nahmen keinen Zucker zu sich. Außerdem war die Nahrung unprozessiert, also vollkommen naturbelassen, weshalb man kräftig kauen musste. Das wiederum produziert eine Menge Speichel, wodurch die Zähne gut geschützt waren.»

Da sieht man's mal wieder. Die Probleme, die ich zu Hause Tag für Tag beackere, haben die Menschen selbst herbeigerufen.

Auch Pekka hat eine Frage. «Gibt es eine Pflanze gegen Zahnschmerzen?»

«Mehr als nur eine. Hier nur ein Beispiel. Das ist die Beere des Alstonia constricta, und dieser Busch enthält reichlich Chinin. Die Beere kann man wie eine Lutschpastille verwenden, sie lindert die Schmerzen sehr schnell. Außerdem galt sie als Verhütungsmittel. Wenn du also schwanger werden willst, lieber nicht zu lange lutschen.»

Alle lachen.

Die Einführung ist beendet, es gibt Applaus für Catherine. Beeindruckt gehen die Leute zurück zum Bus.

Ich beschleunige meinen Schritt, um Pekka einzuholen, der vor mir läuft.

«Du hast Zahnschmerzen, stimmt's?», frage ich.

«Und wie. Ich leide Höllenqualen.»

«Ich hab dich gewarnt. Und dir in Thailand eine Behandlung angeboten.»

«Ja, das hast du. Aber jetzt sind wir hier. Kannst du mir irgendwie helfen?»

«Siehst du irgendwo eine Zahnarztpraxis?»

«Esko, mir ist jetzt nicht nach Sprüchen zumute. Dummerweise hab ich die Schmerztabletten im Hotel gelassen. Vielleicht sollte ich es tatsächlich mit dieser Beere probieren.»

«Hast du der Frau eben zugehört?»

«Klar, worauf willst du hinaus?»

«Die Aborigines haben sich so ernährt, dass es erst gar nicht zu größeren Problemen kommen konnte.»

«Herzlichen Dank, Esko.»

PEKKA

Weitere Vorhaltungen von meinem Zahnarztbruder? Bitte nicht! Das hilft mir nicht weiter. Um vom Thema abzulenken, schlage ich vor, ein Geschwister-Selfie zu machen, überraschenderweise sind beide hellauf begeistert. Als ich versuche, das Bild an Fai zu verschicken, ist der Empfang zu schwach. Interessant. Alle Welt will aus dem Hamsterrad raus und nach Down Under, aber von den sozialen Netzwerken abgeschnitten zu sein, das schmerzt dann doch.

Unser nächstes Ziel erreichen wir am frühen Nachmittag: den dreihundert Meter hohen Ayers Rock, der einen Umfang von fünf Kilometern hat. Stolz thront er in der endlosen Weite. Die Ureinwohner nennen ihn Uluru, und da wir hier auf ihren Spuren wandeln, benutzen auch wir diesen Namen.

Wenn mehr Zeit wäre, müsste man diesen majestätischen Felsen unbedingt zu Fuß umrunden. In die Tagestour passt das zeitlich leider nicht rein, also karrt der Bus uns einmal im Kreis um das Naturwunder herum. An besonders attraktiven Stellen wird für ein kurzes allgemeines Fotoshooting angehalten.

Zuletzt machen wir vor einer Höhle halt.

«Wir bitten euch, die Kameras dieses Mal im Bus zu lassen», sagt Catherine. «Diese Felsvertiefung ist ein heiliger Ort der Frauen, weshalb keine Fotos davon in Umlauf gebracht werden sollen, schon gar nicht an männliche Betrachter.»

James übernimmt das Wort und erzählt, dass es sich bei diesem Ort um eine Fruchtbarkeitshöhle handelt. Wollte eine Frau schwanger werden, ist sie hierhergekommen und hat seelischen Kontakt zu ihren weiblichen Vorfahren aufgenommen.

«Allerdings wüsste ich da auch noch eine andere Methode, um schwanger zu werden», fügt James hinzu, grinst und erntet ein paar Lacher.

Mir bleibt das Lachen im Hals stecken. Ich schaue zu Catherine, die sich, ihrer Körpersprache nach zu urteilen, ebenfalls unbehaglich fühlt. Kein Wunder, wenn der Kollege Witze über die eigenen Vorfahren macht. Ich vermute, dass James' derber Humor so was wie Selbstschutz ist. Es muss anstrengend sein, in diesem Job zu arbeiten, wenn ausgerechnet die eigenen Landsleute den Mist hier verbockt haben. Als Brite zahlt er in diesem Land einen hohen Preis für die viele Sonne und die schöne Umgebung. Ich wäre da wohl lieber im nasskalten europäischen Klima geblieben.

Während wir wieder in den Bus einsteigen, passe ich Catherine ab und teile ihr meine Ansicht zu James' Spruch mit. Sie ist zu loyal, um schlecht über ihren Kollegen zu sprechen, sagt jedoch, dass es manchmal nicht leicht sei, zwischen ihrer Herkunftskultur und dem europäischen Blick zu vermitteln.

«Und viele Leute sind leider ziemlich respektlos. In der Tat verwalten wir ja nur noch die Vergangenheit, die ursprüngliche Kultur der Aborigines ist tot. Die Leute machen Selfies, kaufen im Shop ein Souvenir, das war's. Trotzdem verletzt es die Nachfahren, wenn die Touristen und die weißen Australier keine Rücksicht auf heilige Orte nehmen.»

«Bei uns gibt's das Sprichwort ‹In jedem Land nach Landessitte›. Daran sollte man sich orientieren.»

«Das ist leicht gesagt. Wem gehört dieses Land? Die Sitten der Ureinwohner und der Weißen sind grundverschieden. Die Weißen schauen nur nach vorne, wollen alles verändern und effizienter machen, sind zukunftsorientiert. Meine Vorfahren dagegen wollten die Dinge so bewahren, wie sie sie von ihren Eltern in Empfang genommen haben. Sie waren vergangenheitsorientiert.»

Keine leichte Situation. Da stehen sich ja bei uns die Rechtspopulisten und die Linksliberalen näher. Immerhin haben sie vermutlich dasselbe Zeitverständnis.

Ich kann bestens nachvollziehen, dass man die Natur unberührt lassen will. Sie ist überall auf der Welt unbegreiflich schön. Spinnennetze sind zäh wie Klebstoff, der Zahn eines Hais repariert sich selbst binnen weniger Minuten, und ein Marienkäfer kann seine Flügel besser verpacken als jeder Vielreisende seine Kleidung im Koffer.

Der Tag steuert auf den Service-Höhepunkt zu: Catherine und James bauen im Schatten des Busses einen Grill und Klappstühle auf. Zum Fleisch und Gemüse gibt es Sekt für alle. Wir genießen das leckere Essen und unterhalten uns mit dem italienischen Pärchen, das neben uns sitzt. Die Frau kann nicht glauben, dass ihr Mann sich in seiner Jugend in Finnland aus einer hundert Grad heißen Sauna heraus in den Schnee gestürzt hat, bei minus dreißig Grad Außentemperatur. Wir erklären ihr, dass das ein normales nationales Wintervergnügen ist, das jedem Finnlandbesucher gern angeboten wird. Wenn ich's mir recht überlege, haben wir daheim durchaus auch unsere alten Traditionen.

Als die Sonne hinter dem Uluru untergeht und dieser von einem silbrigen Weiß überstrahlt wird, klingelt mein Handy. Es ist mein Chef. An dieser Stelle reicht der Empfang also leider aus.

«Hey Pekka, wie steht's mit eurem Teambeitrag? Die anderen haben mir schon so manche hübsche Idee geliefert, jetzt warte ich nur noch auf dich und Suvi. Hast du gerade einen Moment? Die Kundenpräsentation rückt näher.»

Ich räuspere mich. «Klar.»

«Prima, dann schieß los.»

Ach du Scheiße.

«Also, ich habe über den hohen Leuchtpfahl von ABC nachgedacht, der vor jeder Tanke steht und so was wie ein Wahrzeichen ist. Der ersetzt stellenweise den Kirchturm, würde ich sagen, möglicherweise die Kirche selbst. Das ist die eine Idee. Die andere knüpft direkt daran an, nämlich dass das Reisen eine spirituelle Reise zu sich selbst ist und die Rast bei ABC einem dabei hilft, sich selbst zu finden. Dazu gibt's dann noch ein stärkendes Schnitzel. Also, dass das ABC auch ein Alphabet des guten Lebens ist, eine Wohltat für Körper und Seele.»

«Hm. Hat durchaus Potential.»

Esko und Sari blicken sich irritiert zu mir um, ich trete ein Stück beiseite und improvisiere weiter. «In den letzten Tagen habe ich intensiv darüber nachgedacht, wie der Mensch eigentlich ist, also tief im Innern. Nehmen wir zum Beispiel die australischen Aborigines. Die haben Zehntausende von Jahren im Einklang mit ihrer Umgebung gelebt und eine spirituelle Beziehung zu ihr gepflegt. Ich frage mich, ob man diese Beziehung nicht auf die heutige Zeit übertragen kann. Zugespitzt: Wieso sollte ich mich nicht auch durch das Bonuspunktesystem an der Kasse sicher und aufgehoben fühlen können? Das sind die Zugehörigkeiten der Jetztzeit, das Prinzip dahinter ist dasselbe.»

Ich habe in meinem Job schon etliche Male Mist gelabert, wenn ich auf dem falschen Fuß erwischt wurde, aber das hier toppt alles.

Mein Chef sieht das zum Glück anders. «Pekka, das sind

super Ideen. Kannst du morgen vorbeikommen und mir das noch mal im Detail vorstellen?»

«Morgen? Ähm, ich arbeite doch gerade im Homeoffice-Modus.»

«Na und?»

«… kennst du den Ayers Rock?»

«Selbstverständlich! Da waren wir mal vor Urzeiten, als in der New Economy noch Geld in den Kassen war! Ein Trip für alle Chefs und Teilhaber.»

«Prima. Also, da bin ich gerade. Das Ding steht genau vor meiner Nase.»

Ich warte auf den Anschiss, höre aber nur Stille.

Die Leitung ist unterbrochen. Ich versuche zurückzurufen, doch der Empfang reicht nicht mehr aus.

Ich atme tief durch und konzentriere mich auf das Naturschauspiel vor mir. Magischer Stein vor glühendem Abendhimmel.

Reisen ist genial. Ich bin erst wenige Tage in Australien, und schon hat meine Perspektive sich erweitert. Dies ist nicht nur das Land der Kängurus, der Surfer, der Haie und Giftschlangen, das Land, in dem der Wasserstrudel im Waschbecken andersherum abläuft und die Sonne mittags im Norden steht. Nein, künftig werde ich Australien auch mit seinen Ureinwohnern assoziieren.

Im Vergleich zum Outback ist Lappland dicht besiedelt. Obwohl hier genug Raum wäre für viele und damit auch für viele Lebensweisen, hat man die Urbevölkerung verdrängt und ausgerottet. Das ist traurig.

Im Dunkeln geht's zurück nach Alice Springs. Unterwegs gibt es den letzten Programmpunkt. Mitten auf der einsamen Straße hält unser Bus plötzlich an, James stellt den Motor ab. Das Scheinwerferlicht bleibt an. Wir sollen aussteigen und uns in einer Reihe auf die warme Straße legen. Ich liege zwischen Esko und Sari. Als alle vierzig Teilnehmer einen Platz gefunden haben, macht James das Licht aus. Catherine bittet uns, in den Himmel zu schauen.

Noch nie habe ich so viele Sterne gesehen. Die Milchstraße leuchtet geradezu. Über uns glimmt die Weite der Nacht, unter uns wärmt ein Rest Sonne im Asphalt den Rücken.

Esko sagt als Erster etwas: «Bei so einem Anblick gehen einem große Fragen durch den Kopf.»

«Welche zum Beispiel?»

«Na, ob es vielleicht ein Leben nach dem Tod gibt.»

Sari trötet von links: «Bitte nicht, mir reicht schon dieses eine Leben voll und ganz!»

Mich interessiert Eskos Gedanke: «Bist du schon zu einem Ergebnis gekommen?»

«Für mich persönlich halte ich das für äußerst unwahrscheinlich.»

«Und wieso?»

«Weil ich auch *vor* dem Tod kein Leben hatte. Oder habe.»

Ist das jetzt sein Ernst oder ein Witz? Zum Glück korrigiert er sich selbst.

«Halt, seit kurzem *habe* ich ein Leben. Seit ich euch kenne. Ohne euch beide würde ich mich hier unter der Milchstraße sehr verloren fühlen. Danke, dass ihr da seid.»

«No worries.»

«No worries.»

ESKO

Vor einer Woche wäre mir das noch lästig gewesen, diese Sache mit der Pause auf dem Asphalt. Diese Zeit könnte man besser verwenden, hätte ich gedacht. Ja, für Zahnpflege oder um den nächsten Arbeitstag vorzubereiten. Aber jetzt ist es gut so, wie es ist. Einfach friedlich in den Himmel schauen.

Unser Vater ist sicher oft so eingeschlafen. Bestimmt hat er vorher manchmal an uns gedacht. Ist schon beeindruckend, wo er überall gewesen ist. Ich habe mir solche Schritte nie zugetraut. Stattdessen hab ich mein Leben lang nur entzündetes Zahnfleisch, Taschen, Löcher und kaputten Zahnschmelz gesehen. Diese Reise ist das Beste, was ich bisher gemacht habe. In Anbetracht meines Alters ist das nicht viel, aber immerhin ein Anfang. Ich bin in guter körperlicher Verfassung, vielleicht habe ich noch dreißig Jahre vor mir. Fange ich also an, meine Zeit zu genießen, statt einfach nur aufs Ende zu warten. Vielleicht lässt sich das sogar zusammen mit einer Frau gestalten. Aber halt, eins nach dem anderen. Wie sagen wir noch? Erst bohren, dann füllen. O je, über mir leuchten die Sterne, ich denke an Nele – und mir fallen trotzdem nur Weisheiten aus der Zahnmedizin ein.

PEKKA

Am nächsten Morgen erholen wir uns von dem ausgedehnten Trip bei einem späten Brunch mitten in Alice Springs. Auch wenn der Ausflug mit seinen vier Mahlzeiten bestimmt nicht dem entspricht, was unser Vater erlebt hat, so hat der Tag uns doch die Augen geöffnet.

Draußen sitzen um einen hohen Baum versammelt mehrere Aborigines und erzählen sich Geschichten. Das haben sie seit Urzeiten getan. Irgendwann ist plötzlich eine Stadt um sie und den Baum herum entstanden. Auch der Alkohol kam von außen dazu. Ein bisschen viel Veränderung, die die Weißen hier reingebracht haben. Wie hätte sich die Kultur der Aborigines ohne unseren Einfluss weiterentwickelt? Wir sind über ein paar Hungersnöte, die Reformation, die Dampfmaschine, zwei Weltkriege und den Wäschetrockner beim Internet und digitalen Filmschnipseln mit pfeifenden Meerschweinchen angekommen.

An welcher Stelle dieser Kette steht eigentlich die ABC-Tankstelle? Mist, das unterbrochene Telefonat mit meinem Chef! Er fand meine Ideen doch so vielversprechend. Dabei habe ich mich bloß von meinen Erlebnissen inspirieren lassen.

Die Frage ist, ob der Autofahrer am ABC-Buffet dieselbe Erfüllung finden kann wie ein Aborigine, der ans «geistige Buffet» der überlieferten Geschichten tritt. Die Aborigines nennen die Zeit der Erdentstehung «Traumzeit». Aus dieser sind ihre Vorfahren irgendwann erwacht und haben die Welt so eingerichtet, wie die Aborigines sie kennen.

Was ist die Traumzeit der Europäer? Die Zeit vor unserer eigenen Geburt? Die Zeit vor den Tankstellen? Lässt sich die ABC-Kette mit dem Gedanken der Traumzeit verbinden? Dass die Tankstellenkette aus etwas Gutem heraus entstanden ist und zu etwas Gutem hinführt? «ABC und D – Dreamtime». Oder einfach «ABC, Time for Dreams». Ich notiere meine Gedanken und lasse sie im Hinterkopf weiterarbeiten.

Abends sind wir bei Sunday zum Essen eingeladen. Sie wohnt mit ihrer Familie in einem weißen Einfamilienhaus ein Stück außerhalb der Stadt.

Ihr Mann öffnet uns. Er trägt eine Küchenschürze und begrüßt uns herzlich. Hinter ihm lugen neugierig ein Junge und ein Mädchen um die Ecke, halten jedoch gebührlichen Abstand. Sehr verständlich, wenn fremde Leute plötzlich Onkel und Tante sein sollen.

Sunday führt uns durchs Haus. Im Wohnzimmer hängt ein Gemälde von einem Mann mit Cowboyhut und einer Aborigine-Frau, gemeinsam auf einem Pferd sitzend.

«Ich hab es nach diesem Foto hier malen lassen», sagt Sunday und zeigt uns eine verblichene Aufnahme. «Hat Arvo mir geschickt. Meine Eltern.»

Das Paar sieht glücklich aus. Sie fuhlen sich stark, führen eine Beziehung über Grenzen hinweg, lassen sich ihre Liebe nicht verbieten. So jedenfalls möchte ich es sehen.

Saris Einschätzung ist eine andere: «Jeder denkt irgendwann mal, jetzt hat man den Richtigen, mit dem man in den Sonnenuntergang reitet. Und am Ende geht's trotzdem in den Arsch.»

Sunday kann zum Glück kein Finnisch, und meine englische Version klingt wesentlich freundlicher. «Sari sagt, dass leider nicht immer alles so gut endet, wie es anfängt.»

Sunday nickt.

Eins wird mir klar: Die Dolmetscher der Staatschefs sind

für den Weltfrieden extrem wichtige Leute. Sie können, wie ich eben, den Ton einer Aussage sanfter klingen lassen. Und das ist auch in Ordnung so, denn am Ende wollen wir doch alle dasselbe. Liebe und Frieden.

ESKO

Plötzlich ist Sunday mit Pekka und Sari irgendwo im Haus verschwunden, und ich bleibe mit ihrem Mann allein. Überraschenderweise macht mir das gar nicht mehr so viel aus. Und Shaun ist zum Glück Arzt, da findet sich immer Gesprächsstoff. Er arbeitet in einem Reservat für Aborigines, fast eintausend Kilometer von hier entfernt. Das ist ein anderer Alltag als meiner mit den wohlhabenden Zahnpatienten.

Ehe er Sunday kennenlernte, arbeitete er in einer Privatklinik in Sydney und hatte kaum Ahnung davon, wie Australien mit seinen Ureinwohnern umging. Er lebte in einer Art Blase und verarztete Menschen, die ebenfalls in einer Blase lebten.

Shaun ist dankbar, dass Sunday ihm die Augen geöffnet hat. Und er freut sich darüber, wenn Sunday sich freut: «Meine Frau ist sehr dankbar dafür, dass ihr sie kontaktiert habt.»

«Prima. Der Familienzuwachs – oder wie soll ich das nennen? – hat auch mein Leben positiv verändert.»

«Für meine Frau gilt das absolut genauso. Sie zeigt ihre Emotionen nur nicht direkt.»

«Das klingt sehr finnisch. Möglicherweise hat sie das sogar von ihrem Vater geerbt.»

«Kann schon sein. Jedenfalls hat sie immer darunter gelitten, von beiden Familienzweigen abgeschnitten zu sein.»

«Sunday geht davon aus, dass unser Vater tot ist?»

«Ich glaube, sie hat Angst vor beidem: dass er tot ist – oder dass er lebt. Deshalb hat sie nie genauer nachgeforscht. Und eine dritte Möglichkeit gibt es ja nicht.»

«Wohl nicht. Wobei ich während dieser Reise gedacht habe, dass ich mich bisher wie tot gefühlt habe, obwohl ich laut Ausweis am Leben bin.»

«Auf mich wirkst du anders. Lebendig.»

«Ja?» Ich muss lächeln.

Die anderen kommen zurück in die Küche. Aus alter Gewohnheit schalte ich schnell auf ernst, als würde ich mich nicht mit einem Lächeln erwischen lassen dürfen.

«Na, worüber habt ihr gesprochen?», fragt Sunday.

«Arztgeschichten», sagt Shaun und macht eine wegwerfende Handbewegung.

Wir decken den Tisch drinnen; obwohl es schon sechs Uhr ist, glüht die Sonne draußen noch zu sehr. Wir haben uns viel zu erzählen – wer wir sind, woher wir kommen, was wir wollen.

Sundays Familie ist super. Huch, jetzt benutze ich eins der Worte, mit denen Pekka immer um sich wirft. Aber es stimmt nun mal, auch ihre beiden Kinder sind toll. Auf einmal wird mir klar, dass ich während meiner Reisen zum achtfachen Onkel geworden bin. Jetzt gibt es auch in meinem Leben Menschen, denen ich Postkarten schicken und zum Geburtstag gratulieren kann, die ich vermissen kann.

Sari hat vor ein paar Tagen erzählt, sie glaube, über uns allen läge eine Art Fluch, und niemand von uns könne ein stabiles Familienleben aufbauen. Sunday und ihre Familie entkräften diese Theorie. Zum Glück.

Sunday sagt, wie dankbar sie für die Begegnung mit uns sei; bisher hätte sie keinen einzigen Verwandten gehabt. Ich weiß genau, was sie meint und wie sich das anfühlt. Wer bei einer Pflegefamilie oder im Heim aufwächst, kennt seine Wurzeln nicht, und das tut weh. Ich wollte das lange nicht wahrhaben, doch irgendwann konnte ich das nicht mehr verleugnen.

PEKKA

Vieles ist noch ungeklärt. Wir wissen immer noch nicht alles über unseren Vater, zum Beispiel das Detail, ob er lebt oder nicht.

Aber wir wissen jetzt, dass er aus Thailand wieder zurückgegangen ist nach Australien und in Arvos Umfeld in Sydney gelebt hat. Und nach dem Wirbelsturm und seiner persönlichen Tragödie nach Darwin umzog.

«Bist du mal in Darwin gewesen?», frage ich Sunday. Sie wurde dort geboren und hat ihre ersten Lebensjahre dort verbracht.

«Ich habe mich nicht getraut», sagt sie.

«Weißt du, wo genau die Finnen dort gelebt haben?»

«Ich nicht, aber Arvo bestimmt.»

Nach einem Anruf bei unserem Onkel sind wir ein wenig schlauer. Nicht viel, aber es reicht uns, um eine neue Reiseetappe anzutreten. Immerhin sind wir schon mit dürftigeren Informationen aufgebrochen.

Am Flughafen Darwin nehmen wir uns einen Mietwagen. Sunday hat sich einen Ruck gegeben und ist mit dabei. Jetzt setzt sie sich ans Steuer, wir anderen haben zu viel Respekt vor dem Linksverkehr.

Arvo erinnerte sich, dass die Wohngegend mit den vielen Finnen Berry Springs hieß und dass ein Allan Pekkala für die Einwanderer eine Art Vaterfigur und Vertrauensmann war. Mit ihm war auch unser Vater gut befreundet.

Mit Hilfe meines Smartphones finden wir Berry Springs ohne Probleme. Leider ist dieser Ortsteil ziemlich groß, wie sollen wir Allan da finden? Auch das Telefonverzeichnis kennt ihn nicht.

«Finn Road», steht plötzlich auf einem Schild. Das kann so verkehrt nicht sein; wir folgen der Straße, die in waldiges, kaum bewohntes Gebiet führt. Eine braune Schlange mit gelblicher Unterseite, die über die Straße kriecht, stoppt unsere Fahrt.

«Eine Western Brown», sagt Sunday.

«Ist die giftig?», frage ich.

Sunday lacht laut auf.

Alles klar. Dieses Viech betrachtet man also lieber durch die Fensterscheibe.

Nach weiteren zwei Kilometern Fahrt entdecken wir ein einsames Holzhaus, ein Mann mäht davor den Rasen.

«G'day, mates!», ruft er, als er uns sieht.

«Kennen Sie einen Finnen namens Allan Pekkala?», fragen wir ihn.

Der Mann erinnert sich daran, dass die Finnen hier früher an heißen Tagen immer nackt herumliefen, aber Allan kennt er nicht.

«Fragt mal bei der Mangofarm, fünf Minuten die Straße runter. Da wohnt eine Finnin, die weiß bestimmt mehr.»

Wir danken für den Tipp und wünschen dem Mann noch einen guten Tag.

«No worries!», ruft er aufmunternd und wirft seinen Rasenmäher wieder in Gang.

Irgendwie hat er recht. Wir fahren durch eine großartige Landschaft und suchen Allan Pekkala. Da gibt's wirklich Schlimmeres.

Die Mangofarm finden wir sofort. Vor uns liegen schnurgerade Reihen von Mangobäumen, so weit das Auge reicht. Als wir an die Tür des Hauses klopfen, öffnet uns eine etwa sechzigjährige Frau mit grauen Haaren. Sie kennt Allan und beschreibt uns den Weg zu dem kleinen Laden, in dem er wohnt.

«Wie kann ich euch helfen?», fragt der alte Mann, als wir ihn endlich gefunden haben; er sitzt in einem Sessel und schaut Fernsehen, im Laden vorn ist niemand.

«Sind Sie Allan Pekkala?»

«Der bin ich.»

«Wir kommen aus Finnland und suchen unseren Vater. Er soll hier in der Gegend gelebt haben, unsere Schwester hat ihre ersten Lebensjahre bei ihm verbracht.»

Allans Augen leuchten. Er steht auf, so schnell es ihm in diesem Alter möglich ist, und umarmt die verdatterte Sunday.

«Du bist Onnis Kleine, jawoll! Seid ihr etwa alle seine Kinder? Moment, lasst mich überlegen. Esko, Pekka, Sari, Sunday. Da fehlt aber noch jemand.»

«Richtig! Unsere Schwester Fai ist in Thailand geblieben.»

«Die jüngste von euch.»

Erstaunlich. Onni muss ihm alles anvertraut haben.

Allan entschuldigt sich dafür, dass er kaum noch Finnisch

spricht. Die Zeiten der finnischen Community sind lange her. «Ich war der erste Finne in dieser Gegend. Hatte daheim mein Haus verkauft und baute mir mit dem Geld hier in Berry Springs eine neue Existenz auf. Bald kamen die ersten Verwandten nach und bauten sich ebenfalls eine Hütte, und so ging es immer weiter. Euer Vater kam nach dem Wirbelsturm. Ich kann euch zeigen, wo er gewohnt hat.»

Ehe wir rausgehen, holt er noch ein Gewehr aus dem Wandschrank. Auf meinen irritierten Blick sagt er: «Es hat viel geregnet, da sind immer ein paar Krokodile unterwegs. Man weiß nie.»

Während wir einem Trampelpfad zwischen ein paar Schrottautos und hohen Bäumen hindurch folgen, erzählt Allan uns von der anstrengenden Zeit nach dem Sturm. Ist ja alles schön und gut, doch am meisten interessiert uns natürlich das Schicksal unseres Vaters.

«Und Onni? Ist er …»

Allan versteht nicht, worauf ich hinauswill, oder weicht absichtlich aus. «Jaja, euer Vater hat beim Wiederaufbau kräftig mitgeholfen. War ein anständiger Kerl. Und da vorne, da hat er gewohnt. Du auch, Sunday.»

Wir stehen vor einem Unterstand mit Schlafbereich, Wohnecke und Kochnische. Über dem Herd hängen noch die Töpfe an Haken von der Decke.

«Gar keine Wände», murmle ich.

«Die brauchten wir nicht. Hier haben wir fast immer mindestens dreißig Grad.»

Sunday starrt verwundert auf ihr altes Zuhause.

«Bin ich hier auch geboren?»

«Nein, das war in Darwin, im Krankenhaus. Ich hab deine Eltern hingefahren.»

Schweigend betrachten wir Sundays erstes Zuhause.

«Ist unser Vater tatsächlich zu einem Walkabout aufgebrochen?», fragt sie schließlich.

«Ja. Er wollte es den anderen zeigen. Der Familie deiner Mutter und dem ganzen Rest.»

«Was wollte er ihnen zeigen?»

«Dass er der Richtige für deine Mutter ist. Dass er der perfekte Vater für dich ist. Er wollte, dass ihre Aborigine-Familie ihn akzeptiert.»

«Wie lange war er unterwegs?», frage ich.

«Mindestens ein halbes Jahr. Er war sogar beim Ayers Rock.»

«Von hier aus? Uns kam schon die Flugreise lang vor», staune ich.

«Tja, euer Vater war ein harter Knochen und hatte einen starken Willen. Leider war er dadurch lange weg. Und in dieser Zeit wurdest du, Sunday, deiner Mutter weggenommen. Traurige Zeiten. Es war sowieso nicht leicht, für uns alle nicht. Beim Wirbelsturm hat es ja zahlreiche Tote gegeben. Viele Leute tranken.» Er zeigt auf ein Gebäude, das am Ufer eines schmalen Flusses steht. «Dort drüben wurde der Schnaps gebrannt. Illegal natürlich.»

«Hat unser Vater auch getrunken?»

«Nicht mehr als andere. Aber ich sag mal so, genug Gründe dafür hat er gehabt. Wenn er was getrunken hatte, sprach er immer von euch, und wie sehr er euch vermisst.»

«Besoffene erzählen eine Menge», werfe ich ein.

Allan wird nachdenklich. «Das war nicht der Alkohol», sagt er nach einer Weile. «Ich hab viel gesehen in diesem Leben. Und ich bin der Ansicht, dass die Leute mehr oder weniger dasselbe denken, ob sie nun was trinken oder nicht. Der Unterschied ist, dass sie eher etwas *sagen*, wenn sie nicht ganz nüchtern sind. Ich bin mir jedenfalls sicher, euer

Vater hat euch aufrichtig geliebt und vermisst. Und zwar verdammt doll.»

«Schön gesagt», merkt Sari an.

«Allerdings meinte er mal, dass ihr besser dran wärt ohne ihn.»

«Inwiefern?»

«Er hatte Angst, so zu werden wie sein eigener Vater. Gewalttätig.»

Also tatsächlich.

«Ich glaube ja nicht, dass er das in sich trug», fährt Allan fort. «Er ist ein guter Kerl gewesen. Das sah man schon daran, wie er mit den Aborigines umging. Oder den Griechen, von denen es hier auch einige gab. Onni ist immer für sie eingetreten. Das war damals selten.»

«Das ist es heute noch», korrigiert Sunday.

Allan nickt. «Da muss ich dir leider zustimmen. Jedenfalls wollte ich noch sagen, dass Onni deine Mutter wirklich sehr geliebt hat. Das konnte man sehen, so was sieht man einfach.»

Am Flusslauf entlang gehen wir weiter, tiefer in den Wald. Allan späht unentwegt nach rechts und links, als würde er jederzeit die Waffe einsetzen müssen.

«Ist nur zur Vorsicht», beruhigt er uns. «Ich hab das Gewehr seit Jahren nicht benutzt. Früher haben wir Wildschweine gejagt und uns davon ernährt, zusammen mit Fisch, da kam die Büchse öfter zum Einsatz.»

«Wie ging es weiter, als unser Vater von seinem Walkabout zurückkam?», frage ich.

«Er war stolz, dass er sich wacker geschlagen hatte in der Wildnis. Als Mitbringsel trug er ein gegrilltes Wallabi auf dem Rücken, eine Art kleines Känguru, das wollte er mit seiner Familie essen. Aber niemand war da. Die Behörden hatten dich, Sunday, längst weggeholt, und deine Mutter war im Krankenhaus gestorben. Dein Vater hat überall nach dir gefragt, aber man konnte ihm keine Auskunft geben.»

«Man *wollte* ihm keine Auskunft geben», korrigiere ich.

«Ja», räumt Allan ein. «Und da ist euer Vater einmal einem Angestellten gegenüber ausgeflippt. Hat ihn körperlich angegriffen. Danach wurde er von der Polizei gesucht. Er musste verschwinden, hat sich den Pass von Erkki Koivikko geliehen und ist nach Singapur abgehauen. 1987 ist er wiedergekommen.»

Schweigend gehen wir die letzten Schritte zu einer Lichtung mit zwei kleinen Gebäuden – offensichtlich einem Plumpsklo und einer Sauna. Von der Sauna aus führt eine geschickt gebaute Holztreppe bis hinunter ans Wasser. Über dem Fluss baumeln zwei Seile, die an einem ausladenden Baum befestigt sind. Sunday fängt an zu weinen.

«Was ist?», frage ich.

«Ich erinnere mich an diesen Ort. Papa und ich haben uns an den Seilen übers Wasser geschwungen und reinplumpsen lassen. Ich hab immer gedacht, das sei ein Traumbild, aber es gibt diese Stelle am Fluss wirklich.»

«Ja. Die Seile habe ich für euch befestigt», erzählt Allan. «Dein Vater hat die Sauna gestrichen. Schaut mal, hier vorne hat er eine Finnlandflagge hingemalt.»

Schon verrückt. Selbst in einem warmen Land wie Australien bauen die Finnen sich eine Sauna. Und da denkt man leider so oft, andere Menschengruppen wären seltsam. Ist misstrauisch gegenüber Neuankömmlingen.

«Euer Vater hatte jetzt aber keinen Grund mehr, hierzubleiben. Er wollte zurück nach Finnland, hat von Heimweh gesprochen. Und von euch, er wollte euch wiedersehen.»

«Wieso ist er nicht gekommen?»

«Der beschissene Erkki Koivikko hat es verhindert. In einem Streit mit eurem Vater hat er Sundays Mutter als schwarze Nutte bezeichnet. Da ist Onni handgreiflich geworden. Es kam zu einer richtigen Schlägerei, und am Ende saß Onni auf Koivikko drauf, mit erhobener Axt. Koivikko hat um sein Leben gebettelt. Da ist Onni aufgestanden und wegmarschiert. Und Koivikko, dieses Arschloch, ist von hinten auf ihn losgegangen, mit einer Eisenstange. Er hat ihn voll auf den Kopf getroffen. Es wäre allen lieber gewesen, wenn es stattdessen Koivikko erwischt hätte.»

«O Mann. Das Motto, das er uns mitgegeben hat. Er hat es selbst nicht berücksichtigt.»

«Er war ein anständiger Kerl. Er wollte seine Überlegenheit nicht ausnutzen.»

Allmählich wird es dunkel. Im Licht von Allans Taschenlampe gehen wir zurück zu ihm nach Hause. Allan erzählt, dass unser Vater noch eine Weile bei Bewusstsein war, ehe er im Krankenhaus starb. Allan hat ihn bis zum Ende begleitet und die Beerdigung nach seinen Wünschen ausgerichtet. Und er musste versprechen, die Kinder in Schweden, Finnland und Thailand nicht zu informieren. Dieses Ende hat Onni so nicht gewollt.

Hier also findet unsere Reise ihr Ziel. Im Nirgendwo in Australien.

«Ich habe oft überlegt, ob ich mein Versprechen brechen soll. Jetzt tut es mir leid, dass ich nicht nach euch gesucht und es euch mitgeteilt habe.»

Er schlägt vor, morgen das Grab unseres Vaters zu besuchen, wo er selbst seit Jahren nicht mehr war. Es befindet sich in der Nähe von Darwins Flughafen. Wir stimmen natürlich zu.

An Allans Haus verabschieden wir uns und steigen in unseren Mietwagen. Sunday fährt zurück ins Zentrum. Wir reden nicht viel. Heute haben vier Menschen eine Antwort bekommen auf die Frage, die sie von allen großen Fragen am meisten umgetrieben hat. Und auf seine sehr spezielle Weise war das Leben unseres Vaters sogar verdammt schön.

«Er war ein guter Mensch», sage ich.

Alle nicken.

«Wenn man fünf verlassene Kinder außer Acht lässt», korrigiert Sari.

Wir lachen.

«Okay. Für ein Arschloch war er richtig nett», sage ich. Dem können meine Geschwister voll beipflichten.

Wir parken vor dem Darwin Central Hotel, wo wir zwei Doppelzimmer reserviert haben. Eins für die Jungs, eins für die Mädels. Unfassbar schön: Wir sind so viele, dass man uns in Kleingruppen aufteilen kann.

Esko legt sich sofort ins Bett. Ich gehe noch mal runter auf die Hotelterrasse und schaue in den Abendhimmel. Dabei stütze ich mich auf ein stabiles Holzgeländer. Wer weiß, vielleicht hat mein Vater es gebaut. Jedenfalls war er einer derjenigen, die der Stadt ihr heutiges Gesicht gegeben haben.

Onni Kirnuvaara hat sich schnell verliebt, ist nie lange geblieben und hat auch mal gesoffen. Er war auf der Seite der Minderheiten. Er hat Fehler gemacht. Dennoch bleibt von ihm so viel Gutes. Es sind nicht nur die Fehler, die uns ausmachen.

Das würde ich gerne Tiina sagen. Ich rufe sie spontan an. Sie geht ans Telefon. Sie hat Zeit und sogar ein eigenes Anliegen: Tiina will die Beziehung mit ihrem neuen Partner beenden und doch keine Patchworkfamilie aufbauen. Und es tut ihr leid, dass sie sich von mir getrennt hat.

«Ich war ziemlich durcheinander, als ich die Sache mit Jarkko gestartet habe.»

«Wahrscheinlich hätten wir uns über kurz oder lang sowieso getrennt.»

«Das denke ich auch. Es tut mir trotzdem leid.»

Ich erkundige mich nach den Kindern. Ihnen geht es gut, der Kleine hat Schlittschuhlaufen gelernt. Das habe ich nun leider verpasst. Mein eigener Vater hat *alle* diese Schritte verpasst.

Tiina kommt auf den Grund meiner Reise zu sprechen. «Und? Hast du deinen Vater dort gefunden?»

«Ja. Wir fahren morgen zu seinem Grab hier in Darwin.»

«Tut mir leid, dass er nicht mehr lebt.»

«No worries.»

«Wie bitte?»

«Schon gut. Ich meine nur, das ist in Ordnung so. Dafür habe ich mehr zu mir selbst gefunden, und vielleicht war das sogar der eigentliche Zweck der Reise.»

Ich bin nicht gewandert, war nicht auf Jagd, habe nicht unter freiem Himmel übernachtet. Ich habe mich herumfahren und in Restaurants durchfüttern lassen und in weichen Hotelbetten geschlafen. Aber den wichtigsten Teil eines Walkabouts habe ich dennoch in Angriff genommen. Ich bin mit mir ins Reine gekommen. Und ich kann mich wieder im Spiegel anschauen. Das ist das Wichtigste überhaupt.

Auch wenn Tiina zickig und biestig sein mag – sie hatte einen Grund, mich von den Kindern fernzuhalten und das alleinige Sorgerecht zu fordern. Ich habe meine Kinder geschlagen. Nur einmal, aber es war einmal zu viel. Es war das Resultat eines erbärmlichen, vermurksten Morgens mit Chaos beim Frühstück und Ringkämpfen beim Anziehen. Tiina hat es gesehen, und ich verstehe ihre Empörung. Aber sie hat aus meinem Ausrutscher auch reichlich Vorteil gezogen.

Es ist schrecklich, den einzigen Wesen, die dir blind vertrauen, weh zu tun. Den eigenen Kindern. Natürlich habe ich mich sofort bei ihnen entschuldigt, zigmal. Aber nicht gegenüber Tiina. Das will ich jetzt ändern.

Tiina hört mir aufmerksam zu. Zu meiner Überraschung versteht sie mich.

«Die können einen manchmal wirklich zur Weißglut treiben, die beiden. Und sind gleichzeitig so toll und einzigartig. Keine Angst, Pekka, ich halte dich nicht für einen Schläger. Das ist dir halt einmal passiert.»

«Danke, Tiina.»

«Schön, dass du angerufen hast. Die Kinder vermissen dich.»

«Ich hab ihnen Bumerangs und kleine Kängurus gekauft, als Mitbringsel. Wir fliegen morgen Abend zurück.»

Ich kann nicht schlafen und mache noch einen Spaziergang. Die Terrassen sind voller gutgelaunter Touristen.

Bei einem griechischen Imbiss gönne ich mir noch eine Gyrospita. Der Mann hinter der Theke fragt nach meinem Befinden. Ich weiß, dass außerhalb von Finnland nur positive Antworten erwünscht sind, und habe damit zum Glück keine Mühe.

Wahnsinn, was ich auf dieser Reise alles erlebt habe. Meine Gedanken wirbeln wild durcheinander. Und zugleich bin ich gelöst und unendlich erleichtert. Denn ich weiß jetzt, wo mein Vater ist. Darüber muss ich mir nicht länger den Kopf zerbrechen.

ESKO

Um sieben bin ich schon wieder wach. Meine Geschwister schlafen alle noch, typisch für die Jüngeren. Ich ziehe mich an und gehe in Darwins Strandpark, der direkt am Ozean liegt. Die Stadt wacht gerade auf, vor den Hotels werden Touristen für Tagestouren abgeholt. Nicht lange, und die noch angenehme Luft wird tropisch heiß sein. Viele Menschen nutzen den Morgen für sportliche Aktivitäten im Park. Unter einigen Bäumen liegen betrunkene Aborigines. Obwohl sie zuerst da waren, werden sie jetzt als diejenigen wahrgenommen, die die Harmonie stören. Fair ist das nicht.

Ich drehe eine Runde und spaziere zurück zum Hotel. Meine Geschwister lümmeln am Pool herum. In einer finnischen Frauenzeitschrift, die jemand liegengelassen hat, steht etwas über Geschwisterrollen. Die Erstgeborenen sind gewissenhaft und erfolgreich, haben aber auch mehr Ängste, da die Eltern selbst noch unsicher sind in ihrer Rolle und sich dies auf das Kind überträgt. Die danach Geborenen sind sozial und praktisch, und die Jüngsten wollen von allen geliebt werden. Einiges kann ich bei uns gut wiedererkennen, auch wenn wir nicht gemeinsam aufgewachsen sind. Auch bei den zahnärztlichen Schulbesuchen traten diese Unterschiede deutlich hervor. Ältere Geschwister hatten seltener Karies, putzten gründlicher. Da hatten die Eltern noch Muße für Erziehung. Wenn ich's mir recht überlege, prägen uns eine Menge äußere Dinge: In welchem Land wir geboren werden. In was für einer Familie wir aufwachsen. Und mit was für Geschwistern, an welcher Position.

PEKKA

Wir treffen Allan am Eingang zum Friedhof. Den Mietwagen haben wir schon abgegeben, wir nehmen stattdessen den Bus. Außer uns fahren nur Aborigines mit. Beim Aussteigen zeigt der Busfahrer uns den Weg.

Allan wartet mit einer Topfblume in der Hand. Wir begrüßen uns herzlich und lassen uns von ihm zum Grab führen.

«Hier ist es.»

In loving memory of Onni Esko Pekka Kirnuvaara

12.9.1937–25.3.1987

*Treasured father of Esko, Pekka, Sari, Fai and Sunday
Love has no end, just a beginning.*

Sari bricht in Tränen aus und lässt sich überraschenderweise von Allan trösten; offenbar haben ältere Herrschaften bei ihr Sonderrechte.

«Euer Vater hat gesagt, ich kann ruhig einen Spruch aussuchen, solange der nicht extra was kostet. Beim Bestattungsunternehmen gehörte das mit zum Paket, sie hatten sogar eine ziemlich große Auswahl. Ich habe gedacht, der Spruch mit dem Anfang passt am besten.»

«Das hast du gut gemacht. Danke, Allan. Für alles.»

Der alte Mann wischt sich über die Augen. «Ihr könnt hierbleiben, solange ihr wollt. Wir treffen uns am Ausgang wieder. Ich muss rüber zum Grab meiner Frau. Ich bin noch nicht so lange Witwer.»

Dafür hat er also die Blume dabei! Fast schäme ich mich.

Obwohl er mitten in einem Trauerprozess steckt, kümmert er sich rührend um uns.

Wir bleiben lange am Grab unseres Vaters. Denken nach, machen Fotos. Sari geht als Erste Richtung Parkplatz, nach ihr Esko, schließlich Sunday. Ich bleibe als Letzter zurück und mache noch eine Großaufnahme von der Grabinschrift für Fai.

Liebe hat kein Ende, nur einen Anfang.

ESKO

Wir werden weniger. Sunday fliegt mit der Morgenmaschine zurück nach Alice Springs. Der Abschied fällt uns allen schwer. Zum Glück weiß Pekka, was man in solchen Situationen sagt.

«Du musst uns mit deiner Familie in Helsinki besuchen. Finnland ist schließlich deine zweite Heimat!»

«Das wäre phantastisch, ja. Am liebsten im Winter, wenn Schnee liegt.»

«Ihr seid jederzeit herzlich willkommen.»

«Auch bei mir in Ronna!», schaltet Sari sich ein. «Macht ja nichts, dass Schweden nicht mehr das ist, was es mal war. Ehrlich gesagt, ist das Land ziemlich im Arsch, aber für einen Besuch muss es reichen.»

Sunday lacht, inzwischen kennt sie Saris Humor. Sie bedankt sich für die Einladungen und steigt in den Flughafenbus. Ich habe das sichere Gefühl, dass wir einander wiedersehen werden.

Und jetzt warten Pekka, Sari und ich auf unser Taxi.

«Du, Esko …», sagt Pekka kleinlaut.

«Was gibt's denn?», frage ich.

«Wenn wir in Helsinki sind, könntest du dich dann um meinen Backenzahn kümmern?»

«Er tut also noch weh?»

«Und wie. Ich leide Höllenqualen.»

«Ich habe dich gewarnt und dir meine Hilfe angeboten. Und das nicht erst in Thailand.»

«Ich weiß. Aber ich wollte dir nicht zur Last fallen.»

«Du fällst mir nicht zur Last. Du bist mein Bruder.»

«Woher wusstest du in Thailand so genau, dass ich Schmerzen habe?»

«Ich habe die Entzündung gerochen. Als du mich umarmt hast.»

«Du bist schon ein komischer Vogel.»

«Und du bist ein dummer Idiot.»

PEKKA

Ich lächle meine Geschwister breit an. So breit ein dummer Idiot mit Zahnschmerzen eben kann. Dann lachen wir laut los, und es klingt exakt so, wie vertraute Geschwister miteinander lachen. Vielleicht hat unser Vater so ähnlich gelacht.

Als wir im Taxi sitzen, reicht Esko mir aus seinen unerschöpflichen Medizinvorräten eine Schmerztablette.

«Hier, gegen deine Höllenqualen. Gleich morgen gehen wir da ran.»

Ich nehme sie mit einem Schluck Wasser.

Als Nächstes piept mein Telefon. Eine Nachricht von Tiina.

«Die Kinder wären gern die ganze nächste Woche bei dir. Sie vermissen dich. Ist das okay?»

Das ist mehr als okay. Gerührt schicke ich ihr eine Bestätigung. In diesem Moment nimmt uns ein Transporter die Vorfahrt. Der Taxifahrer hupt und stößt eine lange Litanei von Schimpfwörtern aus. Genau wie in Helsinki auf der Hinfahrt. So langsam freue ich mich auf zu Hause. Und vielleicht sind sich die Taxifahrer hier und dort ähnlicher, als ich gedacht hätte. Ob nun Aborigine oder Finne.

Ich lehne mich in die weiche Polsterung. Letzten Endes haben *alle* Menschen eine Menge Dinge gemeinsam. Wir brauchen Anerkennung und Liebe. Und wir wollen schnell von A nach B. Und wenn uns auf dem Weg zu unseren Liebsten was dazwischenkommt, dann hupen wir.

NACHKONTROLLE

Der Zahnarzt überprüft, ob die Krone richtig sitzt und der Patient gut zubeißen kann.

PEKKA

Ich sitze wieder im Flugzeug Richtung Thailand. Esko und Nele haben eine Zahnklinik eröffnet. Unsere kleine Schwester Fai hat lesen und schreiben gelernt und sitzt am Empfang. Mittellose Einheimische werden umsonst behandelt, Touristen und Reiche zahlen das international Übliche. So trägt sich das Projekt.

Der eigentliche Grund für meine Reise ist jedoch Eskos und Neles Hochzeit. Ich betrachte noch einmal die Einladung, eine Mischung aus Romantik und Zahnarzthumor: *Kommen ein schöner Oberkiefer und ein starker Unterkiefer zusammen, ergibt dies das perfekte Gebiss.* Warum nicht. Meine Ideen für die ABC-Kampagne waren auch nicht besser und sind trotzdem ein voller Erfolg geworden. Bald werden die finnischen Autofahrer sich an den Tankstellen genauso aufgehoben fühlen wie Aborigines in der Wildnis.

Bis auf Sari werden alle Geschwister vor Ort sein. Ich schätze, Sari hat sich nicht getraut, sich erneut auf Eskos Kosten durch die Welt kutschieren zu lassen. Aber offenbar geht's ihr prima, jedenfalls ihren Mitteilungen nach zu urteilen: «Schöne Grüße an Esko. Auch von Fadi. Der übrigens wirklich ein guter Mann ist. Sollte sich das eines Tages ändern, schalte ich meine großen Brüder ein!»

Ich wünsche Sari nur das Beste. Hoffentlich hält die Beziehung mit Fadi ein Leben lang, dann kann sie endlich zur Ruhe kommen.

Esko und Nele quartieren mich bei sich zu Hause im

Gästezimmer ein. Als Erstes dusche ich ausgiebig, anschließend überreiche ich Esko meine Mitbringsel aus Finnland. Klassisch wären das Schokolade und Lakritze, aber Esko bekommt natürlich zuckerfreies Roggenbrot.

Aus der Küche duftet es nach thailändischem Essen, im Wohnzimmer ist der Tisch gedeckt. Esko und Nele stehen auf dem Balkon und haben die Arme umeinandergelegt. Als sie mich bemerken, winken sie mich nach draußen. Gemeinsam schauen wir aufs Meer, dann verschwindet Nele in der Küche.

«Wenn das mal nicht die große Liebe ist», necke ich Esko.

«Leider haben auch jüngere Brüder manchmal recht. Es hat allerdings eine Weile gebraucht, bis ich das kapiert habe.»

«Dass ich als der Jüngere immer und grundsätzlich recht habe?»

«Nein. Das mit der großen Liebe.»

«Ach so?»

«Ja. Das war vor ein paar Monaten, an einem wunderschönen Abend, wie es die hier häufig gibt. Nele und ich hatten die Welt wieder um ein paar Zähne besser gemacht. Das ist übrigens unser Firmenmotto: ‹Mit jedem gesunden Zahn wird das Leben ein Stück besser.› Gar nicht übel – dafür, dass wir das ohne Profi erfunden haben, oder?»

«Ein Spitzenspruch. Was Tolleres wäre mir auch nicht eingefallen.»

«Na ja, jedenfalls haben wir hier auf dem Balkon zu Abend gegessen und dem Meer zugehört, seinem ewigen Wellengang. Wir sahen uns an und brauchten keine Worte. Wir waren einfach nur beide da. Das reichte.»

«Und da ist es dir endlich klargeworden?»

«Eigentlich sogar erst eine halbe Stunde später. Als wir

uns die Zähne geputzt haben. Du weißt, dass man dafür sieben Minuten braucht, wenn man es gründlich macht.»

«Esko, ich weiß. Plus Zahnseide.»

«Richtig. Und zwar jeden Abend, sonst ...»

Mit einem warnenden Blick bringe ich ihn zurück zu seinem eigentlichen Thema.

«Jedenfalls standen wir zusammen da und haben uns die Zähne geputzt. Und plötzlich musste ich anfangen zu weinen. Nele wusste sofort, warum, und hat mir einfach nur die Hand auf den Rücken gelegt. Es ist so viel schöner, sich zu zweit die Zähne zu putzen, als allein! Und gleichzeitig wurde mir klar, dass das Leben viel mehr bereithält als Zahnpflege. Wenn jemand stirbt, wird nie gesagt: ‹Und er hatte tadellose Zähne›, und über einen Nobelpreisträger schreibt auch niemand: ‹Er ist klug, hat aber drei Löcher.›»

Vor uns glitzert das Meer. Ich schaue meinen Bruder an. Diesen ulkigen, liebenswerten Typ. Er sieht so glücklich aus.

«Esko, du lächelst die ganze Zeit.»

«Ich? Oh ... kann schon sein. Wieso, ist das schlimm?»

«Nein, schön. Eine neue Eigenschaft.»

«Aber du hast auch gelächelt.»

«Ich habe auch allen Grund dazu. Meine Zähne sind fast wieder in Ordnung, und ich habe eine tolle Familie.»

Wir schweigen einvernehmlich. Jeder Mensch braucht ein paar andere, mit denen er gut reden kann. Und obendrein mindestens einen, mit dem er gut schweigen kann.

«Danke, Pekka», sagt Esko.

«Wofür?»

«Für alles.»

«Gern geschehen. Ich freue mich sehr, dass du jemanden gefunden hast.»

«Und ich erst. Und dass ich mir das Gefühl erlauben kann. Am liebsten würde ich brüllen vor Freude.»

«Tu's doch einfach.»

Esko schaut über das Geländer, prüft, ob niemand direkt unter uns steht. Dann atmet er tief ein.

«IIICH LIIIEBE NEEELE!», brüllt er.

Und fügt dann etwas leiser hinzu. «Und zwar twenty-four-seven. – So heißt das doch?»

«Genau so heißt das.»

DANK

Zahlreiche Menschen haben bewusst oder unbewusst bei der Entstehung dieses Buches mitgeholfen:

Ich danke meiner Mutter für die genau richtig dosierte Übertreibung beim Geschichtenerzählen, Paula und Arvi für einfach alles und Aleksis Meaney für die Unterstützung bei der Ideenfindung.

Außerdem haben Hanna Kuuskoski, Olli Lång, Jari Virman, Esko Moilanen, Mauno Talvivaara, Marjatta Talvivaara, Reino Truhponen, Pertti Talvivaara, Lisa Karn, Marshall Haritos, Eija-Liisa Meskanen, Lars Lagerbäck, Rimbo Salomaa, Tiia Salomaa, Shaun Gerschwitz sowie ein Taxifahrer und ein Radfahrer aus Darwin (Letzterer brach mir versehentlich die Nase) dazu beigetragen, dass das Buch in dieser Form existiert. Eventuelle Fehler oder Ungenauigkeiten fallen selbstverstandlich zu Lasten des Autors. Die Otava Buchstiftung (*Otavan Kirjasäätiö*) und das Förderzentrum für Kunst (*Taiteen edistämiskeskus*) haben meine Arbeit finanziell unterstützt.

Miika Nousiainen
Verrückt nach Schweden
Aus dem Finnischen von Elina Kritzokat
Roman. Ca. 240 Seiten. Gebunden.
ISBN 978-3-312-01118-6
Erscheint am 28. Januar 2019

Schon mal was von Nationalitätstransvestiten gehört? Zugegeben, eine Minderheit ohne offizielle medizinische Diagnose, aber die Betroffenen leiden. Und wie. In den meisten Fällen ihr Leben lang. Denn wie lebt es sich wohl, wenn man weiß, dass man im falschen Land geboren und aufgewachsen ist – zum Beispiel als Finne, der sich aber fühlt wie ein Schwede, der denkt wie ein Schwede, der am liebsten durch und durch ein Schwede wäre, um endlich mit sich und der Welt eins zu sein? Mikko Virtanen ist so ein Fall. Die Sehnsucht nach Schweden wurde ihm bereits in die Wiege gelegt und irgendwann hält er es nicht mehr aus, bricht alle Brücken hinter sich ab ... Eine aufregende, exzentrische Lebensreise beginnt, die den sympathischen Mikko quer durch Schweden und, man glaubt es kaum, immer wieder nach Thailand führt, denn im Winter, tja, da liegt Schweden in Asien ...

Wieder ein fröhlich-melancholischer Roman um Herkunft, Identität und Vorurteile vom Meister schrägen finnischen Humors.

NAGEL & KIMCHE